U0466727

刘先平大自然文学文集典藏
山野寻趣

时代出版传媒股份有限公司
安徽文艺出版社

刘先平◎著

刘先平
大自然文学
文集典藏

2002年，在喜马拉雅山珠穆朗玛峰自然保护区海拔5200米处。我们在此发现几块海洋古生物化石。

刘先平，1938年11月生于安徽省肥东县长临河西边湖村。父母早逝。12岁离家到三河镇当学徒，后在大哥刘先紫的帮助下脱离学徒生活。求学道路坎坷，依靠人民助学金完成学业。1957年毕业于合肥一中。1961年毕业于浙江大学中文系。在合肥师专、合肥六中等校任教师。1972年之后，在安徽省文联任文学刊物编辑、主编。

1957年开始发表作品，先是诗歌、散文，后涉足美学。1963年，因一篇评论再次受到批判，停笔。20世纪70年代中期，跟随野生动物科学考察队野外考察数年。1978年，响应大自然召唤，重新拾起笔来，致力于大自然文学创作与思考……

他被誉为我国"当代大自然文学之父"。

他曾经两次横穿中国，从南北两线走进帕米尔高原。

他曾经三次穿越塔克拉玛干大沙漠，四次探险怒江大峡谷。

他曾经六上青藏高原，多年跋涉在横断山脉。

他曾经两赴西沙群岛，在大自然中凿空探险40多年。

他的代表作有四部描写在野生动物世界探险的长篇小说和几十部大自然探险奇遇故事。

他的作品共荣获国家奖九项（次）。其中有三届中宣部精神文明建设"五个一工程"奖、三届全国优秀儿童文学奖……

2010年，安徽省人民政府建立并授牌"刘先平大自然文学工作室"。

他2010年获国际安徒生奖提名。

他2011年、2012年连续两年被列为林格伦文学奖候选人。

他2018年获首届中国自然好书奖。

他2019年获第三届比安基国际文学奖。

他历任安徽省人民政府参事、安徽省政协常委和人口与资源环境委员会副主任、安徽省作家协会常务副主席、中国野生动物保护协会理事。现为中国作家协会名誉委员。1992年，国务院授予其"突出贡献专家"称号。享受国务院政府津贴。

刘先平大自然文学文集典藏

山野寻趣

刘先平 ◎ 著

时代出版传媒股份有限公司
安徽文艺出版社

图书在版编目（CIP）数据

山野寻趣/刘先平著.--合肥：安徽文艺出版社，2021.6
（刘先平大自然文学文集典藏）
ISBN 978-7-5396-7155-0

Ⅰ．①山… Ⅱ．①刘… Ⅲ．①散文集－中国－当代 Ⅳ．①I267

中国版本图书馆 CIP 数据核字（2021）第 023358 号

出 版 人：段晓静
策　　划：朱寒冬　姚 巍　　统　筹：宋晓津　张妍妍
责任编辑：宋晓津　成　怡　　装帧设计：张诚鑫

....

出版发行：时代出版传媒股份有限公司　www.press-mart.com
　　　　　安徽文艺出版社　　www.awpub.com
地　　址：合肥市翡翠路 1118 号　　邮政编码：230071
营 销 部：(0551)63533889
印　　制：三河市华东印刷有限公司　(010)61594404

....

开本：700×1000　1/16　印张：18　字数：360 千字　插页：8
版次：2021 年 6 月第 1 版
印次：2022 年 1 月第 1 次印刷
定价：1200.00(精装，全 15 册)

....

（如发现印装质量问题，影响阅读，请与出版社联系调换）

版权所有，侵权必究

森林是陆地中重要生态系统。热带雨林物种丰满多样，是重要的生物基因库。然而，由于人类的贪婪，世界上的雨林正在快速地消失，不仅是东南亚、非洲，就连亚马孙河流域的热带雨林也避免不了被乱砍滥伐的厄运。

我国仅在海南岛、云南、广西有着面积不算大的热带雨林。龙脑香科的望天树是热带雨林标志性的植物，它高达七八十米，灰色的树干高踞万木之上，但树冠却显得稀疏。

我在云南西双版纳第一次见到它，只是被那奇特的树叶形成的树冠吸引住。朋友说它就是珍贵的龙血树，分泌的是一种名贵的药材，具有止血、活血补血三大功效，成了治疗心血管等疾病的药物重要的成份。

那年在西双版纳勐腊的早晨，突然听到森林中传来了"啊！啊……"的叫声，穿透力极强。一阵赞美声中，红日初升，彩霞映照。

于是，每天早晨，我都盼望着黑冠长臂猿对新的一天的歌唱——谁能想到，它的孩子却穿着一身金红色的"毛衣"！

奇特的鹿角蕨寄生在树干上。

正在攀登尖峰岭的途中，突然见到隐藏在路旁的竹叶青蛇。那副攻击姿态吓得李老师和君早直往后退。其实，它这时并不可怕。在亚热带森林中考察时，队里规定必需戴草帽，除了防旱蚂蝗、毒虫、蜂子之外，主要是防备竹叶青的攻击——因为它最喜欢隐伏在翠竹上与竹混淆，从右进行狩猎。

香榧是美味的坚果。每年秋冬开花，结出幼果，但要到第二年的秋天，果实才能成熟，香味也就特别醇厚。

有人说它就是棕噪鹛,但与我记忆中的黄山山乐鸟有些差别。那天在黄山西海我追随它将近一个小时,然而它们只是在林间跳跃,作短距离的飞行,未叫一声,使我无法判断。但它很美,总是神采奕奕。

大约只有在北海的幽谷造成的天然音乐殿堂中,或在奔涌的云海中才能聆听到它美妙的演奏。

红嘴相思鸟。它站在枝头,是一首诗;它在天空中飞翔,是耀眼的彩霞。嘴如红豆,风情万种,歌声婉转多变,迷人销魂。

白鹇的美丽,有李白的诗为证。它最喜爱在翠竹的林下沙浴,那是种享受,白鹇总是追寻着这种惬意的时光。

在新安江上游考察时，常常见到它开着怪模怪样的花。山民告诉我，一到秋天，大家就在这树下等着看猴子，猴子最爱吃它的果实，树名就叫"猴欢喜"。

山溪采集满山碧绿，融成了一潭翡翠。我第一次从黄山北海去太平的路上见到她时，便陶醉在满目的翡翠绿中，躺在大石上，听着耳边潺潺的流水和着鸟儿的歌唱声，不知不觉中便进入了梦乡……醒来时已落霞满天……

在黄山由温泉至半山寺的路上，见到一棵枫树与一大石已相接无间——十多年前来时，它们之间的距离还可挺进手指呀！又过三年再去看它时，枫树毫无相让之意，依然伟岸直立，只是将树干的形态作了变化。又隔了近十年，再去拜望，树与石的抗衡已成了现在这样！它对生命的顽强不屈做了最好的注解……我盼望着十年后再去看望它！

在黄山，只要留意，肯定能发现有些黄山松的树根已将岩石崩裂！

20世纪70年代,传说黄山上发现了野人。之后,我参加了考察,终于揭开了所谓"野人"的神秘面纱——原来是短尾猴。短尾猴体格雄壮,尤其是猴王,更是矫健、凶猛。为了拍"猴相",我在潜伏地居然遭到了猴王的攻击,真是吓惨了……

瞧,这位猴王正要发起攻击!

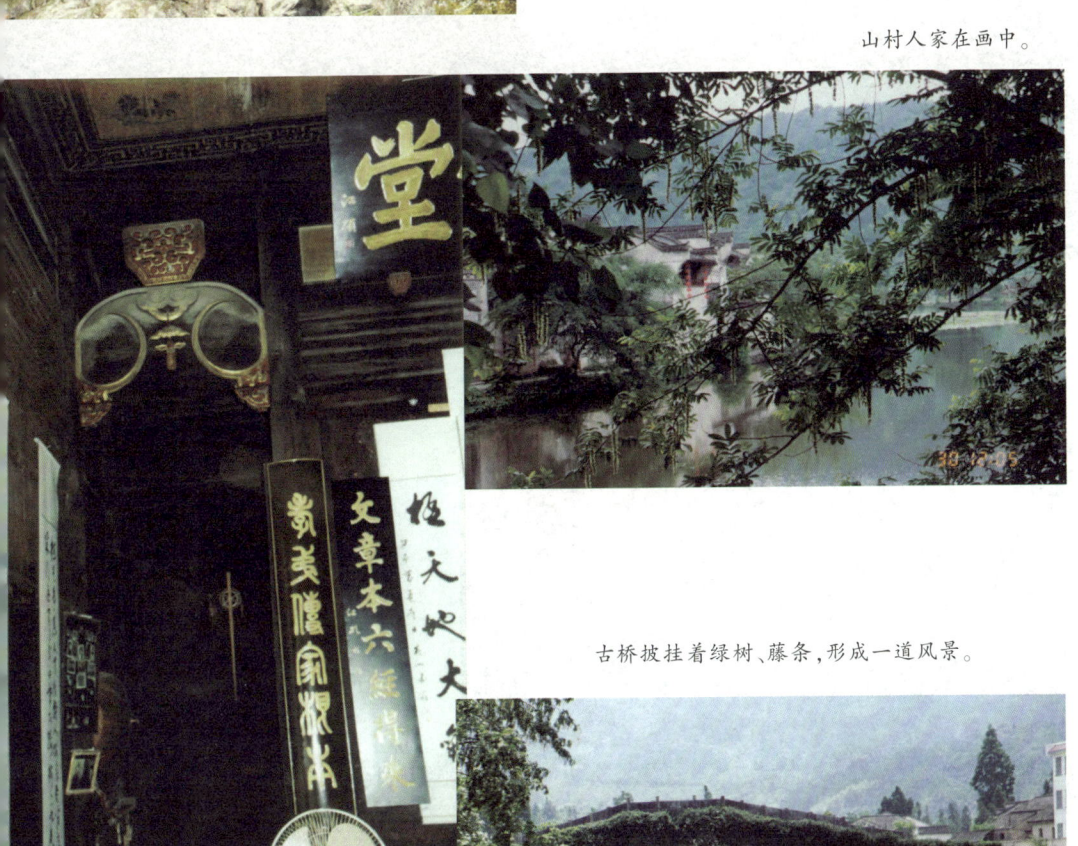

山村人家在画中。

古桥披挂着绿树、藤条,形成一道风景。

徽文化和徽商血肉相连。民居中的门也是"商"字形。

这不是山,是大自然雕塑的莲花,放置在黄山。

你肯定读过李白的"千千石楠木,万万女贞林"的诗句。可你不一定认得女贞树,更难见到它的花,这就是盛花季节的女贞,花香清雅、温馨而悠长。

梳着大背头的鸟儿,就是大名鼎鼎的黄腹角雉。在野外已难得一见。

它迈着小快步走开了,突然将颈毛蓬开,团团锦簇,只露出小眼,围着雌鸡舞蹈、求爱……

鸟类学家说,鸟类大凡雌雄羽色一致的,它们的婚姻状态就较为稳定;但若是羽色差别极大,肯定是一夫多妻。随着分子生物学的快速发展,美国一位鸟类学家还发现:即使是传统中认为相爱到白头的鸟儿,雌鸟也常常偷情。

红腹锦鸡的审美价值早已被古人所欣赏。常态下的雄性红腹锦鸡颈羽收紧,可现在已蓬松——因为它看到了树丛中正走着的一只母鸡。

豪猪,又称箭猪,可它的箭都披挂在背上,难道是要将"进攻"一词改成"退攻"?千真万确,它在和仇敌作战时,先是将刺箭摇的哗哗响、炫耀、威慑,若是对方再不识相,它就骤然而退,刺你个猝不及防。

生活在黄山高海拔的白腰雨燕，正举行盛大的酒会——在石隙中狂饮。

据说它构筑的生命摇篮，虽不及金丝燕的燕窝名贵，但也是一种燕窝，称为"龙牙燕"。

红嘴蓝鹊的长长的尾羽将它打扮得非常漂亮，但它常常施以温柔一刀——以高亢的鸣叫声集合狩猎，甚至敢向毒蛇挑战。

古老、珍贵的红花木莲，屹立在黄山的山道上。

它就是热带植物香王——香伊兰。可可粉只有加入从它果夹中提取的香料,才能称为巧克力。

我就是万寿果——番木瓜。它的果子也是结在树干上。

傣族同胞热爱、保护森林。他们只砍伐房前屋后的薪炭林——这是再萌发力特强的"挨刀木"。

可可树生长在热带雨林，喜欢将果子——可可豆结在树干上。

可可豆藏在可可果中。可可豆非常非常苦，可可果用酸甜的外衣将可可豆包得严严实实。要不然，谁来吃它？动物们不吃，谁来播种？那酸甜的外表是给农夫的酬劳。

云南的橡胶林。橡胶树原产于巴西亚马孙河流域的热带雨林中。后有英国人采集了种子，在东南亚种植。由于它在工业上无可取代的价值，天然橡胶依然是重要的战略物资。我国科学家引种的成功，打破了外国的封锁。

但我国可种植橡膠的土地并不多尤其是生物多样性特别丰富的热带雨林。

我们菠萝蜜的果实是这样大,细小的果树怎么可能挂住?因此只有长到树干上。每种植物都有自己独特的生长结构。

你见过食肉植物吗?这就是植物界大名鼎鼎的酒肉客——猪笼草。猪笼草只是在笼子里放上又甜又香的汁液,专等馋嘴的蜜蜂、苍蝇等小昆虫们来偷食,然后就迅速把盖子盖上,等慢慢品尝。

这就是猴面包树。将果实切成面包块那样,放火上一烤,香味四溢啊!

打槟榔,打槟榔……小小的槟榔果也是结在树干上。

你尝过用胡椒调味的美食吗?胡椒就是来自这种的圆圆的小小果实。

你别瞧不起它只是红红的、一点点大。可它能将酸的变成甜的,神吧?所以人们叫它神秘果。

这是隐藏在宝兴县邓池沟中的法国天主教教堂。当年,阿曼德·戴维就是在这教堂中供职期间,获得了大熊猫、金丝猴、小熊猫等一批珍贵动物的标本,并一一介绍给世界。

"走开!别侵犯我的领地"——小熊猫发出了警告。

大熊猫和小熊猫是截然不同的两种动物。

"你找不到我"——大熊猫和我捉迷藏。

它躺在树杈上,多舒服

1981年5月,我在四川卧龙"五一"棚高山营地,跟随研究大熊猫的专家胡锦矗(中)、自然保护专家胡铁卿(左)进行考察。这是在用无线电跟踪仪寻找带有项圈(发报机)的大熊猫珍珍和龙龙。

黄河源头鄂陵湖。天蓝得泛青,湖水更是一片浩瀚的青色!2000年,我和李老师二上青藏高原,探索大江大河的源头。

雪白的羊群固然是道风景,但在这风景的背后却是忧伤。

黄河源玛多县,在20世纪70年代是富得出名的县,但由于过度放牧、沙化严重、鼠害猖獗的影响,2000年我们去时,该县已沦为贫困县。

黄河源的纪念碑。它立在鄂陵湖、扎陵湖旁的海拔4000多米的高山之巅。上有胡耀邦同志的题词。

金色水草花将沼泽喧染得五彩缤纷,高唱着生命之歌。

从鄂陵湖这里流出的水，形成的河流才叫黄河。

黄河源玛多县号称千湖之县，但由于人类无节制的掠夺，生态环境日渐恶劣，大片草场退化，很多湖泊干枯，形成沙漠。

那天，在星星海附近，突然，右前方有白光闪了眼睛，我立即请司机师傅停车。

啊！原来是群野驴，白的臀、白的腿将棕色、褐色的皮毛映得鲜亮。距离太远，我们只得悄悄接近，但在尚有六七百米时，它们还是匆匆离去。

卷 首 语

  我在大自然中跋涉四十多年,写了几十部作品,其实只是在做一件事:呼唤生态道德——在面临生态危机的世界,展现大自然和生命的壮美。因为只有生态道德才是维系人与自然血脉相连的纽带。我坚信,只有人们以生态道德修身济国,人与自然和谐之花才会遍地开放。

——刘先平

序

呼唤生态道德

生态道德的缺失，造成了我们生存环境的危机。

感谢大自然！在山野跋涉的三十多年中，大自然给予了我最生动、深刻的生态道德教育，因而无论是我的描写在大熊猫、相思鸟世界探险的长篇小说，还是在野生动植物世界探险的奇遇，都是努力宣扬生态道德的伟大，呼唤生态道德在人们心间生根、发芽。

环境危机重压着世界已是不争的事实，人们都在纷纷追究其原因，并寻找济世的良方。环境危机实际上是生态危机。

建设生态文明，中国为世界树立了榜样，具有划时代的意义。生态文明的建设，必然呼唤生态法律的完善、生态道德的树立，从根本上消解环境危机，保护、营造良好的生态。

法律和道德是一切文明的两大支柱，也是人类文明的标志。几千年来，我们已有了处理人与人之间、人与社会之间关系的行为规范、法律法规、道德准则，却根本没有处理人与自然关系的行为规范。按《辞海》（1979年版）中"道德"的释文："道德是一定社会调节人们之间以及个人和社会之间的关系的行为规范的总和。"这足以证明：人与自然之间的关系根本未被纳入"道德"的范畴，缺失了生态道德；或者说，生态道德在这之前，根本没有进入我们的观念。这是认识的失误。

"生态"一词的出现,至今不过二百来年的历史,而生态与人、与生存环境的紧密关联,在时间上则是更近的事情。这也从另一个侧面反映了人类在认识自然、认识人与自然、认识人与环境方面的重大失误,更加说明了树立生态道德的紧迫和重要!如果不能在全社会牢固地树立生态道德的观念,就无法建设生态文明和人与自然和谐的社会。

　　正是生态道德的缺失,成了产生环境危机的重要原因。长期以来,我们在处理人与自然关系方面,根本没有建立系统的行为规范、树立道德,法律也严重滞后;因而对大自然进行了无情的掠夺,无视其他生命的权利,任意倾倒垃圾,没有预后评估、监测地滥用科技,造成了环境污染、资源枯竭、生态失去平衡,以致受到大自然的严厉惩罚,直到危及人类本身的生存,才迫使人类重新审视与自然的关系,规范人与自然关系的法律和生态道德才得以突显。强调生态道德,在于强调、突出它比之于其他道德的鲜明特点——人与自然的关系。我们急需建立对于自然应具有的行为规范,以调节人与自然之间的关系,消解环境危机,建设人与自然的和谐。这是时代向我们提出的重大命题。

　　比较而言,树立生态道德比制定、完善生态法律,有着更为艰巨的一面。法律是"由立法机关或国家机关制定,国家政权保证执行的行为规则的总和",而道德是公民应具有的修养、品质,带有自觉或自我的约束。当然,对法律的遵守,也是修养和道德的表现。法律可以明令从哪一天开始执行或终止,但同样的方法并不适用于道德。比如某一行为并不违背法律,但违背了道德。这大约也就是媒体纷纷设立"道德法庭"的原因。生态道德在全社会的树立,是个艰难而长期的任务,需要启蒙和培养的过程,对一个人说来甚至是终生的,需要全体公民的参与和努力。

　　三十多年来在大自然的考察,七十多年的人生经历,使我逐渐深刻地认识到树立生态道德的重要、紧迫。三十多年前我所描写的青山绿水,现在已有不少面目全非。大片原始森林被砍伐了,很多小溪小河都已退化或干涸,有些物种消亡了……

记得1981年第一次到西部去,云南的滇池,四川的岷江、大渡河、若尔盖湿地……美丽而壮阔的景象,使我心潮澎湃。滇池早已污染、水臭。2007年10月,再去川西,所经岷江、大渡河流域,到处在建水电站,层层拦江垒坝。在一个山村水电站工地,村民忧心忡忡地诉说:大坝建成后,村前的小河将干涸,到哪去找吃的水啊?!这种只顾眼前的利益,无序、愚蠢的"改造自然",对整个生态系统的破坏已有显示。我国最大的高寒泥炭沼泽湿地若尔盖,泥炭层最深达9米,它在雨季吸水,干季溢水,1千克干泥炭可吸蓄8—12千克的水。它是黄河上游的蓄水库,蓄水量相当于三个葛洲坝。枯水季节,黄河水的30%(一说40%)是由这里补给的。但在20世纪曾挖沟沥水采掘泥炭。现在湿地已大面积退化为草原,沙化、鼠害严重。最发人深省的是,在这里拍摄红军战士过草地时,竟然无法找到深陷的沼泽,只好人工制造。黄河屡屡断流,当然不足为怪了!

水是生命的源泉。水的污染给整个生物链带来的是灾难性的影响,使人类的健康、生命处于极不安全的状态。中国五大淡水湖是长江中下游湖泊群的代表,是中国人口最为密集地区的生命线,号称"鱼米之乡"。但只经历了短短的二十多年,其中的太湖、巢湖,已是一湖臭水,根本无法饮用。其他的也都面临着湖面缩小、污染等生态恶化。在经济发达的长三角、珠三角,水污染更是触目惊心。

大自然养育了人类,可我们缺失了感恩,缺失了对其他生命的尊重,妄自尊大,胡作非为。当人类对自然缺失了道德时,自然也会还之以十倍的惩罚!

我曾立志要为祖国秀丽的山河谱写壮美的诗篇,但只是短短的二三十年,我所描写的山川河流不少都已是"历史""老照片"。

我曾冒着种种的危险和艰难,在野生动植物世界探险,无论是描写滇金丝猴、梅花鹿、黑叶猴还是红树林、大树杜鹃,都是为了歌颂生命的美丽,但是总也避免不了生命的悲壮——它们在人类的猎杀、砍伐、压迫下苦苦挣扎。即如每年要进行一次宏伟生育大迁徙的藏羚羊，或是给人类带来福祉的麝，或是山野中呼唤爱的黑麂……都无可避免地遭受着厄运。它们生存的空间，正被人类蚕食、掠夺。

这使我无限忧伤、愤怒，更加努力地呼唤生态道德的树立，也更寄希望于孩子。

正是大自然的生存状态，激起了我决心在一些作品之后写下后记，为过去，为未来，立此存照。

三十多年来，大自然以真挚、纯朴、无比的热情，接纳了我这个跋涉者，倾诉、抚慰……结下了深厚的友谊。

热爱生命，尊重生命，热爱自然，保护自然，保护环境，应是生态道德最基本的范畴。

我们来自自然，与自然有着血肉相联的关系。人类初期对自然是顶礼膜拜的。很多的部落，将动物的形象作为图腾。我们的祖先，对人和自然关系的认识，曾有过很多智慧的表述，如"天人合一"、盘古开天地的创世纪之说等等，至今仍是经典。

从世界教育史考察，对自然的认识，一直是教育的最基本、最经典的内容，讲述天体气象、山川河流、森林、环境和资源等等。以人类生存的环境、人类在自然中的位置作为人生的启蒙，在孩子们幼小的心灵中培植对生命的热爱、对自然的感恩。但这种优良的传统，随着人类社会、经济，尤其是科学技术的发展，逐渐淡化或消失。城市钢筋水泥的建筑，活生生地切断了孩子们与自然的联系。现在城里的孩子不知稻、麦为何物已不是怪事，甚至连看到蚂蚁也发出了惊呼。缺失生态道德的社会、科学技术的发展，不仅使自然失去了自然，更为可怕的是使孩子们失去了自然。

我希望用大自然探险奇遇，还给孩子一个真实的大自然世界，激活人类曾有的记忆，接通与大自然相连的血脉，接受生态道德的洗礼、启蒙，同时，启迪智慧的成长。大自然是人类的母亲，请千万不要忘记，大自然也是知识之源，正是在人类不断探索自然的奥秘中，科学技术才发展到辉煌灿烂。即使到今天，生命起源仍是最艰难的课题。

　　道德是一个人的品质、修养、不朽的精神。道德力量的伟大，犹如日月星辰。我一直坚信，只有人们以生态道德修身济国，人与自然和谐之花才会遍地开放。

2008 年 4 月 2 日

目　录

卷首语 / 001
序　呼唤生态道德 / 002

魔鹿 / 001
南海花 / 005
孤岛猿影 / 014
黄山山乐鸟 / 023
流乳的神树奇木 / 033
金丝燕,你在哪里 / 046
燕喃空谷 / 053
高高的红楠 / 059
漂浮在伶仃洋上的猴岛 / 063
鸟战风云录 / 071
黄山绿珠 / 079
为虎添翼的人 / 088
捕鸟时节 / 098
清清回水湾 / 113
叽里咕,叽里咕 / 120
赞美水和森林的节日 / 124

结在树干上的果 / 143

海雕行猎 / 168

高山营地 / 173

寻踪觅迹 / 184

杜鹃花下的爱 / 200

蓝色的蜂桶寨 / 220

初探邓池沟 / 233

塔里木河漂流记 / 250

热爱祖国的每一片绿叶 / 263

附录 刘先平四十多年大自然考察、探险主要经历 / 273

魔　鹿

很难想象,魔与鹿竟然浑然一体——充满魅力的新的生命。

然而,我们确实是在寻觅,就在它生活的这片热带雨林——充满诗意和危险中追逐。衣袋里还揣着它的照片,虽是一张黑白的影像,但那迷人的风姿,已撩拨得我从万里之遥、冰封雪裹的北国,赶到这骄阳灿烂、绿树成荫的海岛。

离开营地时,晨曦已漫过中天,疏星仍在天陲闪烁。一踏入森林,却如跌回梦中,宇宙陡然缩小,诡谲、变形,景物编织成恐怖厚茧。

高空的树冠上,雨点般的露珠敲击着野蕉、野芋,微风中透出颤颤的呻吟。野兽嗥叫残忍,昆虫鸣叫潇洒。

乳白的地气在林间飘逸,在耳边、身旁缠绵。

花的幽香、叶的温馨中,又夹着刺鼻的兽尿腥臊、腐叶的霉涩。

攀登尖峰岭,唯有沿溪一条小路,灌木、野葵热情好客,藤蔓荆棘却拖衣拽腿。植物繁荣,极珍贵的花梨、母生、青梅、坡垒会挤在三四平方米内猛蹿,挺拔成参天大树。难怪植物学家说,随手可捡来一个博士生的课题,一屁股坐下能压住两三个尚未发现的新种。高空中有寄生在树干上的热带兰花,地面树根上也是繁花似锦。然而,繁荣中却藏着巨蟒、毒蛇、驴蜂、山蚂蟥的阴险,处处是不和谐的对立,对立的碰撞,又焕发出热带雨林的光彩……

突然,呼呼声从远处高空飞来,滚过头顶转为汹涌怒涛,磅磅礴礴,枝叶狂暴地拍打,震慑得我们紧紧抱住大树。等到感觉微微凉风拂来,声浪已远去,竟是如此有惊无险!

等到全身都被打湿,我们也到达峰顶。啊,半轮旭日刚探出海面。在对面山岭上,在万千金线霞光的背景中,一只巨鹿正举蹄昂头,跃出林海,似欲驾霞而去。

"是它,就是它,金鹿!"

是的,朝阳被它衬得金灿灿,光芒四射。

"魔鹿!魔鹿!"

"多美的茸角!"

发现的喜悦,辛劳的甜果,使我们一群探险者欢呼雀跃,感叹大自然竟有如此神奇的造化。

随着海上日出光彩的变化,那魔鹿忽而显出哲人的凝神沉思,忽而又激越豪放,引颈长鸣,或摇角,或顾盼……神韵百般,姿态万千!

人,总是不满足已得到的,对美的渴求,总如江水般滔滔不绝。我们哪里还管撞了可怕的蚂蚁窝、横卧的大蟒、挡路的有毒藤蔓,一路小跑,向魔鹿屹立的山峰奔去。

谁也没顾得上清除吸血的旱蚂蟥、啃肉的黄蚂蚁,就连忙抓住魔鹿的腿,生怕它一麦尾花,箭出而去。

这是一株奇特而又神化的高山榕树,三根巨大的气根,支撑着它粗壮的树身。是的,那倾斜向上的树身构成了鹿的躯干,后面的气根其上如板块,整根如鹿后肢,前面两根犹如腾空的前蹄,妙在树身端部如颈细长,三丫横枝分向如角。

它是榕树气根的杰作!气根和板根,是热带雨林的特征。气根粗可环抱,板根上铺顶可作屋;要维持旺盛的生命力加速成长,榕树需要生出气根、板根来汲取水分和营养!

为何树干是被气根撑在空中？难道它的种子和苗，能如直升机，或翠鸟一样悬浮在空中，然后扎下根来，再去生长？

在它身下，是一棵已枯死、腐朽的青梅。不难看出，当年它曾是一株挺拔英俊、生气勃勃的大树。我曾在万宁礼纪海滩上，瞻仰过青梅林的风姿。它是珍贵的热带树种，材质优良，备受人们的保护。可是，它的生命之花是怎样凋萎的呢？

不知是哪一天，一只小鸟站在它的枝头歌唱。

临飞离时，在树上留下了一撮鸟粪。

鸟粪中有一颗种子。

种子在雨中苏醒，在青梅树上发芽，生根，抽叶。

雨季到了。狂暴的雨，唤醒了热带森林，注入了充沛的生命之泉，奏起了狂热的生命之歌。

森林喧嚣了，树木呼啸着生长。

小鸟带来的种子已抽叶。气根、板根迅速地沿着青梅树干往下长，疯狂地吸取养料和水分，疯狂地生长，疯狂地用发育起的根严实地包裹青梅，对青梅的抗议、痛苦毫不怜悯，直至把它捆紧绑牢，收缩绞索，使它得不到阳光和水分……

青梅死去了。鸟儿留下的那颗种子，长成了粗壮的高山榕。高山榕夺取了青梅占据的土地、空间、阳光、水分，就这样……

一个生命扼杀了另一个生命。高山榕的成长是建立在青梅树的死亡上的！

高山榕的木材低劣，青梅树的价值较高，人们对高山榕咬牙切齿，称之为"残酷的刽子手"！

鹿是善良的、美丽的化身。

然而，被人们喜爱、令人叹为观止的鹿树——高山榕却是残忍、丑恶如魔鬼一般。高山榕如何能将善和美、恶和丑集为一身？

——这是人类的眼睛。

可是，如果允许高山榕申辩呢？它不是也应该有生存的权利吗？它不去争夺一块宝贵的热带土地，又该于何处立身？

我们的心情都很沉重，就像发现了那艳丽妖冶的花，原来是罂粟（鸦片）一样。对鹿树的美的印象，却被高山榕的丑恶破坏殆尽，后悔不该对鹿树寻根刨底。

可是，大自然就是如此。

远远离去后，我仍是满腹懊丧。

要下山了，忍不住回头再看一眼：

云花如莲，从林间、山谷飘起，在森林绿冠上空汇成云流。啊！那头俊鹿正在云际间奔突，它昂扬，它奋发，那刚与柔凝成的美，洋溢的神韵，似是在艳阳下，在天宇中歌唱！

是的，魔一般的鹿树，魔一般的美！

美是有距离的！

"我愿意保持这种距离，为了欣赏美！"

是谁？这样宣言！

南 海 花

未见到南海之前,我却看到了在它万顷碧波中盛开的海花——瑰丽而奇特。

那是十多年前的春节,在南海舰队服役的弟弟带回了一箱礼物。解开了层层的包裹,霎时映得低矮黑暗的小房满室生辉。

"啊!珊瑚!"

在一片惊叹声中,它们朵朵放光焕彩:白的,玉石般晶莹;绿的,翠生得如四月的茶尖;红的,艳得像七月的晚霞。

那姿态,有似梅花鹿头上俊美的茸角,也有像迎风盛开的绿菊,更有一根纤细的枝条上,顶着繁星般的花蕾,茂盛得如一丛野丁香……

它有花的色彩,花的风姿。有种象牙红,在褐色光滑的枝干上,没有一片绿叶,顶端却挺立出红艳艳雕塑一般的花。虽然没有风中摇曳的潇洒,然而玉肌莹骨、玲珑剔透,又显得高雅、庄重。

它不是生长在山谷、溪边,而是开放在南国狂风激浪的大洋。

难怪人们称它为南海花、海石花、海树……

我们连忙找来了地图,在阔叶似的海南岛南端,寻到了鹿回头岭下的榆林港……它就在那里守卫着祖国的南疆,海花也就开放在战士的脚边。

以后,它四季盛开在我的案头——这是一朵殷红的珊瑚,鹿角般的枝干上,怒放出无数洁白的花蕊。

它为我逆境中灰色的生活带来了一丝光彩,使我麻木的神经开始了思索和遐想……惊叹那大海中小小的精灵——珊瑚虫,居然塑造出如此多姿的形象。可是,那蔚蓝色的海水,为何能将珊瑚染出如此丰富的色彩?瓷器的泥胎要经过窑火的烧炼,上面的山川鱼虫才会光彩照人,栩栩如生。难道南海的水,也有那么高的热量?我时常被诱惑着,向往着去探索大海的颜色……

今年1月,从隆冬的北国到了海南岛之后,我没有去海口工艺厂参观加工珊瑚,而是扑向鹿回头,去海滨寻访花的世界。

三亚像是海浪冲上沙滩的一条银链——街道上似乎没有一棵绿树,只有逶迤几千米的两排白色的建筑物,但市场上摆满花皮红瓤的西瓜、熟了的香蕉、硕大的椰子、水灵的西红柿……把热带绚丽的色彩藏在深处。同行的小叶说,现在是三亚最寒冷的季节。但在中午的烈日下行走,只穿一件衬衣,还是热得头上冒汗。我们仍然一个劲地向鹿回头岭下的海边跑去。

碧蓝碧蓝的海,以无边无际的波涛迎接了我们。浪花像是飘悠在天际的白云,它壮阔得把天地统统融入了胸怀。闪亮的沙滩,犹如银色的项链。而茂密的椰林,风中飘动的凤尾般的椰叶,就像嵌在项链上的翡翠宝石。面对这雄伟的大海,秀丽的海岸,难怪连骄傲的鹿也无限眷恋、不忍离去——化作一座高高的山岭,日日夜夜仰首注目着大海风云的变幻,倾听惊天动地的涛声。

沙滩上第一个映入我们眼帘的,是珊瑚!是的,它多得俯拾皆是。有大得一个人搬不起的,也有小得像个萝卜头的。它们你推我搡地积压在一起,全部泛着白色的光。我们拾起一个又一个,但最后,都丧气地扔掉了。它们没有光泽,像是死鱼的眼珠那样;它们没有花的风采,全被沙浪淘得圆不棱登。

海风紧一阵慢一阵地吹着,海浪却只管使劲地向沙滩上扑来。

椰林边走过来一位孩子,光赤的脚,在沙上吧嗒吧嗒地印下一串窝窝。

白背心把他的皮肤衬得像黑釉一般。两只有神的眼睛,像吐鲁番的葡萄,晶亮晶亮的。左手提着一串长了很多触须的鱼,右手拿了根长钩。不用问,他正在猎海。

我问他的猎物叫什么鱼,他却只是骨碌着两颗小"葡萄",打量着我和脚下的一堆珊瑚。我以为他是听不懂我的话,因为海南岛的方言很复杂,而我的"普通话"中又总夹着很多乡音。正想解释,他却指着我脚下的珊瑚用海南"普通话"说:

"叔叔,这是风浪打上来的珊瑚礁,只能烧石灰。要采海花,得钻到海底!"

好机灵的小家伙!真是一双猎人的眼睛!他从我的衣着和外地口音里已觉察到了我的尴尬和失望。

"在海里能看见?"

"能的,怎么不能?"

尽管不知南海的深浅,但我这样身材魁梧的大汉,在一个孩子面前,还是不愿露出丝毫的犹豫,因而,随手脱掉了衣服。小家伙却扑哧笑出了声,露出一口糯米般的白牙,随即又用提鱼的手掩住了嘴——不知是觉得不太礼貌,还是怕我难堪。

"这样下水,海水要腌疼眼睛的。"他又用那只拿着长钩的手一指,"天晚了,明天上午八点钟你来,我等你。"

太阳悬在西边海面上,远海已一片金光灿烂,耀起无数的亮斑,似是浩大的鱼群挤得脊背出水,万头攒动。逆光的椰林,如一列剪影横列在伸出的海岬上。

"你明天不上课?"

"嘻嘻!你忘了,明天是星期天。"

我怀着希望走了。但不禁又狐疑起来:他有什么办法使我在海水里能睁开眼,看那神奇的水晶世界,而又不被咸水刺痛呢?

第二天,我还是怀着希望来了。越是接近海滩,心里越是不安起来:海滩上没有一个人影,只有灰色的礁石和阳光下闪闪发光的沙子,连一条小船也没有!我有点为自己的孩子气好笑,他只不过是个十一二岁的孩子,而且又是偶然相遇,对我不需承担任何义务……或许是他昨天辛苦了,还贪凉赖在床上吧?

"叔叔,我等你大半天了!"

我吓了一跳——身后的礁石缝里冒出了他的小脑袋,黧黑的脸上,两颗"葡萄"闪着狡黠、调皮的光,瞅得我的脸都红了。他放在石缝边的小铁桶,已有一半装着灰白色的砣砣。乍看,以为是珊瑚礁;细看,隐隐现出似蚌壳的形态。

"这是牡蛎,味道才鲜哩!嫩得到嘴里咕噜一下,就滑到肚里!"

他脖子一伸,做了个真像是牡蛎已落到肚里的滑稽相。

貌不惊人的"石砣",原来是大名鼎鼎的牡蛎!我不禁刮目相看,连忙拾起一个在手里端详。这才发现,在那层保护质外,还有荷叶边向上翻起,闪耀着紫莹莹珍珠般的光泽……

"我们这边海滩的牡蛎是出了名地肥嫩,又多。只要舍得出力气,就有收获。"

他边说边收拾东西,看我眼睛只在礁石上搜寻,又说:"快走吧!海边的宝多哩!海螺、龙虾、长珍珠的贝壳……你看不完的。"

但我还是没找到牡蛎。他往回走了两步,指了指嶙峋的礁石中有罅隙的地方,我才发现它确实有些特别之处,伸手就去扳,但像被火烫了一样。手指已割开了一个口子,鲜血立即淌了出来。

"嘻嘻!"他又笑了起来,随手用刀在石上一刮,那个牡蛎已在手中了。大约是见到了我手上的血,孩子赶快说:"放进海水洗一下,管消毒!"

我真的照办了,但海水腌得伤口火辣辣地痛。我忽然抓起他的手——那是一双和他年龄异常不相称的手,粗糙、茧子鼓起、新伤旧痕纵横交错。而他,却极不情愿地一甩手,领着我向前走去。

"就在这里!"他放下了铁桶。

这是一处礁石稍平的岸,但是船和潜水用具呢?他在石隙里找出了两把铁撬棍、两副潜水镜。看着我迷惘的神情,他先戴起一副小潜水镜——橡皮面罩上嵌了块凸出的圆镜——说:

"吸气,它就贴在脸上不会掉了。再后,一丝儿气也不能出;一出气,它就掉下来了。叔叔,你先在浅水里试试。"

我如法炮制。几只鱼虾在前面摆动着优美的身姿,哈哈!蓝色的海水竟是透明的……得意忘形的后果是可想而知的——潜水镜掉了,我呛了几口又咸又苦的海水,鼻子酸辣得连眼也睁不开了……他倒好,笑得弯腰抱肚子。但呛了几口水后,我终于逐渐适应了。

"我头次下海,被呛得睡在沙滩上半天不能动。妈妈要去抱我,爸爸不让,说大海的宝库只向勇敢的人打开。"如果说吐鲁番的葡萄饱含的是盆地的雨露,那么,他在说这话时,眼里只有大海的悠远和深邃。我的心头被什么撞击了一下,在孩子的脸上搜寻起来,而他却递了根撬棍给我,说:"跟着我,先下去看看!"

我小心翼翼地在水里走着,脚下的礁石像刀一样锋利,但我不好意思将脚提出看一看。抬头见到他是那样轻松自如地在海水中跋涉,我也连忙摆正脚步,再也不愿趔趄了。

"前面就是深水了,当心!"

刚戴好了潜水镜,脚下一空,就沉到了水里。原来是个陡壁。我连忙潜游,几条小鱼吓得像箭一样飞走,嗨,三四条色彩斑斓、长着横纹的神仙鱼却迎面游来,迎接两位不速之客。

海底不是平坦的,倒像是峰峦起伏的山冈。

海洋植物拖着长长的花裙,摆动着腰肢。

孩子领着我游进一条沟谷,两边危崖峭壁,像是黄山奇峰怪石的缩影。耳膜被海水压得又胀又疼,不敢再深潜了。

游到近处,才看到它们原来都是怒放的海花!在海水中,它们色彩奇异,摇曳多姿,披了层只有盛开的花朵才有的茸茸细毫。

啊!它们生长在海底的原野,大海赋予了它们生命,生活的色彩才鲜明灿烂!

我们出海透了口气。他赶紧说:"叔叔,挑最美的采!"

但我被这玉树琼花的世界迷住了,这朵美,那朵更美……尤其被那繁多的小小珊瑚虫所吸引,想看看它们是在怎样进行生活的创造。直到感到胸闷得难受,才急忙用撬棍去采那朵绿茵茵、一盘葵花似的海花。谁知撬棍刚插进去,那里却伸出了几条火一样的长鞭须,一个长犁尖……好一只耀武扬威的虾将军!竟有30多厘米长!慌得我手脚失措,气又憋得胸口像压了块石头……

出了水,我向他说了事情的原委,他大声地说:

"那是龙虾。当心它的长鞭子抽人!今天,我们没带有倒钩刺的长针——要一下刺中它最软的眼窝,才能拖上来制成漂亮的标本。你没采到海花?"

看见他手里托着珊瑚,我急了,不管三七二十一,一躬身就潜入海里。

又是一次出海透气的当儿。我对他说,见到了一棵黑亮亮的小树。他一下瞪圆了眼,拉起我就向海里潜。上来后,他笑得没鼻子没眼的,说是我走运,碰到了难得的黑角珊瑚。它又称海树,坚硬无比,真像乌金。除了药用,还可加工成各种名贵的工艺品。珊瑚的品种可多呢!

上了岸,巡视一下我们的收获,那海花的多姿,激得我涌起满腔的喜悦。

但再看它们那黏糊糊、灰溜溜的颜色，又难以压抑住心头泛起的失望——为什么一离开大海，它们就失去了光彩？

"叔叔，你一定知道，这是珊瑚虫分泌出来的钙质堆成的。老师说过：珊瑚属腔肠动物，和你们北方的蚂蟥一样，都是水螅型。我们刚采的这些，上面还粘着好多珊瑚虫，清水泡泡、冲冲后，它就会像朝霞那样照耀大海了！"

我又奇怪，为什么没有见到在文学作品中被歌颂的红珊瑚？他说：

"地中海有。那是由珊瑚虫中胶层形成的骨骼。我国台湾出产桃色珊瑚。就凭这个名儿，你就能想象出它的漂亮！台湾岛比我们海南还要大，我在地图上量过。"

虽然我从书本上了解过这些知识，但极愿意听面前这位小老师的讲解——使我看到20世纪80年代南国海边孩子的风貌，并感受到科学文化在被尊重。

历史上，三亚所在的崖县，历来是被当作荒远极地，称之为"天涯海角"。仅唐宋两代，就有六位宰相被流放到这里。

新中国成立后，很多有志青年来到海岛，向边疆各族人民传播科学文化知识，奉献自己的青春。昨天，我还听说三亚中学有位梁启圣老师，二十多年来，远离在南京的妻女，呕心沥血地耕耘在这块土地上，还用自己微薄的工资，帮助学生，收养孤儿。他也是位勇敢的人……

我相信孩子说的：只要冲洗掉它表面的一层污垢，海花鲜美的色彩就一定会熠熠生辉。就像玉石，勇敢的人开掘出美玉，还需要识宝人慧眼剔璞、辛勤雕琢。

是的，从"珊瑚"两字的形旁来看，古人早已将它列入玉类——大自然的珍品，也由此引申为人世间的珍品。所以，古籍中有部汇编历代书画杰作著录的作品，其名就叫作《珊瑚网》。还有部内容相似的书，书名更有意思——《铁网珊瑚》——用铁网兜住，那是难以遗漏的。汉语中也有将收罗了一切有才学的人,用"珊瑚在网"表示,这是用珊瑚比喻人才的。

快要分手时,小家伙却执意要将所有的收获归我。其实,这多是他这位海猎手的功劳。而且,这些东西如果拿到市场上去卖,对一个孩子来说,那收入也还是可观的。我惶恐得无法接受。他急了:

"叔叔,你跑了几千里路来我们海南,也不会舍不得花那几个钱买海花的,反而到海边寻找,还不是想探索大海的奥妙?回去告诉你家的孩子:海底的活珊瑚多漂亮、多美!它就生长在祖国南端海南岛的大海中。你要是为了别的,我才不会一早就来等你,陪你……"

是的,我还要告诉孩子:南海边还有一位勇敢的大海猎手,他的心灵像珊瑚一样美。

"你到现在还未自我介绍呀!"我问了他几次名字,每次他都只送我一个调皮的微笑,随即就用诱人的有关大海的话题岔开。

"忙什么?我还要送你一样礼物呢!"

话音未落,他已跑向一块海浪扑打的礁石——你看,他又运用起新的战术了——我只能跟了过去,只见他运足气力,掀开了礁石——躺着两枚大大的、闪着秀美釉彩花纹的厚实贝壳!

"算你运气好!是虎纹贝。"

"贝壳该到沙滩上去捡呀……"

"那是死的!被海浪冲上沙滩,光彩全磨完了,不好看。这是活的!你回到招待所,把它埋在沙土里。等你走时挖出来,蚂蚁就帮你把它的肉掏空了。它就永远披着大海给它镀上的鲜艳色彩了!"

我正在惊叹大海的奇妙、欣赏手里的贝壳时,他却提着铁桶,拿着撬棍走了。我连忙去追,他却放开脚丫跑了起来:"叔叔,再见!欢迎再来我们海南!"

"喂,你还未告诉我你的名字!"

他回过头来,扬了扬小铁桶:"海树!"

海树?海树不就是南海花、珊瑚、海石花吗?啊,乌金般的海树!多好听的名字!

1983年早春于海南岛

孤岛猿影

离开了海南岛儋县(现儋州市)中和镇,冷雨灰雾中的苏东坡流放地显得格外冷落——当时,这位大诗人被戴了"托诗词以肆诬诋"朝廷的帽子,但人民因他唱出了自己的心声,创造了众多美的形象,而在他的旧居修筑了东坡书院、东坡祠……立碑建亭,以作纪念。然而,我们兴致勃勃地赶去后,袒露在眼前的只是一堵断墙残壁,连郭沫若同志1961年来此所题的诗碑,也身首异处,横倒在地。这成了"文化大革命"的遗迹——一路上,谁也说不出一句话,只有牛车拖腔拉调的吱呀声,诉说着昔日的幽怨……

车到帮溪坡鹿保护区时,我已不愿下车了。因为那里极珍贵的、只有海南岛才有的美丽的坡鹿,已在一两年前被强行猎杀殆尽,连保护区的人也被打伤了。保护区被破坏得名存实亡。而这起严重的事件至今尚未处理……

刚看见昌江正在开采的矿山,雨止了,云散了。眼前耀起灿烂的阳光,满眼肥绿的香蕉、高高的槟榔。大家神情一振,才注意到车窗外的热带风光,似乎这才想起我们是去霸王岭遮天蔽日的森林中,拜访人类的近亲——长臂猿。

动物学家已揭示了灵长目三大类与人类的亲缘关系:猩猩最近,猿次之,猴第三。我国虽然发现过猩猩的化石,但猩猩早已灭绝,现存的只有猿类中最小的一种长臂猿。海南岛的黑冠长臂猿为指名亚种,云南尚有白眉、白颊、白掌、黑冠长臂猿,它们在林业部保护司的"红皮书"中,均属濒危的物种。考虑到海南岛地理环境的特殊性和长臂猿在科学上的意义,国家终于于1980年在霸王岭林区建立了保护区。用一位同志的话说,"总算从文件上落实了政策"。

车过昌江拐向霸王岭后,飞扬的尘土和光秃秃的山岭,又使大家心里愈来愈不安了,因为这里原来都该是茂密的热带森林。长臂猿只生活在热带森林中,失去了热带森林,阳光、空气、土壤对它的生存就失去了意义。直到林业局的同志说,保护区还在20多千米外的森林中,我们才稍稍松了口气。但转而一想又不尽然:据说20世纪50年代,林业局所在地还能听到长臂猿的呼喊,可是,现在这里的森林被砍伐了,它们已被撵到深山里去了。

第二天清晨,我们就赶往保护区,急切地盼望着和它见面……

一进入森林,炽热的太阳就失去了威力,湿润的空气扑面而来,使人感到全身都舒畅起来。

霸王岭在西海岸边。西海岸的气候特点是高温干燥,即使在北方已是隆冬的1月份,这里的燥热也还是令人不舒服的。

寄生在大树上的兰花,散发出阵阵的馨香,艳丽的花朵在空中如鸟展翅,那景象浓郁得如同油画。

特有的灰白色树干粗壮、雄健;三四十米高的红木周、陆均松、小叶胭脂……顶天立地;而那些藤科植物,却牵背搭肩地在它们身上缠来绕去。

就连一向被称赞为"亭亭玉立"、"岁寒三友"之一的翠竹,在这里也折节俯身攀绕到大树上,蜿蜒几十米,寻找从浓密的树冠缝隙中漏下的点点阳光。这是一种在西双版纳也未见到的藤竹。植物适应生存竞争的巨大魔力,使我们惊奇得半天说不出话来。

还有种生着葵叶、竹节却挺拔刚劲的棕竹,那也是很奇特的。至于一两米高的野芋,10多米高的野芭蕉、蕨……更是挤满了林下沟谷中的有限空间。

三万两千亩的保护区内复杂的地形,形成了不同的小气候,孕育了丰富的植物、动物种类。仅属热带雨林中珍贵的树种,就有油丹、坡垒、香楠、山荔枝、母生、花梨等二十多种。

十四只长臂猿就生活在这片绿色的苍海中。它们分成三个家族式的群体:南面的一群,有一只雄猿、三只雌猿;北面的一群,有两只雄猿、四只雌猿;我们跟踪的一群,靠近保护区的营地,由一只雄猿、两只雌猿和一只幼崽组成。雄猿披一身黑缎似的毛衣。雌猿爱打扮,乳白中略呈淡金色的毛在绿叶衬托下,特别光亮。不然,它们躲在密密的树叶中跷腿抓腮,还真够你找的哩!

右边的山坡上,出现了一只美丽的孔雀雉。它高昂着头,转动着一对小眼睛盯着我们,思量着是否应立即逃走……这是一种已经难以见到的珍奇的鸟儿,但我们也不准备为它们留影纪念,因为对长臂猿的追踪更为诱人……

长臂猿在树上行动,那是一种令人眼花缭乱的"臂行法"。只见它一只长臂抓住树枝,双腿一曲,晃起了身体,树枝一弹,嗖的一声,已腾空跃起;另一只长臂神速地抓住了前面的树枝……那简直是飞行,是悠闲地滑翔。

在这飞行和滑翔中,只要它们高兴,还可以做出转体、空翻……各种娴熟、高难度的动作。正如电视片《动物世界》每集开头所展示的长臂猿的各种惊险动作那样,令观众屏声静气,使最优秀的体操运动员瞠目结舌。虽不像有人说的——可以一次跃过20米的空间距离——但10多米的空间总是轻松自如地一跃而过,而且那些优美、矫健的动作都是在一瞬间完成。目睹那些目不暇接的场景,是大自然恩赐的一种醉人的享受。

千万年来的树栖生活,使得它的手掌比脚掌长,上臂比下臂长,胳膊比腿长——两手过膝;两臂伸开,可达一百七八十厘米宽,站起来的身高却只有八九十厘米。因而,它偶尔站立到地面上,则如走钢丝一样,小心翼翼而又笨拙,同时还得张开两臂以求平衡。它的体重一般只有十千克左右。这一切,也都是它们适应生存竞争的需要——就是靠这种"臂行法"来觅食和避敌!

在大森林的野生动物世界中,它的天敌主要是云豹、熊、蟒。云豹也是典型的树栖动物,它穿行于枝干之间的本领,绝不亚于金钱豹在山冈驰骋,然而,毕竟还无法和"臂行法"相匹敌。

夜晚,长臂猿则选择在仅能承受住它的体重的细枝上睡眠。若云豹、大蟒偷袭,承受不了的树枝,则立即向它发出警报。这和黄鹂将哺育幼小生命的摇篮吊在水平细枝上,有相似之处。另外,在那颤颤悠悠的树枝上休息,想必也是别有情趣吧!

清晨,又圆又大的红日从海面升起,将缕缕金霞撒上碧绿的树冠,在百鸟争鸣声中,长臂猿放开歌喉,"喂喂喂""哈哈哈"地高唱着。其声高亢而悠远,震动山谷,响彻几千米,是种真正的长啸。那是对新的一天的礼赞,还是对富饶森林的歌颂?

不发生特殊情况时,它们每天如此。陪同我们的陶工程师——他是从事林业勘察的,在森林里和它们相处了二十多年,极其热爱这些大森林的精灵——说:"它们在清晨的这种叫声很特殊,总是三声一度,不多不少。有两种鸟的叫声和它相似,但鸟叫中常夹杂着两声或四声。"这是他受骗上当过数次之后总结出来的。

长臂猿还有种呼唤同伴的叫声,也有两群相遇时愤怒抗争的叫声……它们在发出每种叫声时,还有一定的姿势相配合。长臂猿面部喜怒哀乐的表情要比猴子复杂得多。据动物学家说,只要经过长期耐心的研究,就完全可以揭开它们"语言"的秘密,人类和它们"对话"也并非完全没有可能!

在古典诗词中,猿声多被作为"悲凉"之声,如"风急天高猿啸哀"(杜甫《登高》)。有人根据长臂猿早晨的鸣唱,批评古人描写得不确切。这样的说法并非全面。由于科学水平的关系,古典诗词中所说的"猿",大多指猴——我曾参加过对黄山短尾猴的考察。它们有惊叫声、失群声……猴群迁徙时,行动异常迅速,贪玩的仔猴和病弱的个体常常掉队,也有被天敌猎杀的可能。

这时,猴群(特别是有仔猴的母猴)和失群的猴就发出一种互相呼喊的声音。有时,它们立即会合了;有时,这种带有"呜"的尾音的呼声,却长时间地飘荡在暮霭沉沉、空寂的山野上空,使人特别难受。陶工程师说长臂猿呼唤同伴的叫声也是这样。大约就是这样失群的哀怨和不安的鸣声,震撼了古代诗人们的心灵,以至于运用到诗歌中作为比兴。

长臂猿的群体很团结,无论是迁徙或采食中,只要少了一只,它们就要停下互相寻找、呼喊。若是有谁遭了敌人的毒手,全体就会出动救护,即使已经死亡,也都守候一旁久久不离去。

一群通常是一个家族,由健壮的雄猿充当家长,率领两三只雌猿和它们的子女。"家长"受到尊重——它最先进食,享受至高的权力——指挥其他臣民的行动,解决纠纷……但也有义务——寻找食物,保护群体的安全,捍卫自己的领土和疆界。

我们追踪的这群的领地,是一片约 2000 平方米的山腰坡地。几条小溪在沟谷中哗哗地流淌。南面的一群曾因果味的诱惑,做过侵略的举动。这位首领立即率部赶到前线,愤怒地斥责。对方也毫不示弱,竭尽狡辩、威胁之能事。但双方都未动手,只是在震撼森林的互相高声喊叫中,侵略者悻悻而去。这场未流血的边界冲突,也就随之结束了。

这种战斗的方式和大熊猫在争偶中的战斗很相似——只是大声恫吓,并不动手厮杀。

猕猴在边界冲突中,却是疯狂地扭打,鲜血淋漓地战斗,以至于人类出面干预都不行,直到一方落荒而逃才能告一段落。等到下次再相遇时,曾吃过败仗的一群,立即掉头逃窜。这或许是长臂猿比猕猴进步得多的原因吧!

长臂猿的文明还表现在取食上。在森林里追踪短尾猴时,只要发现地下都是折断的枝叶或铺满树果,那就是它们留下的踪迹。"猴子掰苞谷(玉米)",并非杜撰的寓言,而是它们这种恶作剧的真实写照。它们糟蹋的要比吃的多，对树果则不分青红皂白，竭力破坏。它们所经过的树林，往往像是被旋风刮过一般。

产猴区的农民，常常遭受它们造成的灾害。川西一带流传的民歌中就有"山上的庄稼没搞头，半年苞谷半年猴……"。

长臂猿不糟践庄稼，只在大森林中取食。它们喜食毛荔枝、荔枝、橄榄、芭蕉、竹叶松、壳斗科树种等各种坚果……没果时则吃树叶。它们只拣熟了的果子采，不摘正在生长的果子，吃完再换一处。首领对领地内各种树果的成熟期似有一本清册，挨着次序"游食"，这就形成了一定的路线和规律。

它们近来每天都是从左前方的一条水沟下来，到我们等待的这棵大树边来觅食。这里的山竹子果已成熟，像是缀满天空的繁星。山竹子果似枇杷那样大小，成熟后也是黄色，是鲜艳的柠檬黄。看得我们也垂涎三尺，不禁摘了几颗来吃——嗨！那个酸劲，把眉毛鼻子都挤成了堆……几天后，在尖峰岭看到它时，尽管嘴里立即涨满了酸水，但那种不可名状的酸甜味，还是馋得我又去尝了一个。

古猿都生活在热带森林的树上。由于自然环境的变化，有一支古猿群离开大树下到地面。"大概首先由于它们的生活方式的影响，使手在攀缘时从事和脚不同的活动，因而在平地上行走时就开始摆脱用手帮助的习惯，渐渐直立行走。这就完成了从猿转变到人的具有决定意义的一步。"（恩格斯《劳动在从猿到人转变过程中的作用》）是因为留恋树上丰盛的野果，还是因为满足于臂行……长臂猿至今没有下到地面，终究也只能是人类的"近亲"。而且，一旦失去森林，或森林受到破坏，它们就有濒临灭绝的危险，这倒很有点"生于忧患，死于安乐"的味道。

当然，有关长臂猿的生活，还有很多的秘密有待于继续调查，但它们的概况已被科学家揭示。早在20世纪50年代，从事动物资源、自然保护研究的动物学家们，已来到海南岛探访长臂猿。最先发出警报、呼吁保护大自然珍品的,也正是这些可敬的人。广东省昆虫研究所的刘振河,以及徐龙辉、廖维平、巫露平等同志就在其中。他们要在荒无人烟的深山野岭寻觅,所研究的对象——长翅膀的会飞,有腿的善跑,各有上天入地的本领。但他们只有两把"量天尺"。他们住过葵棚、山洞,吃过野菜、野果……考察报告上的每一个字都是血汗的结晶。他们那呼吁保护大自然的声音,出自为人类造福的赤诚的心。

但是,在那时,科学被当作邪恶,连他们自己也被划为"臭老九"……然而,他们还是为保护世界的美好而呼喊、奔走、奋斗!

和人世间的许多事物一样,长臂猿的美德却给它带来灾难,甚至是灭顶的。残酷的偷猎者,总是在山岭上侧耳搜索猿鸣,循着清晨临风的高歌,埋伏在它们取食的路上。当一只猿中弹后,死亡的恐惧却没有驱走猿群,而是义无反顾地跑回救助同伴,直至全部饮弹喋血……这种全体赴难的惊心动魄的壮烈,使整个森林黯然失色的悲鸣声中经常伴着猎杀者们狰狞的欢笑。

有些人以吃猿脑、猿肉,甚至猿骨,来养肥自己……

世界上总有一些人,以消灭美好的事物为乐事!

据历史的记载,全岛都有长臂猿的家族,连海口附近的琼山、儋县也有。到20世纪50年代初期,它们还是很繁盛的,估计尚存两千只。随着人类愚蠢地滥伐森林和无情地杀戮日益猖獗,到1978年调查时,全岛仅存三十只左右。而且,这三十只左右的长臂猿,都已被驱逐到孤岛状的可怜的小片森林中。即使保护区的三万多亩森林,也并不整体连成一片。它们也就呈岛状分布。

更为悲惨的是,所存的群体几乎全是残群。正常健全的群体应是七八只。这种可怕的状况,给它们的繁殖带来了无比危险的现实:长臂猿七八岁才成熟,每胎通常产仔一只,双胞胎的极少。在漫长的自然选择中,使雄猿在群体内长到成熟时,就要离开本来的群体,独自在大森林中奋斗,吸引另一群中的雌猿,组建家庭。

目前的这种岛状分布,从地理上隔绝了生殖流的畅通(面临着和大熊猫所遭遇的相同困境),因而,要想使它的种群得到恢复,是非常困难的!省林业厅负责自然保护的同志,谈起这事,简直是忧心如焚!

1978年调查后的情况呢?尖峰岭热带林自然保护区附近幸存有七八只(包括在总数三十只中),但我们到了那里后,保护站的同志说:已有很长时间未听到猿鸣了!有据可查的——1980年,有人枪杀了两只长臂猿,后被押送到县公安局。严酷的事实是,现在全岛已没有三十只长臂猿了!

孤岛上的长臂猿,再也经不住狂风恶浪了!

这不是绝望了吗?

科学被尊重以后,也出现了一线光明。1980年保护区建立了。海南黎族苗族自治州的王州长严正宣告:谁敢打死一只长臂猿,判刑三年,罚款一千元。这两年,已没有听到发生猎杀长臂猿的事情。

还有更令人兴奋的喜事——保护站的工作人员,成年累月地在深山老林里巡逻,忍受荒野的寂寞和艰苦的生活,还要时时警惕那些带着枪、蛮横而狡诈的人窜入大森林……看到他们一个个黝黑、精瘦的面庞时,我的心里不由得涌起一股崇敬之情。是的,正是他们默默无闻的工作,保护了残存的长臂猿。去年,一个新的小生命降生在猿群中,就是我们追踪的这一群。那只浑身黑茸茸的仔猿,用一双长臂紧紧地抱住妈妈的胸膛,随着母亲在树上飞跃腾跳。它成了猿群的宠儿,老猿们对它爱护备至。在这位新生的猿儿身上,不是能说明很多问题吗?

陶工程师还告诉我一个"最新消息",有两位青年愿意在森林里扎寨,"承包"和长臂猿建立联系的任务,只需要提供一些必备的条件。是一时的热情吗?不!他们曾做过长期的观察,是"业余爱好者",而且还有具体的计划。英国珍妮·古道尔的《黑猩猩在召唤》发表后,轰动了世界。在她献身科学的精神感召下，很多学者都深入世界各地原始热带雨林中，去研究猩猩、猿的社会，取得了丰硕的成果。相信这两位青年的愿望实现之后，他们辛勤的耕耘会取得收获！

应该说，保护站的同志已用实际行动，和这三群长臂猿建立了信任。但它们悲惨的遭遇，使得它们即使是和保护者相处，也还是心有余悸。黑瘦精悍的向导说：长臂猿见人就逃。有一次，为了观察，他隐蔽在树下等待。它们果然来摘香喷喷的野果了，但他无意中踩断了一根树枝，立即引起了猿群的惊慌。首领带领全体猿围着他的隐蔽地四处寻找。尽管它们已饥肠辘辘，但谁也没心思去尝一口诱人的果子，都一个劲地左瞅右瞧，足足折腾了一个多小时。他担心猿群受饿，轻轻地走了出来，然而，首领还是率领猿群顷刻间就逃跑了……

这种刚刚建立的联系、信任多么脆弱！但这种信任的建立，又是多么必要！它警告我们要特别小心、谨慎地去维护已取得的成绩！

林业部保护司为海南长臂猿的命运、前途异常焦灼。卿建华同志不仅来过保护区，还多次和我谈过他的不安，决心再组织一次新的考察，了解1978年后长臂猿的消长以及栖息地的变化。我在来霸王岭保护区之前，已在自治州首府见到了省林业厅的同志，以及刘振河、老袁和州林业局的同志，他们正是来筹备这次考察的。计划在3月初集中队员，然后进入茫茫的森林。现在，他们可能正在跋山涉水吧！

我们应该向动物学家们致敬！向从事自然保护工作的同志致敬！因为他们时时刻刻想着我们生活的这个世界，保护着属于人类的财富——大自然的真、善、美！

1983年早春于三亚

黄山山乐鸟

我们在黄山七十二峰中探奇览胜,在一个个藏匿于翠绿艳红中的村寨寻访,和守林人攀谈。他们总是用意想不到的大自然造化、令人回肠荡气的香茶、神奇的传说接待我们。得知我们是考察动物的,装在他们脑海的那些动物故事,就像高山流水翻腾汹涌,充塞着我们的耳目;就像黄山的万千气象,让你感到想象的贫乏。

正是在这样的寻访中,山民们常常向我们描述黄山有种神奇的山乐鸟,又称为八音鸟。它常随着云海而来,像是鼓乐齐鸣,为神仙作仪仗先导。那天外飞来的乐曲,简直是勾魂摄魄。山民们剽悍,定力特强,但也禁不住它的召唤而心荡神摇,似有飘然离开山岭乘风追随而去之势……

山乐鸟,黄山精灵的美妙歌喉,抒黄山胸怀之声!

这是一种什么鸟?说故事的人并无描绘,他们看不到云端中冉冉而来的山乐鸟。

是无稽之谈吗?当第一次听说:黄山峰壑森林中藏有猴子酿出的醇美的"猴子酒";天都、紫云、莲花诸峰的晨曦晚霞中,常有"天马"飞驰;溪水中有紫色斑斓的锦鳞鱼……我们也产生出这种很自然的结论。但考察中的奇遇,证明了我们的无知。

也正是考察中的奇遇,使我们萌生了新的想法:若是将黄山珍奇的鸟兽虫鱼汇编成册,并在山道上设点招引驯化它们,岂不是要大大增加游兴,而又满足了人们对知识的渴求、对美的渴望?

这异想天开的事,竟得到黄山主管者的热情支持,甚至要我主编这部书。我当然没有这样的自信和勇气。因为对生物学,我只能算作"爱好者"。由于脑瓜笨,在长期跟随考察队的生活中,也仅仅只学到点皮毛。游山玩水,冒险跋涉的兴致即使到今天,也还未比十五六岁时有所减少。"行万里路"的结果,是多了些见闻,生发出不少傻想。相信黄山有山乐鸟,并准备为寻求它去冒险,就是傻想之一。当然也包括要那些珍禽异兽,各自待在指定的范围,供游人们尽情观赏,以得大自然之乐。

"八音",是古代对乐器的统称。那时,人们以为所有的乐器都无外乎是由金、石、土、革、丝、木、匏、竹八种物质所制作的。如果将群众所说的"八音"翻译,那意思通常是指最美妙、最动听的音乐。例如原来的"留声机",就曾被称为"八音盒子"。

从事鸟类考察的艰难,常常只有队员们最清楚。在地上跑的野兽总要留下蹄印。蹄印会告诉你很多信息。天上飞的呢? 真有点来无影去无踪的味儿。你不能请它停下让你看个仔细,也无法命令它张开歌喉。这种山乐鸟既无形状的比较,又无羽色的描述,到哪寻找? 也许是失之交臂还不识庐山真面目。唯有辨音识鸟这一手可行了。然而,山乐鸟的"音",也如黄山云海。当时,我们没有录音机,也不懂校音器。即使都有了,又怎能在千百种鸟鸣中,识出它就是山乐鸟呢?

要揭示这个谜,似乎是山穷水尽了。科学中的难题和生活中的难题一样,能使有的人知难而退,但也更能激起一些人的热情和雄心。

在茫茫的书海中,我们终于找到了有关的一些记载——

从《山海经》开始,很多书都记载了黄山有种神奇的鸟,出现了"山乐鸟"的名称,它以美妙的歌喉占魁。《临淮异物志》记载:

山乐鸟羽毛五色,顶有冠,丹喙趾。

忽闻松林中细声袅袅,宛如笙笛……夏日盛多,入秋则少……

元朝人汪泽民的记录,不仅说明他见到了前人的记载,而且还亲自进行了考察和研究,得出的结论更出人意料:

一较鸲鹆差大,每集必数十,毛色浅赤。游人将至,必先期而鸣,曰:"客到!客到!"

一似百舌,亦数十为群,其声屡迁;时而大声轰轰,如车轮过阙;时而细声袅袅,如洞箫临流。

一质依丛薄间,今所闻,盖似百舌也。

山乐鸟者,竟有三种!新颖,又确有见地。

鸲鹆,即八哥。百舌,即黑鸫。八哥是大家熟悉的鸟,黑鸫与八哥大小相似,羽毛全黑,嘴黄。这已对山乐鸟的体形、羽色作了初步的介绍。

但是,鸟类栖息地的分布和植物有相似之处,具有垂直分布的特点。黑鸫虽然鸣叫洪亮,多变婉转,得到百舌的美名,它的主要栖息地却是平原地带、居民区附近。显然和分布在高山区的山乐鸟不能同日而语。第三种可以否定。然而,他那以为只要是鸣叫优美的鸟即为山乐鸟的观点,倒是打开了人们的思路,给人以启迪。

清朝人黄肇敏也写过在黄山的见闻:

夜闻啼禽声甚异,若歌若答,节奏疾徐,名山乐鸟,下山咸无。

这些缺少动物学常识,只凭传说的感性记录,毕竟只为关于山乐鸟的研究提供了一斑。而要窥全豹,只有在实地的考察中去探索了。

如果说游人多在黄山的奇峰怪石处,领略它的雄伟壮丽、精巧绝伦;考察队却是在深谷溪涧、云海飞瀑、森林苍茫的深处,于秀逸中去寻觅未知。

考察队的活动,我虽然无法次次都参加,但心是跟着他们在大山上跋涉。就像很多青年人,有感于黄山之壮美对自己灵魂的净化,因之用锁锁在天都峰的栏杆上——表示自己的心留在那里。每到考察队归来,我们总是在百忙中,挤出时间在一起相聚畅谈。那种淳厚质朴的友谊,是黄山给我们的。

据已记录在册的,黄山的鸟类有一百多种。其中,有李白为之赋诗求索的白鹇,有珍贵的白颈长尾雉,长胡子的寿带鸟,鸣声如箫的紫箫鸫,善歌的鹊鸲和黄鹂,俊美的绿鹦嘴鹎……这也是一个世界。要在这茫茫的鸟海中寻觅到山乐鸟,谈何容易!

一年多之后,终于传来了好消息,山乐鸟被发现了!大量的事实和科学考察证实,古代文献上所记载的,山民们传说的黄山山乐鸟,即是美丽的相思鸟和棕噪鹛。

开头,我听愣了,继之茅塞顿开,恍然大悟,思绪潮涌。

对于相思鸟,我并不陌生,但和它结识的缘分,很有些可笑,然而又极自然。记得,在黄山西侧的黟县,有一天,曾被一阵嘹亮的鸟鸣唤醒。转出屋外,溢满珠兰浓香的湿润空气,立即沁入肺腑。这里是茶乡,有很多花农,以栽培供窨茶用的珠兰、茉莉为业,制出闻名遐迩的花茶。初阳刚嵌进两峰之间,草尖露珠、浓绿树叶、潺潺的溪水都映上了一抹朝霞。循声找了半天,才在一棵高大的银杏树上,发现两只娇小玲珑的鸟儿,主体为橄榄绿,金黄的胸,艳红的翅缘,尤其是那只晶莹的红嘴,如玉、如豆(相思豆),简直就像朝霞在古老的银杏上结的两颗果实。

一只站在横枝上,耸冠纵羽,对着红日、翠岭、缕缕云丝,吐出一串串婉转悠扬、清脆的歌声;另一只鸟则答以三声一度的和声,组成了一曲无比甜美酣畅的音乐……

"你知道它是什么鸟?"一定是我专注的神情被主人发觉,不知他何时已悄悄来到身边。

"相思鸟!"

大约是它们的临风高歌给了我灵感,我竟然无比自信地脱口而出。其实,在这以前,我只知道有种名叫"相思鸟"的鸟,却从无缘见过面。

"你懂得不少。它又叫红嘴玉!"主人也被撩起了兴致。

追溯起来,这大约是我萌动写《千鸟谷追踪》的一点点原因。熟悉皖南山情的同志可能从小说中看出,故事发生的地点,也正是我和相思鸟初次见面的地方。

有了这次巧遇,又知道它就是山乐鸟之后,我更是处处注意它了。每当春初,它们从南方陆续归来,在以黄山为中心的皖南奇峰秀岭中营巢繁殖。深秋,则带着新的一代,逐渐结群,先由高山向低山漂泊,再浩浩荡荡向南飞迁。所以,"山乐鸟羽毛五色,顶有冠,丹喙赪""夏日盛多,入秋则少""若歌若答"的记载,除"顶有冠"外,其他都是准确的。

相思鸟性格机警,常匿于肥绿的阔叶树上,或茂密的竹林中。即使是考察队员,也常常只能耳闻其声,难得一睹芳颜,更何况黄山多云雾,这就更增添了它的神秘色彩,也常使旅游者扫兴。

1981年,我带妻子、孩子去黄山,在立马桥和北海至云谷寺的路上,都曾因听到相思鸟的鸣叫而寻找,但只在北海下的"喜鹊登梅"处,见到了它们五彩斑斓的身影。

以后,数次陪友人登黄山,情况竟和那次十分相似,仍只是在北海至云谷寺的路上,才能见到它们的倩影。最为动人的一次,是在"仙人翻桌"处,两只相思鸟相向而鸣,竟在朋友们的一片欢呼声中从容对唱,似乎是有意酬劳大家对它的思念。

几次发现的经验何在呢？尽管几次的时间不同，除了冬季以外，其他三个季节都在大致相同的地方看到了它们，而每次都是听到雌鸟嘀——嘀——嘀——的鸣声后，开始寻觅的。

雄性相思鸟，在繁殖季节的鸣唱特别婉转多变。有一次，我和考察队听到一阵相思鸟鸣叫，赶紧跑去寻找，飞出的却是一只画眉。有时，它又很似黄鹂或百舌的叫声。过了五六月的繁殖季节，雄鸟的叫声少了。到了深秋迁徙时，更难一闻它们的歌唱，但雌鸟的叫声很有韵律，总是嘀——嘀——嘀——三声一度，不多一声，不少一节，似乎也将"三"作为神圣的数字而信奉。雌鸟的鸣叫与繁殖季节的关系不大，到迁徙时，却只能听到它们一片的嘀——嘀——嘀——声了。

另一原因，大约是因北海至云谷寺路上的"喜鹊登梅""仙人翻桌"处，刚好是它们垂直分布带比较集中处，且此处森林稠密，阔叶树种占绝对优势。而在温泉至玉屏楼的路上，在相同的垂直高度上，多高崖裸石，阔叶树相对来说较少。

有志一睹相思鸟在黄山生活的爱鸟者，不妨以此两条路线试试。

说到我和山乐鸟——棕噪鹛——的缘分，倒很有点似黄山云雾的味儿了，空灵又朦胧。

在黄山，要见到棕噪鹛并不难，它们常常只作短距离的飞翔，但就在这短暂的时刻里，总会耀起一道霞光，闪耀你的眼睛。眼睛会自然跟踪上。它比画眉体形大，约是画眉的一倍半，棕红色的羽毛放射着金属的光芒，若在阳光下，那自然更耀目。其实，在绿叶中这种色彩也是显眼的。若再仔细看看，画眉的白色弯弯蛾眉，在它身上却成了黑黑的短眉纹，从眼里穿过，又是黑黑的。嘴也是黑的。这就使它比充满秀美的画眉，显得威武、凛峻。

或许正是因为如此，它们比相思鸟勇敢得多，常能飞到你的身边攫取食物，又喜七八只或十几只一群。我每次到黄山都见过它们，地点在半山寺、玉屏楼、西海、北海至云谷寺的路上,松谷庵以上的水潭边。特别是半山寺的那群,几乎已固定栖息。却无缘听到它作为黄山之精灵的美妙歌声,只有最近一次除外。

第一次聆听到它奇特歌声的情景,就像一首朦胧诗。那是1983年,在距离黄山以西100多千米的山岭上——一个等待开发的旅游区。那天凌晨开始攀登主峰,下山后已是下午三点,疲劳得饭也不想吃一口,只是喝着泡得醇浓的茶,看着屋外的山野。泼墨似的浓云翻江倒海,乳白的云涌浪般往上鼓涌。繁花般的端午锦和似雪的栗树花,正被雨滴时疏时紧地扑打。风却是湿漉漉地轻轻拂面。按计划,我和老钱还要赶到考察队的另一营地,在7.5千米以外。

好心的同伴都劝我们别走,房主人放下手头的竹编,赶到堂屋说明这段山路险峭,要过几条河溪;山洪推着大石,说到就到;又是剧毒五步蛇的栖息区。我直催着请向导来。最后,生产队队长也来了,说是中午听到天气预报,午后有暴雨……总之,是要我们知难而止吧!

他们哪里知道,这无异于火上浇油,更激起了我冒险的热情。记得在我很小的时候,对巢湖滩上的种种冒险,全都怀有狂热之情,总要偷偷参加,至少有两次差点送了小命。外祖母曾根据这些,说我是"撑船的"投胎,终生喜欢在风浪中闯荡。其实,这时,我正想起研究大熊猫的专家胡锦矗说过的话:"没有吃过别人没吃过的苦,哪能享受到别人没见过的眼福、没听到的耳福……"如果没有考察队在这里活动,如果不是老天爷有意,纵然做出再好的安排,也绝难碰到如此这般的好机会。

同伴老钱似乎看透了我的心思,毅然冲入了雨帘。出门不远就下了山谷。崖岸笔直陡峭,相对高差总在50米以上,连向导也小心翼翼。我俩更是如履薄冰,一失足,那就真成千古恨了——连粉身碎骨都捞不到,湍急的溪流正在谷底咆哮。

总算走到了河边。平时浅缓的溪水,这时却在剽悍、威猛地怒吼。向导几次探路涉水,都被一往无前的水流冲回。"到了黄河也不死心",我们硬是在激流中到达了对岸。还未站稳脚跟,只听一声闷雷轰然响过,向导拿起棍子当鞭子抽我们的屁股……大约猛然想起我们和他平时放牧的对象截然不同,才改成吆喝牲口那样,赶我们上崖。回头一看,我和老钱都打了个冷战:上游突然奔来了一群怪物,露头遮脸、藏首掩尾的,水流正吆赶着石头往前滚动。原来,刚才不是雷鸣,是崖崩。

爬到山排,我们才舒口气,尽情享受着雨浴。浓淡不一的雨云,任意塑造着群山的形象,山岭在奔走,心在神驰,飞瀑从山崖挂下,直往身上溅珠堆玉。古怪,插竹似的暴雨中,没有一声雷,没有一丝风。

倏然,云端中隐约飘来乐曲,初时如蓝天鸽哨,渐渐地,乐队齐奏了,丝弦笙笛之音袅袅,金钹之声清扬,海潮催浪,清流潺潺敲月,风在金黄色的麦粒上拂动,晚霞抚慰着林中青梅……霎时,车队辚辚,号手鸣鸣,轰轰然越过头顶……

"山乐鸟!"

"棕噪鹛!"

我们同时惊呼。满脸庄严的向导,虔诚地追随着翩翩而去的乐队。我们却从那微微耀目的闪光中,认出被浓云挤到薄雾中的三四只鸟。好大的一群,有三四十只。

不知它们从何而来,也不知它们将随云雾飞向何方!

摸黑,到达了营地。明天是端午节,大家正在用箬竹叶包粽子。营地在河边,彻夜水激石鸣。可山野一切的音响,注入我耳中后,回荡的却是云中飘来山乐鸟的鸣唱。

恍恍惚惚中,我似乎懂得了,山籁有灵有韵,山乐鸟就是山之灵、山之韵!

今年,我陪朋友登黄山,夜宿玉屏楼。凌晨,登崖等待观看云海日出,然而,山谷空空,东天一带乌云缠绵,人群扫兴纷纷离去。我却叫住朋友,请他们倾听南谷山籁。

迎客松、蒲团松南,被天都、莲花两峰山陇形成了一个大大的空谷。山崖雄浑壮伟,奇松屹立,三两簇红艳艳的高山杜鹃点缀其间。

清晨,鸟类最欢乐。百鸟争鸣中,琴声主旋律悠悠扬扬,是随着谷崖逸出的轻轻的山岚,还是云丝淡淡出岫,抑或氤氲浮悬?冉冉摇曳,空谷回荡。忽紧忽慢的风,将木兰、天女花的馨香,和着那乐曲盘旋、缭绕……朋友的眼神,似是漫游在碧蓝穷远的天际,在广漠的沙海中倾听泉水叮咚,蜂在花丛中嘤嘤,笋拔节,稻禾抽穗……

"幸运,山乐鸟在为你歌唱。"

是的,那是棕噪鹛在晨唱,正是这种空谷鸣唱,山民们又叫它"琴鸟"!

朋友很冲动,提脚就要下谷,追寻美妙的琴声,看看山乐鸟的尊容。我伸手拉住:

"鸟类参加大合唱,是站在枝头上的,很少飞翔。秀丽的山谷,正是设备最好的音乐厅……"

我的朋友明白了,专注地倾听、神往。

还是那位朋友,以后又和我在狮子峰顶,领略着暮色之中山乐鸟的鸣唱。狮子峰下,种种怪石矗立山谷,"猴子望海""梦笔生花"都在其中。山乐鸟的鸣唱洪亮、高亢,如银号在奇峰怪石中吹奏,在幽幽的山谷中迂回逶迤……

难怪山民们又称它"山道士"。既然它有仙风道骨,那么当然就可以在朝阳、夕霞、风花、雪月、阴晴、雨雾等不同时刻唱出旋律各不相同的歌。

说山乐鸟有相思鸟、棕噪鹛两种,但我的经历见闻,似应以棕噪鹛为主。

其实,红嘴相思鸟和棕噪鹛是一家,属画眉亚科。画眉是个繁茂的大家族,全世界有二百六十多种,我国就约有一百二十种。这个家族的成员多是善吟喜唱的能手,它的种名 hanorus,直译的话,就是"音调佳美"的意思。它们都是鸣禽中的佳品。现在,由于爱鸟者饲养笼鸟愈来愈多,我们在城市、乡村、山野,处处都可听到它们的歌声。

我在云南、川西、成都平原,都见到过相思鸟、棕噪鹛。它们的鸣叫并未那样震撼过我的心灵,尤其是棕噪鹛的鸣唱,也未得到"山乐鸟"的桂冠。

黄山,秀丽、壮美的黄山,变幻莫测的云海,奇松怪石,危峰幽谷,飞瀑清泉——组成了一个奇特的音响环境,是一座神圣的音乐殿堂。

或许,正是它将棕噪鹛造就成了山乐鸟吧!

1986年初夏于黄山

流乳的神树奇木

——在华南热带作物科学院橡胶研究基地

离开水库,湖畔鹿影还在眼前腾跃,车又冲入潇潇疏雨中,沿着蜿蜒在橡胶林中的红土公路,向儋县进发。

驰向古垂耳之国

几天前,我才从千里冰封的北国启程;现在,满身的冬装只剩下一件薄薄的毛衫了,还是觉得车内有些燥热。司机小陈却说,眼下是海南岛旱季中最冷的1月份。然而,紫莹莹的羊蹄甲花,结着金色果实的槟榔树,却不时从窗外闪过,浓郁的热带风光熏面欲醉!

海南岛的交通干线分东、中、西三线,起点是海口,南端是三亚。我是两天前由海口走中线,到达海南黎族苗族自治州首府通什的,今天却又自南向北折回海口西面的儋县。无论从时间还是其他方面来说,都是不经济的,我也犹豫再三。

儋县古代属儋耳郡。据传,"儋耳"是沿用了部族的名称。这个部族很奇怪,古籍上记载着"儋耳之云,镂其颊皮,上连耳匡,分为数支,状似鸡肠,累耳下垂。"(《汉书》)"锼离其耳,分令下垂以为饰,即儋耳也"(《山海经》)。在通什,我见到一位文面的黎族老太太。新中国成立前,黎族有"男文臂腿,女文身面"的风俗。不知这两者之间是否有着关系?

但儋耳历来是穷荒僻壤是无疑的,是历史上有名的充军流放之地。宋代的大文学家苏东坡,就曾被流放在此处的中和镇。至今还遗留着东坡书院、桄榔庵等古迹。这里有一种方言叫作"东坡话",还有"东坡帽""东坡服",可见人们对他的敬仰。

但我到儋县,不是去访古,虽然那也令人向往。我是被一种神树奇木搅得不安。它会汩汩地流着奶样的乳汁……

国家农垦总局科教处的吴家骅同志,曾热情地介绍过我国橡胶事业的巨大发展;他得知我有南行计划后,又多次来信敦促我一定要去华南热带作物科学院——结识那些为我国橡胶事业开基立业的科学家。虽然西双版纳割胶工的辛勤劳动,以及树干上流出的乳泉……都使我感动过,但我对于橡胶事业无知得很,甚至还有些莫名的情绪。那是因为耳闻目睹了一些橡胶种植场盲目砍伐、毁坏了我国稀少珍贵的热带雨林……

但是,这两天的行程中,满目都是来自巴西亚马孙河的三叶橡胶树的雄姿。虽然有的正在落叶,留在树枝上发红的叶子也显得憔悴,然而作为橡胶,它毕竟和钢铁、石油、煤炭组成了当今世界工业的四大原料,被人们称为"绿色的金子"。即使合成橡胶发展的势头迅猛,前途无量,但天然橡胶制品已有五万多种。工业离不开天然橡胶,而且对它的需求量愈来愈大。

两个多月前,报上登载了一条显赫的消息:我国橡胶树大面积北移种植成功,荣获国家发明奖一等奖。黄宗道教授代表这项成果的发明者参加了授奖大会。1981年,我国植胶面积达640万亩,年产干胶近13万吨,分别跃居世界第四、第六位。

于是,我决定驰向坐落在儋县那大镇——我国橡胶研究基地——华南热带作物科学院。

国家发明奖一等奖

橡胶林刚到头,那大镇已矗立面前。继续向西,又进入了橡胶林。天色已近傍晚,车向一片婆娑的椰林拐去。顿时,一股浓郁的花果香扑来,烟雨迷蒙的胶林显得格外幽深,我真怀疑是否已越过了陆地,冲到苍绿的大海中来了……

华南热带作物科学院、华南热带作物学院,就坐落在热带植物茂盛的翠海中,被橡胶林簇拥着的宝岛新村。

院长黄宗道教授身材魁梧,黧黑的脸上两鬓染霜,朴实得像位老割胶工。话题转入橡胶,他的质朴、真诚和憨厚,立即焕发出雍容大度和无穷睿智的光彩。在开拓和创立橡胶事业的三十年中,他正是凭着坚韧不拔的顽强性格,成为国际橡胶研究和发展委员会的中国代表,而他身上拥有的雍容大度和无穷睿智正是祖国尊严的象征。

我国由几乎空白到跻身于橡胶大国,这条漫长而光辉的道路是怎样走过来的?

要谈橡胶,不联系到黄宗道以及20世纪50年代初期就和他并肩战斗的同志,那是不可能的。

1953年,黄宗道响应号召,从南京农学院来到广州的一个保密单位。现在可以当作笑话——保密单位研究的是种植橡胶——但在那时是异常严肃的。严肃中包含着事态的重要性和紧迫性:帝国主义对新中国采取了严密的经济封锁,我们只能靠自己的力量来生产经济建设、国防建设中急需的橡胶。于是,从全国有关高等院校调来了一批专家,调动了部队,组织了垦荒大军……一切都按军事化的条例进行。

不仅是黄宗道,而是全部调来的科技人员,虽然从事的专业都属生物学的大范围,但谁也没见过橡胶树,更不知道应该怎样种植。然而,他们都有世界上最宝贵的一颗火热而赤诚的心,响应着国家和人民的需要!

粘在脚上的白色树汁可以防水——印第安人这个发现的确切年代已很难查考;但以后的种植史是清楚的:1876年,英国的亨利·魏克汉在三叶橡胶树的故乡——巴西亚马孙河热带雨林中,冒着生命危险采集了大约七万粒橡胶树种,偷运到伦敦皇家植物园。又过了十年,即1886年,马来西亚才将其当作工业原料栽植。从此,它以百倍的身价,渗透到人类生活的各个领域。

直到1902年,我国的华侨才从东南亚将橡胶先后引种到云南、广东、台湾。现存的最古老的一株橡胶树,还挺拔在云南德宏盈江的凤凰山上。经过四十多年的惨淡经营,到新中国成立前夕,却只有几万亩橡胶园,且多残破荒凉。这就是当时的家底,也是黄宗道和战友们的起点。

外国专家根据橡胶一百多年的种植史,曾将北纬17°以北视为橡胶不能逾越的禁区。我国能大面积种植的海南岛,也只在北纬18°9′至20°11′之间。

中国知识分子有自己的美德,一是不信邪,敢于开拓,勇于探索;二是吃苦耐劳。更何况它们已有小片逾越了北纬17°线哩!黄宗道和同志们打起背包,迈开双腿,向广西、福建、云南、海南岛云游,去结识那里还残存着的橡胶树。

当时的交通很不发达,而胶园又都在密林深处,猛兽、毒蛇也还未遭到今天这样的厄运。一天只能步行20多里,常常是风餐露宿。

就以宝岛新村来说吧,当时只有几户人家。尽管这里是富饶的土地,但当地人尚不知青菜、辣椒等蔬菜为何物。在黎语中,"蔬菜"和"树叶"为同一词。显然这是采集野菜的生活方式留下的痕迹。1958年,在何康同志的率领下,他们来建院时,这里仍是个极荒凉的地方,黄猄、野猪跑到他们栖身的草棚里觅食,大蛇盘踞在帐顶,十几厘米长的蜈蚣藏在鞋里……这都是常有的事,见多了也就不怪。同志们豪迈地说:"这开始就不平凡!"

发展橡胶,首先是选种子。由于帝国主义的禁运和封锁,只有靠自己选种和采种。橡胶研究所所长刘松泉教授、西联农场的同志,都叙说过很多感人的小事——在"一粒种子一两黄金"的口号下,授粉要搭架在高空进行。采种的解放军战士怕爬树踩断了树枝、用竹竿打又怕碰伤了叶子,只好将被单铺在地下,等待果子成熟后爆裂。

但落下的种子也有被鸟啄、鼠吃的危险,于是他们就顶着炎炎烈日在树下守候。收集到的种子、采下的芽条,那也是以战时的速度,立即运送到苗圃。

压力能使人奋发、抗争,现在所取得的一些科研成果,很多就是起始于那时的。新的胶林已在一大片范围内植起⋯⋯

但是,风灾和寒灾不时威胁,仅1955年春的一次大寒潮,在湛江的橡胶树百分之九十五都被冻死。景象惨不忍睹,工人们急得号啕大哭,植胶的信心受到了考验。

幸而我们有优越的社会主义制度,更有已在茁壮成长的橡胶树林,展现出了一片绿色的希望。

黄宗道也陷入了深深的思索,走过一片又一片的胶园,从植胶的成功和失败中总结出了经验:橡胶原来是热带雨林中的上层乔木,在其系统发育过程中形成了喜高温、高湿、静风的习性。每秒三米的风速都能击碎幼苗的叶片。真是娇生惯养!

显然,我们不能跟在别人屁股后面生搬硬套,只有走自己的道路——慎选宜林地、采用抗风抗寒的高产品系、胶园四化(林网化、梯田化、覆盖化、良种化),实施管割养的割胶措施——独特的植胶措施。同时,制定了"先海南后大陆"的植胶方针。

客观规律被科学揭示以后,橡胶事业便得到了蓬勃的发展。

但政治上的灾害性天气,比自然灾害更为可怕。"大跃进"和"文革"中,一切科学的规程都被诬为资产阶级的"条条框框"。视科学为仇敌的结果,使胶园遭到了严重的摧残(否则,我们应该在20世纪60年代初宣布橡胶移植的国家发明奖一等奖)。黄宗道被冠以"黑总参谋长"的称号,夺了权,罢了官;科技人员全部被赶到农场"劳动改造",一切的试验、研究全部中断⋯⋯直到今天,一谈到这些,黄宗道就陷入了无比的沉痛之中:从种植到割胶,一般需六七年时间,在这个周期中,失去了一个数据,都能导致整体的失败!而失去的、被糟蹋的,却是永远也弥补不了的。

国家和人民的关怀,一直温暖着科学工作者的心。在三年困难时期,敬爱的周总理来到了宝岛,用"儋州立业,宝岛生根"勉励大家为橡胶事业披荆斩棘。

为中华的振兴和崛起的黄宗道及其战友们,终于迎来了云破天开的新局面,又回到了自己的研究岗位。经过三起三落的橡胶事业才得到了新的发展。近两年,仅科研成果就取得了两百多项,其中五十项重大成果,有不少已达到和超过世界先进水平。科学院也由原来的几间草棚,发展到六个研究所、一个试验场和三个试验站,还建立了一座华南热带作物学院,专门培养从事热带作物栽培和研究的科学人才。

"实践证明:橡胶事业和一切建设事业相同,政策对头,依靠科学(政策也需依据科学)就能飞速发展,这是最根本的经验。"这是科学院院长黄宗道的总结,"虽然它是我们付出了惨痛的代价得到的,但每个单位的领导能够遵循这两条,也还不是容易的事。"

隐藏在刀数中的奥秘

科学院外,即是起伏无际的迷人橡胶树,由台湾相思树、小叶桉树织成的防护林带,将胶园围成一个个方块。从多种地形、不同的树龄来看,这是在进行着各种栽培试验。几天来,我已走了几百千米,但还没有见过这样好的橡胶园,包括在气温、雨量等自然条件要比这里好得多的通什一带。这里胶林主干粗壮、树冠整齐、叶片碧绿油亮,不仅看不到落叶,连红枯的叶片也难以找到……一切都透出旺盛的生机。若用拟人化的比喻,说是"精神抖擞"一点也不过分,看不出那种在低温期所表现出的疲惫、没精打采。

"右边的就是高产试验园。每块三十亩,每亩二十至三十株橡胶树。"橡胶研究所的陆副所长在尽着主人的职责。

国内已开割的胶园平均每亩年产 30～40 公斤干胶,好的品系可达到 60 千克。国外每亩年产 100 千克干胶属中上等水平。象牙海岸最高亩产可达 130 多千克干胶。在海南岛这片高产试验园里,平均亩产达到 180 千克干胶;其中有一块三十亩的试验田,在 1977 年就已达到亩产干胶 200 千克。这是一个惊人的数字,振奋人心的成绩。一想到黄宗道教授昨晚的介绍,对这片高产林,我不禁刮目相看。

然而,并没有发现什么特殊之处。普通得和一般胶园没有明显的差别,就连林下地表的覆盖植物,也不如刚才看到的那片幼林下的蓝花毛蔓豆、爪哇葛藤、危地马拉草长得旺盛。

"这就是高产园?"我的语调中有着抑制不住的怀疑。

"请看它的割面。这片就是亩产干胶达到 200 千克的。"陆副所长领着我们向林里走去。

一语点醒了懵懂,胶树上的割口明显地短,细细地一数,一年只割了六十多刀,奥秘就隐藏在这刀数上……

幼树长到六至八年就可以开割了。割胶工凌晨工作,在树干下部开刀,刀口流出乳白色的汁液,这就是胶水。胶水加工制成干胶,则成为工业原料。

开割、割法、刀数就成了决定橡胶产量高低的很重要的一环。国外一般采取二分之一树围的割口,隔日割;也有采取三日割的;全年都如此。

那是低纬度的典型热带地区,而我国的胶园都在北纬 17° 以北。即使是在海南岛的南部,每年也有几个月的低温期。我在沿途就看到了不少棵橡胶树,落得只剩很少的叶片。相应说来,每年 11 月到翌年的 3 月就得停割。

为了适应特殊的地理、气候条件,我们已创造出独特的橡胶栽培方法。因而,创造一套独特的提高产量的割胶方法,也就成为一个任务摆到了橡胶专家们的面前。从20世纪60年代开始,黄宗道已带领了一批专家跋涉在胶园中,在实验室进行各种实验,在不眠的夜里深思……经过不断的失败和实验,运用了已有的科学成果,一套新的割胶工艺成型了……

在提高产量的诸多矛盾中,橡胶树自身的营养、健康状况理应成为根本。譬如一头骨瘦如柴的母牛,怎么可能挤出丰盛的乳汁?

陆副所长从地下捡起了一片叶子:

"我们有办法从叶片上诊断出胶树的营养状况,得知氮、磷、钾、钙、镁的比例有无失调,然后对症施肥。同时在根部采取大覆盖,减少高温的蒸发和水土的流失,使胶树能吸收到大量的水分和营养。

"我们掀开了离根部不远覆盖着的茅草,发现下面居然是一条长的窄沟,里面还蓄着水。经过指点,也才识别出地表的野草原来是耐阳的覆盖植物。

"坚决抛弃了过去那种一见新叶即开刀的做法。胶乳是靠叶片进行光合作用产生的,只要开刀割胶,树叶就停止生长。所以,在三四月份的第一蓬新叶长出,待其老化后,我们才开刀。它的第二蓬新叶是6月份长出,第三蓬新叶在10至11月份长出。我们的割胶期也就分成了几段时间。

"过去有种习惯的看法和做法(某些胶园现在仍然如此):只要流胶水,不管多少,隔天就给它一刀。一年割了一百刀的有,割了一百五十刀的也有,破坏了割面,增加了胶树的疲劳。科学割胶是依据胶树的营养状况、产胶动态,以决定开割时间和割刀次数。这片胶园中,去年只割了六十二刀,再加上合理使用刺激剂,这就使得它几年来一直处于高产状态。"

是的,刀数多少,有着严密的辩证关系。记不清是哪位大科学家说过:我是要弄清一般人认为极平常的道理,平凡中包含着极不平凡的奥秘。六十二刀胶水产量,高于一百五十刀胶水产量的几倍。这就包含了值得思索的哲理!真是神树奇木!

沿途看到的胶园和这里的胶园差距明显,使我问起黄宗道:"这些高产技术转让给了胶场？"

"唉！"一向开朗的教授却长叹了一声，"只要他们愿意采用，我们无偿地给技术、派人都来不及，我们是求爹爹拜奶奶地去各处推广，哪里还谈得上技术转让！场长们怕麻烦呀！高产、低产关他什么事！吃大锅饭岂不安逸稳妥！"静场了很长时间，教授才从沉思中闪起了炯炯的目光，"已有不少的场开始管理体制的改革了！没有科学的管理体制，科学的发明创造也难以用到生产实践中去！"

仅此一项科研成果运用到生产中去，在不增加一株胶树的情况下，我国的橡胶产量就可翻番！数字是惊人的，希望是灿烂的。但科学上的发现要被人们所接受，道路还是难以想象的艰难！

多倍体和试管婴儿

寻求培育高产、抗逆力强的橡胶品种，历来就是橡胶专家们不懈的追求！我国橡胶专家们更是大踏步前进！抗风品种海垦一号、抗寒品种93－114已大面积地成长起来……

站立在我们面前的这些幼树，都有四五米高的壮实身材，绿叶上挂着晶莹的雨滴，显得格外精神。它虽然没有大树的雄伟气势，却是橡胶育种专家们的骄傲，是科学院的宠儿，是我国橡胶科学进入世界先进行列的标志——多倍体稳定的无性系的杰作。

简单地说，橡胶的染色体有36条。科学家们的奋斗目标，是要使一株橡胶树的染色体成倍地增长，至少应乘2，或乘3、4、5……这是对橡胶树微观世界的研究，它的意义在于：多倍体的胶树生长快、产量高、抗逆（不良环境因素）力强。

陆所长兴奋地说："我们对幼树的测试，已证明了它的这些优点。"

正因为如此，国外的科学家们从1971年就开始攻关，虽也培育出多倍体,但不稳定,往往变成二倍体。

黄宗道院长的语气中,却是充满了自豪:

"经过郑学勤和课题组同志多年的努力,我们已经掌握了这种技术,而且可以将任何橡胶品种,在一年半以内,使它变成稳定的多倍体!同时还能有意识地增强它的某些有益性状的遗传力。"他说话的风采,使我想到他在国际橡胶研究和发展委员会上,那神态一定是充满自信的坦然。

可惜,染色体是肉眼看不到的。但我们不禁久久地抚摸着在雨中静静挺立的橡胶树,仍然从树梢到树根地打量它,恋恋不忍离去……

后来,我和副研究员郑学勤谈了一晚。每当提到这项科研成果时,这位立了大功的人却总是说:"这主要是同志们的努力。"

对遗传工程的浓厚兴趣,将我们引到一间小小的实验室——小得挤进三四个人就难以转过身来,但这里珍藏着一个无比博大的微观世界!

架上排满了密密麻麻的试管,试管中培养基上的花药细胞体金黄灿烂,有的已顶出了翠绿的嫩芽,有的已长成了一株株小苗。它比种子长出的苗生长快,产量高。王泽云同志和他的课题组,自1978年以来,培育出愈来愈多的试管苗,但这仅仅是育种工作的开头。

国外从20世纪70年代开始,也已全力以赴地进行花药育种。马来西亚在1977年得到一株苗,移栽到室外大田后死亡,至今仍在徘徊。看来,这"试管里的花朵"移到大田后能否经受风雨,是这项研究工作的成败标志。王泽云同志奋斗的结果呢?

出实验室不多远,早几年培育出的"试管婴儿"一片碧绿,十几米高的胶树已蔚然成林!今年在它五岁时就可以开割了,比一般的胶树要提前一两年产胶。预测的数据令人欢欣鼓舞,但主人说一切谜底的最后揭晓,还要等到那神奇的乳汁从树干上汩汩地流出!

这项科研成果处于世界领先的地位!

正是这些鼓舞人心的成就,吸引了世界上产胶大国和学术界同行的注意。马来西亚原产部部长梁棋祥,参观了我国的橡胶生产和热带作物研究院后,在国外发表评论:

"中国橡胶的研究工作在许多方面无疑与马来西亚不相上下,最卓越的成就是组织培养……而且在两年前已把培养出来的植株移到地面了。"

在帝国主义的经济封锁下,我国的橡胶事业由几乎空白,到今天在国际橡胶研究中占有举足轻重的领先地位,这本身就是一部创业的史诗!是对科学的歌颂,也是中华儿女的骄傲!尽管我们付出了一些原来可以避免的极大的代价!

科学带来的希望

回忆过去,是为了今天;展望未来,将激励人们加倍地努力,使美好的未来更快地变为现实。我们穿行在胶园和实验室中,谈论着我们橡胶事业的明天。黄宗道院长胸有成竹,满怀信心:"方针有了:整顿、提高、稳步发展,一要提高单产;二要加快培育抗风、抗寒、高产的品种;三要创造一个良好的橡胶林人工生态系统,改变目前这种只种橡胶的单一群落。"

十多天之后,我从海南岛东线,特意绕道去了他们设在兴隆的实验站。陈封宝站长是位精明人,他热情地领着我们参观了橡胶林—茶叶,橡胶—胡椒,橡胶—可可或咖啡人工生态群落。特别是橡胶林下的胡椒,正在结籽,翠绿的蔓藤上,挂满了一串串如珠的胡椒——这简直是巨笔描绘出的艳丽图画,看一眼都令人心旷神怡。

可可豆的神妙是果实结在树干上,这也是典型热带果木的特点。正逢豆果成熟,它硕大得如柠果,而西双版纳的可可果却小得多。

试验的成绩是惊人的,保守的数字是:每亩可产20~25千克胡椒或50千克可可。可可、胡椒、咖啡都是经济价值极高的作物,仅此项的收入就相当可观。它不仅解决了因橡胶生产周期长,几年无收入的状况,而且又能使胶树生长得更好。目的还是更合理、有效地利用了这片可贵的热带土地。

科学是生产力——在这里得到了充分而形象的说明。

其实,橡胶专家黄宗道还有个大大的秘密——

这秘密是由1979年国外的一条消息引起的:在橡胶原产地亚马孙河上游,发现了单株年产100千克干胶的"奇迹橡胶树"。这条爆炸性的消息立即引起了橡胶业的极大关注。原因很简单:"奇迹橡胶树"的产量比现在种植的要高出十多倍。这将引起一场革命性的变化。

据说目前各国栽种的橡胶,几乎全部来源于魏克汉的那七万粒种子的后代,增产潜力有限,而新的发现就是新的遗传基因库。

1980年,黄宗道、郑学勤、赵灿文去巴西考察时,就曾立意去亚马孙河上游采种。但由于那里条件太恶劣,冒险太大,被巴西朋友劝阻。不久,却又柳暗花明,国际上组织了探险队。郑学勤受了重托前去参加。郑学勤副研究员,五十岁刚出头,是20世纪50年代初期北大毕业生,自愿来海南岛把青春献给了橡胶事业。他和世界上的同行们,冒着强雨季的暴雨,在荒无人烟的亚马孙河上游,用排枪轰赶豹子,用面纱抵挡毒虫的进攻,还要逃避鳄鱼的袭击……艰难地进行了长达两个月的采种。他以崇高的品质、吃苦耐劳的精神、渊博的学识,赢得了大家的尊敬。这些种子和芽条,已在非洲和马来西亚育种,我国也将得到应有的一份。

这以后,在海南岛的行程中,每当我见到橡胶树,总是久久地昂首注目——它们已不仅仅是神树奇木,而是有了鲜明性格的朋友。黄宗道、刘松泉、郑学勤的音容笑貌也立即浮现在眼前。

是的,他们的命运和形象,已和绿色的"金子"紧紧地结合在一起。

是的,可以用挺拔雄伟的橡胶树来比喻他们的形象:默默地承受着艰难困苦,战胜了寒潮、狂风,将粗壮的根深深地扎在祖国的土地上,将汩汩的乳汁献给人民。他们和牛一样,吃进的是草,挤出的是奶——这就是中国橡胶专家们的形象!

1983 年春于儋县

金丝燕，你在哪里

我曾得到婉言的规劝：不要写金丝燕！

继而，是严正的警告：不要去探寻金丝燕的栖息地，绝不能说出金丝燕在何处！否则……

我惶恐了。

也许这更激起我强烈的思念，思念它那——

金灿灿的胸羽——海霞。

灰蓝灰蓝的背——怒云。

振翅一掠，直冲霄汉如闪似电的矫健身姿！

它是大海的精灵，暴风雨的骄子！

它用青春的精华，创造哺育生命的摇篮——燕窝——稀世珍品。

这样美的形象，为什么不可描绘？

然而，对我发出规劝和警告的，却正是金丝燕的发现者……

还是孩子的时候，我就听说过在湍急的海流中驾着一叶小舟，从悬崖上撷取燕窝的惊险故事。这是一位见多识广的亲戚说的。不知银髯飘拂的他，为何要对一个乳臭未干的孩子说这样的天外奇谈？

前几年，和动物学家们在野外考察时，我曾在黄山的天都峰、四川的雪山下，见到过白腰雨燕。他们教会我在天空怎样识别它的飞翔姿势，又可以从它的游踪，推测出山的高度。它们生活在高山地区，栖息在悬崖峭壁之上……于是,我问起是否有"燕窝",得到的答案是:白腰雨燕当然筑巢。雨燕科的鸟都造巢。但这种"燕窝"中,只有少数能作药用。山珍海味之首的燕窝——是金丝燕的杰作,它们也是雨燕科,然而有自己的一属。

金丝燕又在哪里?

他们沉默了良久,后来才说:据零零碎碎的文献和不确切的传说,云南、福建、四川、广东等省出产燕窝,但云南、四川不滨海,有雨燕的分布,却不太可能有金丝燕的踪迹!广东、福建存在着较大的可能性,但从未见到发现的报道!一句话,我国尚未发现,燕窝一向是从东南亚进口!

我愕然了,对这样一种珍奇的鸟,怎么会如此漫不经心?他们解释:我国鸟类有一千一百多种,占世界鸟类种数百分之十四多;但我们专门研究鸟学的科学工作者,还不足两百人!而英国,只有三百多种鸟,研究人员却有一万多!

我无话可说了。

去年,在大连鸟类保护会议上,突然听说中山大学周教授和助手在广东发现了金丝燕的神踪,而且采到了燕窝!这真是让我喜出望外的消息。称此为奇缘还在于:广东正是我几天后即将要去的地方。

今年广州的1月,气候异常,滂沱大雨使明媚的春光有些变色,似是烟花三月的江南。我们在中山大学的校园访到了邓巨燮同志,他是周教授的助手。动物学家谈金丝燕时,有他的出发点。

在动物区系上,广东属越闽区,有着丰富的热带、亚热带的动物、植物资源。近年,还发现了大熊猫的化石。然而,由于乱砍滥伐森林,野生珍贵动物的数量已急剧减少,生态平衡遭到了严重的破坏,保护濒临灭绝危险的动物成了十万火急的任务。

作为动物资源,金丝燕有特殊的地位。周教授一直想找到它的踪迹,解开历史上遗留的谜团。根据它的生态特点——喜栖息在狂风激浪拍击的海岛——将重点放在海岛上,尤其是和东南亚燕窝产地有相似地理特点的海南岛。越闽区海南亚区的动物的特点,是带有热带色彩。种类多,个体数量不多;与其他动物区系比较起来,个体偏小,羽毛、体色鲜艳。这里有豹,却无虎,因而有人根据这点,说海岛与大陆的绝断是在虎的出现之前,虽然未必科学,但也算一家之言吧!

这样一个独特的动物区系,当然是动物学家们注目的对象。周教授在三十多年前到海南岛考察时,丰富奇异的动物,给他留下了难忘的印象,仅鸟类就有四五百种之多。但到了20世纪70年代后期,大片热带森林被破坏,再加上人们愚蠢地捕杀鸟类,致使鸟类数量锐减。珍贵的孔雀雉、原鸡已很难见到了。寻觅金丝燕,在经历了三十多年的困难后,希望更加渺茫。

1980年,他意外地得知海岛某处有金丝燕。这真是柳暗花明!周教授和助手邓巨燮风驰电掣般地赶到了东海岸。消息被证实了,而且这里的渔民有采摘燕窝的历史。那是在面临太平洋的仅仅一平方千米的小岛上,数量又极少。这大约就是长久不被外人所知的原因了。

然而好事多磨,他们匆匆赶来的时候,已过了采摘燕窝的季节。但动物学中的发现,科学的依据却是标本。经过一再的努力,终于寻觅到了小船,乘风破浪到达了小岛,用猎枪采到了两只标本。经过鉴定后,满怀的希望却又变成了扫兴,原来是两只白腰雨燕!

周教授一行怏怏而归,数着日子等待来年清明。那是渔民们采摘当年头次燕窝的时候。

1981年4月,邓巨燮和关贯勋又风尘仆仆地赶到海边。

小船任凭风浪的摔打,顽强地前进。到了小岛,他们的心却一下悬了起来:巨石矗立,阴森森地龇牙咧嘴,峥嵘嶙峋,如鬼怪一般。燕群的栖息地所在的悬崖,更是一劈两半。高达百多米的窄缝中,浪涌谷应,雷鸣震耳,如千头巨鲸滚动,搅得海涛卷雪似的,溅得水雾漫天。稍有不慎,船将会被摔到石上,砸得粉碎……别无他处可以停泊上岛,更无一线曲径通到那几乎立在海上、悬在空中的崖顶。

燕,矫健的金丝燕就在头顶飞掠,纵横上下,穿云破雾,呼风唤雨……简直是一首难以谱写的生命的旋律,海的灵魂!

决定只有一个:弃船下海,游到只有3米多宽的石峡中。

从海上运来了竹子。两边各两根,用藤扎起横档,将竹根落到石壁上凿出的石穴,竖起——和建筑上的脚手架很相似,却比那简陋万分,也危险万分,是悬在空中的一架软梯啊!人爬到上面,它就颤颤巍巍地晃个不停,头上是蓝天白云,身边是水雾迷蒙,脚下是深渊激浪,更有隆隆的涛声不绝于耳……

攀登,是如此艰难,又充满危险!

终归还是上去了。燕群立即惊飞呼叫,黑压压一片。未来得及高兴,崖上却别有洞天——一条如坑道般的石缝又堵在眼前。只有爬过去,才能到达燕群栖息的洞口。谁知从锋利的石棱上爬过去后,才发现那个洞口却小得只能容下一个瘦子往里钻。没想到在科学研究中,瘦子也可发挥优势!

洞中暗无天日,点起火把,满壁顿时闪起莹亮莹亮的点点——燕窝。这就是燕窝! 小巧得如耳一般贴在石壁上,透明晶莹,如玉琢似的,无一丝杂质,轻得只有5~10克。

这就是所传的营养价值极高的滋补品,它可治虚劳咯血,健肾健脾,尤对止血有奇特神功……有人甚至说,只要把它放在肚脐眼处,一生肚子都不疼……总之,它能令人长寿吧!

然而,这5~10克重的小窝,却是金丝燕用自己的唾液——据渔民说,它采集的是九霄之精英,日月之甘露——一口口、一天天地汇聚,积累起来的。(科学家已研究出人的唾液中具有丰富的营养,民间也已流传,唾液是人体的元气。)这不是金丝燕的居室,而是幼小生命的摇篮。它们要在这里产卵,孵化、哺育雏燕,直至新的生命在海天展翅——有的窝中,正躺着奇形的燕蛋:它是两头钝圆的长形。

标本采到了:用网捕了一对。

它的个体略小于家燕。背和胸羽,都有如绸缎般柔软而闪光的金丝状的羽毛,腰上似有一缕灰带,翼尖而长,嘴短而扁宽,下跖庶短。飞翔时,潇洒而优美;稍一扇翅,即如闪电划过,瞬息无踪——这也就是渔民传说它上天觅食云雾的依据。其实,它是在捕捉飞行在高空中的昆虫,这已由解剖后的胃容物证实——经鉴定标本,这确实是动物学家们寻找了多少年的金丝燕中的一种,是在我国土地上生息、繁衍的金丝燕!

喜悦,就像石峡下的涌浪,在他们心里翻腾。但是,对栖息地的考察,又使他们愁容满面,心上压了一块大石头。

小岛上原有金丝燕栖息地三处:一处被海上惊雷劈毁,崖崩燕去!

燕窝已成为附近渔业大队的一项私有财富,各队轮流采摘一年,因而轮着的队则残酷地掠夺。清明前的一窝,是质量最高的燕窝。其时,有的雏燕已经破壳而出。它们幼稚得不知厄运临头,听到响动,就张开红红的嘴,急切地叽叽呼叫,等待亲鸟哺食。但嗷嗷待哺声,阻止不了占有欲的残暴,顷刻之间,洞中已一片狼藉。

他们毁蛋弃雏取走燕窝之后,金丝燕在一片悲鸣声中,又连忙顽强地再筑新窝。经历无数艰辛,一个多月后,生命的摇篮又在壁上架起。

正当可以产卵哺雏时,摘燕窝的人又来了,再重复一次毁蛋弃雏的勾当。这次燕窝的质量,已大不如前了。唾液混合着羽毛和海藻,毫无抵抗能力的弱小的金丝燕悲鸣、呼喊,大海也为之失色。

繁殖季节是短暂的,眼看就要过去,小小的精灵们只得强打精神,呕心沥血地奋斗,再筑新巢。金属也会产生疲劳而断裂。超强度的疲劳,已使得金丝燕的唾液腺破裂,和着点点滴滴的鲜血又筑起了生命的摇篮,呼唤新生命的诞生……以至于第三次去采摘燕窝的老人,颤抖着不忍心下手,但对财富占有的贪婪,依然又导致一场残杀。

年复一年的不幸,逼得金丝燕只好远走他乡。它离弃了残忍又愚蠢的人们。

三个群体的金丝燕,只剩下了现存的这一处。旺年一次可采五十多只燕窝。常年,每次可采三十多只。以此推断,这个群体,也只存留百多只金丝燕了!

研究开发、利用动物资源,是科学。杀鸡取蛋,对金丝燕如此毁蛋弃雏取窝,却是愚蠢,甚至是罪恶。两者之间,有天壤之别……

身材中等的邓巨燮,看样子快有五十岁了,谢了顶的额头宽大闪光,操着一口广东"普通话",热情而直率,几乎是有问必答。但当他似乎明白了我并非仅仅出于好奇之后,眼里迸出锐利的目光,射定我,不管我怎样窘促,只是紧紧地盯着:

"我国已发现的金丝燕,仅仅只剩下这一群一百多只,而且还面临那样的危难,如不采取坚决措施,不久,它们也要远走高飞,或衰老后自然死亡……结果都一样。你不能再去写它们了!有些人,对攫取财富有特异功能……会蜂拥而去,连金丝燕也会被打光的……"

也许,他们心里还庆幸着是在三十多年后才找到金丝燕的踪迹吧!否则,在那动乱、愚蠢,科学被视为恶魔的年代,金丝燕大约也被横扫殆尽!

当时,我一定像根木头似的杵在那里,忍受着他的目光的射击,然而心里却像是打翻了五味瓶。

金丝燕创造稀世珍品的美德,为什么却成了它的厄运的祸根?

……

是广东省负责自然保护工作的姚炼同志和卢柏威工程师的谈话,使我从木然中解脱出来。他们正在商量准备"买"下那个小岛以及燕窝,建立自然保护区……

我总算得到了一点儿安慰。到了海南岛后,竟又渐渐经不住一睹金丝燕雄姿的诱惑……正当这种诱惑愈来愈强烈时,我到达了尖峰岭热带森林研究所的试验站,参观了那里从世界各地引种来的热带林木。

标本园简直是个林木的"联合国",毫不夸张地说,也是一座迷宫!连最有成就的植物分类专家也难以见到植物就可报出名字。植物世界太丰富了。

然而主人却为来客照亮迷宫——每株奇异的树下,立着雪白的石牌,极清楚而简洁地介绍了它的学名、产地、价值……为参观者省去了不少时间。我们一个个都兴高采烈地大开眼界,称赞标本园的工作细微,尤其赞赏它的说明标牌——这需要花费科研人员的多少心血啊!没想到标本园的王主任却说:

"我们正想把说明牌去掉——过去没有时,很多珍贵的种子、果实都保留了下来。但现在有了说明,从中知道了哪种美味可口,有的人竟明目张胆地强偷硬抢来了——搞引种试验的,没有了种子,还怎么工作……"

我们一个个都瞠目结舌,半天也回不过神来……

还敢再去那个小岛吗?为了金丝燕之故,我倒希望那里的海边突然长起万仞高山,以隔绝人迹……

在历尽旅途的艰辛,到达海岛东线的海边,我只敢隔海相望——而且是默默的,绝不向他人吐露半字——在心里祈祷着,希冀一见金丝燕剪风掠云的矫健……可是,只有在茫茫水天中,隐隐约约浮沉的小岛……

金丝燕,你在哪里?

1983年早春于广州

山野寻趣

燕喃空谷

无论在天南海北,只要有机会,我总是在峻岭峭壁中寻找白腰雨燕的踪迹,希冀觅到它的巢。虽然科学家的发现,已使我窥视到真正燕窝的创作者,但"燕窝"之谜仍然一直困扰着我,并焕发出五光十色的诱惑。民间流传的神话,志书上有关的记载,药农们的谈吐,都说明除了在海南岛上的金丝燕之外,深山大岭中还存在着另一种燕所创造的"燕窝"。

渴望拨开未知数迷雾的激情,并非科学家才有。

我在黑龙江的桃山,中原地带的郑州、大别山,川藏边境,云南,都常久久地注视过雨燕的矫健身影,直到它消逝。那留下的蓝天里,萦绕着我无尽的思绪……

我没有找到它们创造的生命摇篮。鸟类的巢,不是遮风避雨的居家,而是迎接幸福、诞生新的生命、创造未来的土地。

1986年5月,我再次登黄山。

从新路登天都峰,时而得弯腰曲背,时而要手脚并用,时而又豁然开朗。妙在一段险路之后,必然有奇松撑开绿伞,罩起一块悬空的巨石,请你小憩,请你领略大自然的赏赐。天都峰在望时,前方隔峡的整个山巅,竟是一块半圆形的苍苍大石,其重不知几千万吨,神在仅有一棵平顶短鬣的奇松,傲然屹立其上,燃烧着生命的火炬。有人曰"孔雀开屏",我却说它是"仙桃石"。同伴们眺望着似乎只要一伸手就可摘到的仙桃,惊叹大自然的造化,以至于后来还生出了妙不可言的故事……

突然,几道瞬息即逝的飞影,像张网,兜住了我的心。是的,那千真万确是白腰雨燕的飞掠,它具有特殊韵律的轨迹,是我熟悉又能顷刻激起我冲动的。然而,在这险峻的山道上,怎能去追踪、寻觅?只好将满腔的惆怅和悬念,留给飘忽的白云。

傍晚,坐在玉屏楼的迎客松前,夕阳余霞还恋在天都峰西侧,空空的山谷已冥冥青青。冥青中忽而闪出几点白花……山谷陡然化作无际的夜海,波的粼光,浪的溅花……不,那是雨燕缠腰的白带子,是白腰雨燕在做今天的最后飞行,写最后的一行诗……

这时,我还不知道,它已预告将有好运等着我,而只是沉浸在无边的想象中,想象着那行诗句……

这天,下玉屏去西海了。这支小小的队伍多是第一次登黄山,已显出疲惫,行动缓慢。到达谷底再爬莲花峰石级时,不多一截,就要停下休息。快到山脊时,就地坐在石级上,让如牛的喘息慢慢平复。

一阵呢喃,充满慈祥,闯入耳中。正抬头寻找时,又被几声溢满奶声奶气的娇呢震撼。我强按怦怦跳动的心,告诫自己要沉着、沉着……

四五只白腰雨燕,扑闪着灰亮的黑褐色翅膀,争着挤到陡壁凹处。此处的石壁已和前山的雄浑大不相同,都是直线条的,俨然斧砍刀削一般,几乎全是垂直式的上下。那凹处,其实像被突然呈直角地向里削掉一块,崖石悬着。一个燕头,白颈,正从悬着的崖石底伸出,迎接着簇拥飞来的燕。

太阳还被天都峰留在那边,只有一抹阳光越过头顶的天际,射向莲花峰上。我能看到的,是它们长而尖的远长于尾的翼,闪耀的灰蓝泛紫的光,精悍的小身材。

我双目紧紧地盯住那处,连眨也不敢眨,希望太阳加快速度,将阳光洒下。小精灵们还在欢快地絮语着,充满了亲切、温暖……它们是怎样磋商、安排、飞去飞回,都不在我观察中。我依旧只是紧紧盯在那处,像是那里蕴藏着一个宝物,生怕会瞬息飞去……

啊!阳光,我感谢你!悬石的底部,紧紧地贴着一个扁圆的窝。窝的外壳,粗糙,隐隐露出草络、苔藓、树叶,看不到家燕垒巢时衔泥粘窝的痕迹。窝口呈新月形,若不是一只燕从中飞出,还真难以发现隐藏得那样巧妙的窝。它是精巧的,悬石为它挡风遮雨。是的,我终于看见了存在于我心里多年的、谜一般的燕窝。这样自然又机缘巧遇地解开了谜。一时,心头又泛起缺少点什么的感觉,是什么?我说不清。

据老中医、中药工的叙说,这种巢采下后,经过多次水蒸,清除掉杂质,也是质地优良的"燕窝"。显然,它和金丝燕的燕窝是不相同的,也没那样名贵,因而名之"龙牙燕"。因为这种"燕窝",也是白腰雨燕用口涎将草、叶粘在一起而制作成的,而涎液显然是燕窝的主要成分。

我不是从事动物学研究的,当然也就没有必要非去采摘那个"燕窝"作为发现的证据、研究的标本不可,更不会为攫取珍品而萌发邪念。但我想将它的形象留下,传递给曾一道参加考察的鸟类学家。

可惜既没有变焦镜头的照相机,也没有稍好一点儿的照相机,只有一部廉价的"傻瓜",当然,在这直线距离10多米的远处,想清晰地拍下"燕窝",那是不可能的。不过,我倒是希望将那片环境摄下,作为彩色的点,留在相片上也行。于是,朋友观察、报告燕来燕去的踪迹,而我则端着"傻瓜"对准那块悬崖等候。

刚才,它们还熙熙攘攘闪电般地往来,可现在,突然像知道有人要为它们摄影,竟然只在山谷中如箭飞蹿,就是不肯来到窝边……正等得焦心,它们却善解人意地飞来了,两只一同飞来的,窝里的立即伸头迎接。那呢喃之声似乎已不存在,我的取景框中只留下耀眼翻飞的白花,宽长的羽翼,扁圆的窝,新月般的窝口……我拍了一张又一张。

几天后,胶卷冲出了,满怀的希望却沉入了胶片无底的黑洞……这个鬼"傻瓜",它摄下的竟是一片漆黑,不知哪个机件坏了,整整两卷胶片全毁了!

我忍不住大声怒骂,骂那海外奸商!因为在这些胶片中,还有很多珍贵、难得的镜头,无论何时看到,都会引起发现的喜悦、思索和无穷的回味,然而,一切美好的见证,都成了愤怒和怨恨……

或许是黄山在召唤,白腰雨燕这个精灵在召唤,召唤我还要再来云海奇松中漫游吧!

那天,乳燕娇憨的呢喃,亲燕慈祥的喃喃,伴着我一路到达西海。西海以奇峰著称,危峰从谷中矗然出世。谷深,谷幽,谷回,谷秀,站在哪个角度看,都能饱览一幅幅凝重、透奇、逸秀的新卷。只有领略了这些全是直线条的奇峰峭崖的神韵,你才能欣赏新安画派的墨宝。在这样的地理环境区,一定会见到白腰雨燕。

果然,双龙松下奇峰探首的山谷,雨燕将绿茵茵的山岚任意剪裁。它们成群结队,忽而直冲霄汉,忽而斜掠浮云,忽而横切细雨……因居高临下,且似乎就在身边,才看清了它们全都张开了阔阔的嘴巴,那是在耕耘——兜捕昆虫……

十多分钟后,十几只燕闪着白光,往石壁上一凹处飞去。那凹处似是一个不浅的洞,而后又有十多只飞进,山谷中回荡着它们嘈杂、洪亮的鸣叫……不一会儿,又纷纷飞出,再张开大口……

对面突出的山崖上,站立的几只黄嘴丫的乳燕,像是专为证实我的猜想而来……是的,这次能这样幸运,是因为时间巧合。眼下正是亲燕哺雏育幼繁忙期,早育的燕已开始离巢,慢慢锻炼翅膀,成长为蓝天的主人。而前几次来黄山,非早即迟。早了,亲燕正孵蛋;晚了,乳燕已长大,燕子们也就弃窝而去。

据动物学家研究,白腰雨燕以昆虫为食,它身材虽小,却有张阔阔的嘴巴。凭着勇猛的飞行,每小时竟能兜捕到近四百只的小昆虫。每天能捕七八千只害虫。仅仅是育雏期间,捕虫数就在二三十万只!

但愿不要因为我的赞美,给它们带来灾难。说真的,我在写它们时,心里有点小小的宽慰,因为它们把生命的摇篮,都架设在笔陡笔陡的万仞石壁上,连采药工也上不去。崖上还长着大片大片名贵的石耳,可以算作佐证!总不至于有人只要"燕窝"不要命吧!何况,我并非动物学家,观察也并非结论。

然而,几年前,在冷雨吹洒的中山大学校园中,金丝燕的发现者郑巨燮,知道我来访的目的后,那射定我的锐利目光,警告我不要写金丝燕的庄严神情,又极清晰地浮现在我的眼前。我甚至感到他那灼热的眼神,便惶惑了。

走到排云亭附近,路边一株白杜鹃,灿烂盛开;洁白如雪的花朵,似盛满九天甘露的玉杯。黄山杜鹃也是一绝,生在高海拔的山崖。这次在天都、玉屏、莲花等地,都见到在黄山松苍郁的绿云深处,冒出点点簇簇的红杜鹃。真怪,就那么几点红艳,竟使大山生龙活虎,山添色,峰增险。白杜鹃尤为名贵,一路上我只见到一株,七八朵花。这是第二株,又在路边。我不禁细细审视,为它的命运担忧……竟没有一枝折痕!迟发的花蕾峭然昂首,迎接不断来树下摄影留念的人群。它身后的一片红杜鹃蔚为壮观,似一道红霞浮锦!

我紧揪的惶惑的心,释然了,宽松了。三年前,我曾欲一睹金丝燕雄姿而不敢前进,只得望着大洋中的孤岛兴叹。然而,三年后的今天,人们对大自然的认识,对大自然所创造的美的珍惜,在这簇白杜鹃花朵上清晰地现出!

山谷中纵横飞掠的白腰雨燕,不就是朵朵盛开的白杜鹃?记得一位鸟类学家曾对我说过:鸟是开放在天空的花朵!

灿烂如云的白杜鹃给了我勇气。

赞美吧!赞美黄山的白腰雨燕,赞美盛开的白杜鹃、红杜鹃!

赞美大自然创造的一切壮美!

赞美一切珍惜美、创造美的人!

1986年初夏于黄山

高高的红楠

沥溪从乱石中穿流，带来了清脆的水击、婉转的鸟鸣。这是一条布满大石的河谷，水流在巨石中迂回穿流。考察队队员们在河心石上跳跃，从这块石头跳到那块石头上，犹如蛙行。三个最年轻的队员潘建新、蔡辉、钱宏，不离腰椎有疾、拄着拐杖的韩也良左右，总是在他困难时扶持一把。

昨天已在这条河谷发现了第三纪孑遗树种：糙叶榆和青钱柳，它们郁郁葱葱。刚刚又在双河口发现了大片天然青栲林。真是奇迹！它不仅材质好，又还可提炼栲胶。更重要的是表明了牯牛降南坡森林的中亚热带群落特点。

在号称"三十六道弯，一弯一重天"的山谷中，谁知道还有多少新奇的事物在等待他们发现？

一块巨大的灰白花岗岩挡在面前。刚抬头观看飞挂的银瀑，却像是听到无形的命令，队员们飞身向前，连韩也良也争先恐后地往上攀爬……

紧张、神秘顷刻笼罩河谷——动物组报告这里有丰富的毒蛇资源：主动向人攻击的眼镜蛇，挂在苦竹、树枝上的竹叶青，盘踞在枯叶、石缝间的蕲蛇……昨天还在糙叶榆处打死一条蝮蛇——难道是碰到了……

等我爬到上面的河床时，也惊愕住了：河谷如一条巨大的绿色隧道，两岸的森林几乎将河谷上空封闭。队员们正庄严地昂首观看着两岸森林，似乎那油绿的树冠、高大挺拔的树干是稀世瑰宝。但它确有特殊风韵，厚密的绿叶中闪着星星点点的红艳，艳得像是榴火。红艳艳的花柄上，缀满了紫红的果，在油亮油亮的树冠中,特别悦目。

直到小潘像杂技演员爬竿,两手抱干,双脚盘树,躬身噔噔噔地上到20多米高的枝头,细心采摘标本时,植物学家吴诚和才在我耳边轻轻地说了句:"红楠!"

这不啻一声惊雷:这样大片的天然红楠林,的确是难以找到的奇宝!

标本主要是花、果实,它是研究植物的依据。

潘建新以特殊的登山、爬树采摘标本的本领,被大家誉为"山猴子"——正确的含义是神手。他是位英俊、机灵的小伙子,故乡在牯牛降下的城镇里。从森林中走出的孩子,又回到了大自然。他从黄山林校毕业后,在林科所从事稀有、珍贵树种育种的工作。

育种首先要选种,他成年累月地在莽莽的森林中,踏破铁鞋探索、寻觅、追求大自然的果实!

牯牛降自然保护区横跨石台、祁门的十万亩大山,多是荒无人烟的险峰幽谷。就是这次大规模考察,也须在周围建立四个营地、两个后勤支撑点。但小潘曾七上牯牛降主峰探索,在艰难危险中得来的巨大成就,引起了科学界的瞩目,为保护区的建立提供了科学依据。

小潘爬树,从来不和树干"贴肚皮"。那天在岭上,青栲树有10多米高,他纵身跳起,抓住树枝就悠上去了。下来时,头发上落满小虫。就是这号标本,为以后发现大片青栲林提供了重要的线索。

采标本实际上是植物学家的基本功,光有爬树的本领还不够。昨天,吴诚和在河心石上左瞅右瞧树上的花穗,刚要找小潘时,他已在树上折枝取花。这是一株肉花卫矛。没有丰富的专业知识,小潘无法从吴诚和的神态中,发现它的花穗特别长。初步鉴定标本的结果,证实了吴诚和的怀疑,确实是一个新的亚种。他在野外工作二十多年,能在几十米外一眼认出树种,目测出胸径、高度。

晚霞点染了河谷上空的一线蓝天。劳累了一天的考察队员们，已在溪边洗衣、擦身。营地充满了欢声笑语的喧闹。

小蔡和小潘、小钱却正在紧张地整理、压制标本。当天晚上要用草纸夹上，连夜烘烤，第二天清晨，再一页页翻开，换上干纸。四五天后才能粗粗制好。稍有不慎，付出血汗采来的标本就要遭受毁损。

小蔡和两位好朋友，却在这浩繁的工作中，享受着无穷的乐趣。小潘蹲在地下，从标本袋中分拣出红楠。小蔡接过，在草纸上展平它油绿的树叶，红艳得如珊瑚的长果柄、顶着紫亮如珠的圆果。小钱衬上纸后，小潘又递上一号。如此流水作业，将玉叶金花、三叶赤楠、甜槠、黄瑞木、金丝桃……都上到夹中。他们不时停下对照标本讨论，交流心得……专注得像是翻阅无穷的画卷，读着大自然撰写的无穷史诗。

蔡辉是恢复高考后第一届林学系毕业生、吴诚和的助手，他戴副眼镜，黧黑的脸上堆满憨厚。在野外考察中，他总是先去辨别树木分类，吴诚和再随即补充或更正。他对制作标本有特殊的热情，不时用笔记下心得；起早贪黑，篝火边常常只剩下他。我曾婉言劝他注意休息，他微笑着以颏点着标本，两手一摊。那意思是他在复习功课，努力早点取得在山野中独立工作的权利。

和鸟类共同迎接朝霞初露、朗读外语的是研究生钱宏。他长得秀气，在考察队中，什么艰苦、危险的事总是抢在前面；只要有空，就捧着一本书。同伴们说，他正在为以后考博士生做准备。

吴诚和深有体会地说过："一个人没有为人民造福的信念，事业上也不会有目标，那他就毁了。"

三位二十多岁的年轻队员，像高高的红楠一样，将凌云的理想深扎在山岩中，赢得了年长同志对他们的关心和帮助。从他们身上，大家看到了年轻的一代，看到了十年、二十年后的林业科学。

"我们只想作为人梯中的一级,使他们尽快成长。"这是考察队中年龄最长者赵德铭说的,也是大家的心愿。

红楠,根深叶茂的高高红楠,愿你在山野中早日凌云冲霄!

1983 年夏于石台

山野寻趣

漂浮在伶仃洋上的猴岛

台湾、海南岛有猴,并不令人惊奇,因为岛上的面积大。但如果是在面积只有五平方千米的孤岛上——那只不过是浮在大海上的一片绿叶——有猴?人们一定惊奇,它是从哪里来的?猴会游泳渡海?它们又是如何生活的……

小岛就在珠江口的伶仃洋上。

一提伶仃洋,那惊天动地的诗句立即跳了出来:

人生自古谁无死,
留取丹心照汗青!

这首被中华爱国志士吟唱多年的诗歌、宋代民族英雄文天祥的仰天长啸,就产生在这片狂风激浪的大洋之上!

我们虽不是去凭吊古海战场,寻觅诗人当年的踪迹,而是在大洋上寻猴,但也有在万里蓝天、碧波万顷的汪洋上远眺一番的念头。可是,四周只有迷蒙的一片。海天之间,似乎只有这一叶小舟在默默地前进。我们登船的码头——蛇口工业区的高层建筑,推土机的轰鸣,以及近海网箱养鱼的标杆,都已被身后的云雾掩去。年轻的船长,只得借助于罗盘,在混沌中将船驶向内伶仃岛……

卷云摧雾的海风,不断地改变着大海的面貌,忽而浩渺,忽而幽深,内伶仃岛却始终不见面，只是躲在云雾的深处，显得格外神秘莫测，也撩得大家焦急地不断去船头眺望，埋怨天公不作美。

谁知云雾忽散，内伶仃岛已矗立在我们的面前。苍翠葱郁的山峦，银色的海滩，蔚蓝的海湾，立即扫除了海空的灰色，耀起明亮的光彩。踏上码头，我们这些心急腿快的却被喊住，只见原在岛上居住的老王，从挽缆的桩柱下掏出了电话机……不一会儿，发动机的声音传来，从沉闷到清脆——一部军用大卡车从山上开来，副营长带来了驻军的欢迎。

小岛由尖峰山至蚺蛇岭、南峰坳起伏着，东西长而南北窄，很像漂浮在水上的一只杧果。《西游记》虽系神话小说，但作者对猕猴的生态一定做过深刻的观察。他所描写的花果山水帘洞，不仅是文学上的典型环境，同时也是生物学上猕猴栖息地的典型环境——供采食的花果，供嬉戏和避敌的顽石、陡壁，供饮用、沐浴的溪流。

动物学家们在野外考察猴群，首先寻觅的就是这样的景观。这样的景观在岛上有好几处，主峰上的峭壁危崖，当然成了我们第一个目标——可登高纵览小岛全貌，环视伶仃洋的气势。可是，数次的攀登都失败了。这倒不仅因它的陡险，主要还是森林太茂密。去年才砍出的小路，已被速生的灌木，藤条……封闭得严严实实。

好在已发现了猴群的踪迹。大家一面擦着满脸的汗水，一面兴奋地观察着它们留在山石上的粪便及采食后丢下的枝叶，那粪便新鲜得发亮，说明猴群是刚刚被惊扰匆匆离去的！

眼下虽是北国的隆冬时节，但这个南国小岛上碧翠得连雾也是绿茵茵的。它是珠江口森林保护得最好的岛屿。这是驻岛部队的功劳。植被属亚热带向热带过渡的常绿季风雨林，但多是次生林，也有小部分是驻军造的人工林。据说，新中国成立前，常有人来岛上砍柴卖往临近的香港、澳门，原始森林被破坏殆尽。我们只在过去的居民点捕狗仔的房基处，找到了几棵合抱的大树。捕狗仔的居民点并不滨海,倒是建立在山腰的险要之处,很有点"山寨"的味道。因为历史上海盗常常侵袭,凭高可以瞭望大片的海域,居险则易守难攻。现在岛上只有驻军,居民都在两年前迁到经济收入高的蛇口特区了。

大自然对于森林保护者的奖赏,是无比慷慨的。

我们在海滨虽未见到美丽的海杧果花,但山上探头的桃花,艳丽得如锦霞浮在绿树丛中。在营房附近和原来的居民地,很多粗壮的荔枝、龙眼,用它们又厚又密的叶子,织成了浓郁优美的树冠,为岛上增添了特殊的风光。

美味的果实,自然是猴群欢宴的佳肴。在山谷和坡地上,到处都有猴群喜食的野苹果、番石榴、猕猴桃、刺葵、马骝果、油甘子,以及成片的波罗、芭蕉。有一条山溪边,挤满了芭蕉的肥叶,山风吹来,活似奔流而下的绿瀑。

气象记录岛上年平均气温是22℃左右,未出现过低温霜冻。年降雨量可达2000毫米。由于保护了森林,使得土层深厚、肥沃,淡水丰富,小溪终年叮咚——不存在着很多岛屿上有的淡水荒。真是四季开花,终年飘果香。难怪有的同志说,拐杖插在这里也会吐芽生根!

岛上的绿树、危岩、山泉和环岛的大海织成了一幅幅如画的锦绣:危岩怪石,雄伟;绿树山泉,秀丽;山谷幽深,大海磅礴。凡是在风景优美的地方,都发现了猴群(据统计,有一百多只)。我们在远处,它们伸头探脑,一旦我们接近,它们就呼啸而走,逃得无影无踪。

驻岛的战士说,"马骝"和你们还没交情,平时晴天上午八九点钟时,它们总是在大石头上晒太阳,打闹、淘气。我们横看竖看都不走。

我们走遍了多姿的海岸线。在西、北有几处幽静的海湾,银色的沙子铺就了天然的海滨浴场。南部则是无数巨石矗立,与陡峭的崖岸相呼应,像是无数的勇士严阵以待。海边有着丰富的贝类和蟹,据说,那也是猴经常猎食的海味。

在追踪猴群途中，我们在林下发现了小灵猫和鼬獾的踪迹，虽然没能目睹老王叙说的大蟒和猴作战的惊险、鲮鲤猎食蚂蚁的特异功能，没能听到蛤蚧在夜晚慑人的叫声……倒是见到了很多羽毛美丽的小鸟，它们婉转的鸣唱，始终伴随着我们的行程。

这些鸟儿应该为解放军战士唱支歌——蔬菜对守岛战士生活上的意义，那是不言而喻的，可是辛辛苦苦开荒种出的菜，成了鸟儿们的美味。鸟也可以成为战士们的美味。但他们没有开枪，而是用一张张的渔网，将一棵棵的菜罩起。同行中的一位同志十分感叹而又幽默地说："只知网能捕鱼，没想到在这里看到了用网捕菜！"陪同的教导员说，过去，他们也打过猴，但战士们从考察队那里知道保护猕猴的意义后，全都自觉地维护起猴群的安全了。

对于猴岛的发现，应归功于广东省昆虫研究所海岸带资源调查队，以及大力支持他们的广东省林业厅。

猕猴又名恒河猴，海南岛和猴岛的人称之为"马骝"。作为珍贵的观赏动物，它常常逗得人捧腹大笑。但受到科学家们特别垂青的，却因为它是高等的实验动物——航天飞行、医药卫生、人类起源等的研究，都要先在它身上做；它自身所产的猴枣，也是可治头痛脑热、肿瘤的名贵中药。

世界上科学发达的国家，每年都需要大量的猕猴。在1977年以前，仅美国每年要从印度等国进口五六万只；之后，由于猕猴资源的急剧下降，印度已不再出口。美国只好四处找猴，抬得猴价飞涨。

随着现代化建设的步伐加快，我国科学研究中对猕猴需求量急剧增加，供求之间存在着极大的差距。仅上海、北京、昆明几个科研单位的不完全统计，每年就要用猕猴三千只左右，但常常求猴无门。

我国的猴类资源与同一地理纬度国家的相比，是丰富的。有世界闻名的金丝猴、黑叶猴等近二十种。云、贵、川、两广都是重要的产猴区。但由于无知，森林被乱砍滥伐，这些资源遭到了严重的破坏。仅海南岛昌化江一地，在

20世纪60年代初,捕猴量有一万多只。尽管林业部和有关单位屡屡呼吁,但直到今天,猎杀猕猴的愚蠢行为并未停止。

面临这种恶性循环,寻找和保护猕猴资源,就成了动物学家们的紧迫任务。

从事动物资源研究的人,总是把触角伸向社会的各个角落。当捕捉到珠江口海岛上有猴的信息时,那里特殊的地理环境立即引起了他们强烈的兴趣。

一路上,向我们介绍情况、讲解的刘振河,身材敦实健壮,似是天生从事野外工作的,大自然也毫不吝惜地为他黝黑的脸膛镀上闪闪的光彩。20世纪60年代初期大学毕业后,他就在广东省的崇山峻岭中为寻找动物资源而跋涉。我们在海南岛见面时,他刚从南湾猕猴保护区归来,十多天后,他又辗转几千里,风尘仆仆地赶到海边,参加对他来说不知是第几次到猴岛的航程……仅内伶仃岛一处,他和课题组的同志在1981年2月、4月、10月就来了三次。第一次是初探,发现的喜悦,促使他们决心再来考察。不巧的是遇到了雨季,那雨插竹竿似的一下就是七八天。直到第三次,才在驻军的帮助下,查清了小岛上猕猴社会的结构、分布……

刘振河和海岸调查队的发现,是一连串的。在珠江口的海岛中,有猴的岛屿,并非"只此一家"。

流域面积四十五万多平方千米的珠江,是我国南方最大的河流。年平均径流量约三千四百亿立方米/秒,是从洪奇沥、虎门等八大口门入海。

口门之外,有大约一百五十个岛屿,受着东北和西北两条大断裂带的影响,有规则地一重重地排列在珠江口门之外。这些岛屿统称为万山群岛,形成了我国闻名的万山渔场。

由于它们拱卫着八大口门,又多在深圳、珠海经济特区附近,濒临香港、澳门,因而在国防和经济上具有特殊的重要意义。

海岸资源调查队，又在万山群岛的担杆岛、二洲岛、上川岛、北川岛上找到了猕猴。四岛中只有上川岛偏西，与珠海、澳门接近；其他三岛偏东，与深圳、香港比邻；都具有热带海岸的高温、多雨、风大等特点。

它们的植被虽和内伶仃岛同属亚热带向热带过渡的常绿季风雨林，但又各有不同的特点。

上川岛与内伶仃岛相反，南北长而东西狭窄。北川岛一带的森林，在1958年曾遭残酷采伐，很多地方已光秃秃一片。北部扯旗山一带，为热带常绿阔叶林，茂密的森林为猕猴提供了良好的栖息地。岛的面积大，猕猴数量很多，据调查估计，有三四百只。

鸟类的迁徙，大多沿着海岸线。上川岛上茂密的森林，成为它们理想的停留地，甚而流连越冬。在冬、春季节，野鸭、鹭类来往不断。正式开展鸟类环志工作后，这里将可能成为一个环志站。

担杆岛为形似担杆而得名，长约十八千米，宽约一至二千米。两百多只猴群主要集中在担中、担尾的崇山中。它和二洲岛一样，土壤贫瘠，森林遭受过多次的破坏。即使是在植被较好的担尾，也只在沟谷地带才能见到乔木和藤木，其他都为长刺的矮灌丛，以致淡水匮乏。这是大自然对人类滥伐森林的惩罚！

除了台湾和海南岛那样的大岛外，在我国灿若星群、星罗棋布的小型海岛中，为什么只有万山群岛分布猕猴呢？在万山群岛的一百五十多个岛屿中，为什么只有这四个大小不等的岛上能繁衍猕猴？群众反映，新中国成立初期，庙湾岛尚有猴子，但以后森林遭到破坏，再加上乱杀滥捕，已绝种了。这只是一种情况，并不能完全解答人们所提出的问题。即使在今天，仍然有不少岛屿存在着和猴岛相似的自然环境，却从来没有猕猴。摆在动物地理学专家们面前的，何止这一问题呢？

关于这四个岛上猕猴的来源，有好几种传说：如内伶仃岛（包括担杆岛），一是说日军侵华失败时,将实验用猴放到了岛上;也有说是日军军官酷爱饲养动物,几只猴子逃往山中,繁衍成群;更有说是鸦片战争时,英国侵略军船上的猴子被炮火吓得逃至岛上……

但是,岛上的老人说,岛上有猴有百年以上的历史,目前已查到的地方志上,也记载了一百多年之前有猴的事实。

对从上川岛、担杆岛采到的猕猴标本分析得知,它们的头骨和外貌基本一致,属同一类群。与广东及海产猕猴比较,更接近于海南猕猴。与日军可能得到的东南亚猕猴区别明显。虽然解剖学上的比较只是初步的,但上面的传说已不足为信。

万山群岛、海南岛与大陆分离,年代都已相距很远,应用地质年代计算,若从岛上整个的生物群落——植物、动物和大陆的关系来看,猴群系大陆所来的可能性更大些。然而,即使如上川岛那样大的面积,猕猴种群发展中难以克服的问题也是显然的。海南岛南湾半岛,猴群退化的现象异常明显,个体普遍偏小,而半岛与邻近产猴区的隔绝,只不过是近代的事。十多天前,我在那里时,保护站的同志已强烈地感到问题的严重性,准备从外地引入种猴,以取得新的遗传,从而复壮种群。

猴群有无可能从大陆渡海而来?虽然猕猴喜欢戏水,也能游泳,群众中甚至传说它们可以联手为桥渡河,但这几个岛屿与陆地的距离都较远。即以内伶仃岛为例,它北距陆地蛇口九海里,这样的海域对猕猴来说是无法渡过的。

据刘振河同志说,还有个很有趣的现象,从对内伶仃岛上采到的猕猴标本初步分析得知,它们明显的特点是其尾(平均值)比一般的猕猴短,但又长于短尾猴的尾。难道它们是进化树上的一种过渡型?这在国内还是稀罕的事。那么,除海南、台湾那样的大岛外,在我国星罗棋布的海岛中,为什么只有万山群岛有猕猴呢?

总之，这些问题都在困扰着动物地理学家们。在目前的情况下，要想合理地解释这些问题，都还存在着困难。越是困难的问题，越是具有吸引力，其答案的意义也就格外大。

既然如此，这四个岛屿又具有着这样优越的地理条件，比如面积大小适中，均为海防前线，外人无法轻易进出，内伶仃岛和二洲岛只有驻军……若建立一个猕猴保护区，岂不得天独厚？既可作为科研中心，又可作资源基地；何况这些地方风景美丽，四季如春，还是正待开发的旅游资源……

发现的喜悦，本应是对科学家的崇高奖赏，但刘振河和资源考察队员们的喜悦中充满了忧虑：一是岛上森林所遭受的严重破坏，二是猎杀猕猴的可恶行径至今没有得到制止。仅上川岛一处，近来猎杀猴子就有一百多只。不少人对国家公布的保护法令置若罔闻，致使原来在20世纪60年代初，猴类昌盛的猴岛，而今却呈现出只是残存一些猴子的惨状。可见保护这一特殊地理单元中的猕猴资源，已成燃眉之势！他们四处呼吁，八方宣传……愿珠江口的猴类自然保护区早日建立！

1983年春于珠江口

鸟战风云录

5月13日,我和老钱刚到中转站,迎面传来好消息:动物考察组明天要上牯牛降,探索飞禽走兽的垂直分布。

牯牛降自然保护区,紧邻黄山西侧,横跨安徽祁门、石台两县,面积十万亩,多是荒无人迹的崇山峻岭。

引起科学家们的注意而决心要探索其中奥秘的,是因为它的独特的森林群落——生长着成片的红楠林、鹅掌楸、第三纪孑遗植物糙叶榆、青栲……它是我国中亚热带难得的一处森林生态保护区;还由于在密密的森林中,隐藏着一个喧嚣而繁盛的动物世界:梅花鹿、四不像、短尾猴、云豹、黑熊、大灵猫、白鹇、白颈长尾雉、相思鸟……而这些珍奇的动物,在华东地区,除武夷山外,已很难见到它们的身影了。谁不想在密林中一睹它们的尊容?谁不想领略那种悄悄跟踪、紧张等待的神秘感。

我们向李胜林站长提出上牯牛降的要求,没想到他却沉吟不语,面有难色:一双圆圆的眼睛,只管在我们身上打量,像是登山队长在挑选最后冲击珠穆朗玛峰的队员。见我们两个虽然一胖一瘦,但都是身高一米八的大汉,身大力不亏,又是满脸渴望,他半天才憋出一句话:"等和动物组会合了再商量吧!"我们紧张的心总算轻松下来了,他毕竟已将牯牛峰的大门向我们开了个缝。等到我们经历重重危难下山后,才理解了他的慎重,那是多么细致的关心和对后勤工作多么周密的筹划啊!

从高空中看,牯牛降保护区宛若一片阔叶树的叶子,考察队在它周围设了四个营地。这个中转站负责支援金竹洞、祁门叉营地的一切后勤工作。它所在的石台县大演公社星火大队,是明代诗人、抗清名士吴应箕的故乡。《桃花扇》的故事在这里几乎家喻户晓。因为故事开头就写了这位威武不屈、最后被清兵所杀的复社领袖。在院里,还残留一块有吴应箕手迹的石碑,只是在"文革"中被砸成两截了。

午饭后,我们赶了五千多米山路,到达明天登山的支撑点——合山。这是个藏在危石林立、大树覆盖下的小山村。海拔虽只有四百多米,却紧靠在主峰的山脚。村后密密的栗树上,迟发的花积雪一般拥在枝头;早开的花刚蔫了,长长的花穗,已在孕育栗红栗红的球果。肥大的端午锦,挺拔的花箭上,大朵大朵的鲜艳花朵,染得村头、小巷一片灿烂。这是一种被当地称为"臭牡丹"的花卉,如盘的花穗上簇拥着无数紫色小花。

山谷中传来砰的一声枪响,宣布动物组已从金竹洞赶来。凭经验,这是双筒猎枪的特殊声音,也只有动物组才用它采标本。我们的议论还未落音,喧哗、嬉笑声已和一支队伍同时飘了上来。

清风拂来了山村漫漫的傍晚,带来了森林的芬芳、泉水的清凉。低吟高唱的鸟鸣,在山坡上、溪水边、树冠中热烈地婉转啁啾。鸟在繁殖季节的歌声,特别美妙。

带队的师大老师李炳华,是位在鸟学上颇有成就的中年人。我们已相识多年。我曾多次跟随他瘦长的身影,在山野中考察、寻觅黄山短尾猴和梅花鹿的踪迹,时时感激在那些难忘的岁月中,他对我的种种关照、帮助;连初次和他见面的老钱,很快也发现他在说话中提到鸟名时,总是抑扬顿挫,很有韵味,使听者感到那不只是一只鸟的名字,而是一首长诗中的一句一节!

老熟人相见,格外亲热。我询问他这些天的收获,他刚开个头,就被你一言我一语的插话、逗趣打断——动物组主要是他和几位老师率领了七八名实习的大学生。他们头次进山,要将课堂上学到的知识运用到生动活泼的动物世界,能少得了笑话?突然,李炳华提枪从我身边擦过。同时,有谁惊呼了一声:

"鹞子!"

天空中有只麻黑色的鸟,傲慢而又矜持地滑向一棵高大的枫树,再一侧翅,来了个很潇洒的转弯,连迎风抖动的羽毛也看得清清楚楚。李炳华盯着在大枫树上空盘旋的它,好不容易等到它进入射程,谁知刚举枪,它却如一道闪电射向远方。李炳华只好失望地往回走。年轻的大学生忍不住要为老师说两句:

"别看它只有斑鸠大,可是个又凶又狠的家伙,偷鸡叼兔是家常便饭,在飞行中捕捉小鸟更是拿手好戏。我见过它抓麻雀,利用速度上的优势,从后面追上,俯冲而下,一口啄通麻雀的头,再带到树干上,大撕大嚼。"

我曾在九华山的一个村庄,见它在高空模拟母鸡的呼叫。沙浴的小鸡匆忙从竹丛跑出,它却一刹膀子冲下,抓了一只小鸡就飞起……

小小的插曲过去,大学生们又热烈地谈论起建立在窄窄的山沟边的营地、对岸迎面巨大的石壁、活捉的竹叶青蛇、夜晚捕石鸡的妙方……

一阵鸟噪震耳。只见几只黑卷尾鸟愤怒地叫着,从山坡大枫树上飞出,追着鹞子!

这家伙,什么时候又溜回来了?

刚才还不可一世,现在却一声不响,狼狈得如被抓住的贼!在它的左侧,有两只黑卷尾,右侧有三只,这不是为大人物护航,而是两面夹持!追追兼逼——黑卷尾鸟从两侧很有章法地频频进攻;左侧一只刚用翅膀扑击,鹞子凶狠地伸嘴迎击,却疼得一抖。原来,右侧冲过来的黑卷尾已在它尾上来了厉害的一口。鹞子只得抬头升高,那只先前用翅扑击的黑卷尾已反转身,压在它的头顶……天空飘下了几片麻色的羽毛。

黑卷尾鸟们，纵横飞掠、轮番冲击，终于打得鹞子抱头鼠窜……黑卷尾鸟们追了一段，却不约而同地返航，飞回山坡的那棵老枫树上，似乎有着一条无形的防卫线。

别看黑卷尾鸟通体漆黑，它刚才在夕阳下飞翔时，闪烁着灰蓝色金属般的光泽；返回到绿树中穿行，却又泛着莹莹的宝石绿……随着栖息环境的变异，竟产生了奇妙多变的光彩效应，再加上长长的尾叉，微微向上卷起的尾羽，使它显得格外庄重而俊秀。

据说，外国古典名著中的美女，大多着黑色衣服。人类既然可以借鉴画眉鸟的白眼眉，用炭笔描出弯弯蛾眉以修饰，如何就不会学习黑卷尾鸟的服饰呢？

每年春天，只要黑卷尾鸟从南方归来，人们总是立即就能知道。东方刚刚透出晨曦，村庄还在一片黑暗之中，树丛中立即响起它那特殊的鸣唱。之后，又间歇，才是乌鸫、白脸山雀、杜鹃、棕噪鹛、相思鸟……婉转多变的鸟鸣。正是它的叫声，引来了朝霞，秀丽了峰峦，染绿了山坡，于是黑卷尾鸟被誉为黎明鸟。科学家们特别有兴趣于它对光的敏感，鸟类在黎明时鸣叫的次序，是受晨光亮度影响的。

它苏醒后的叫声很特别——"咋葛郎！"清亮而又悠远，划破了黑夜，遍布了黎明。外祖母就是以这为名教我的，要我学咋葛郎子鸟，不赖被筒子，早早起床。以后，我发现它还有种像是哨声划破晴空的鸣叫。有一次，还曾上当受骗，原以为是只白头翁躲在林中，撵出来的却是它，于是，又知道它还会学舌。刚才，和鹞子作战，那叫声就是短促的单音节的"喳喳喳喳"，恰似喷出满腔的愤怒，战斗的呐喊！原来它的喜怒哀乐也形之于声！

三四年前，在北方，当有人指着黑卷尾叫它是"吃杯茶鸟"时，我是多么惊讶！急急询问，那位同志避而不答，却叫我注视着枝头上的一只黑卷尾鸟。

不一会儿，它掀翅扑下。捕到一只小虫后，又上升，停到另一枝头，很像一位猎手,在山脊上看到了山谷中的野兽,飞身而下,得手后,又爬高到对面的山脊狩猎,英勇而矫健。它专门捕食昆虫,也包括危害极大的松毛虫,森林工作者称它为森林的卫士……突然,它一俯身,原以为又是发现猎物,谁知却直扑小溪,飞掠而过,在水面留下一圈圈涟漪……在我观察的半个小时内,它竟有五次掠水掬饮……难怪落下了这个既幽默又有情趣的名儿。

黑卷尾鸟虽然勇猛,但若在平时,以单个比,它的飞行速度和凶狠程度,那都绝不是鹞子的对手。今天,何以弱小打败了强敌?

其实,一看鹞子从枫树中飞出的姿势,就知道它的处境不妙——刚飞起,还未能加速到疾如狂风的速度。无论是在空中,还是俯冲捕获猎物;也不管是先用嘴啄通小鸟的头,还是用利爪刺入小鸟胸部,猛禽都需利用高速飞行来获得冲击力。鸟类学家作过观察:游隼在空中追击小鸟,冲击时的最高速度可达每秒一百米!正是依靠这样的速度,它伸出脚掌,猛击鸟头,然后才在空中抓住昏去的猎物。

我见过老鹰在田地上和鸭子共同觅食,却相安无事!

这只是一方面,要清楚鹞子失败的全部原因,就像研究战争,不可不追寻战争的根源。它们这场恶战的起因,和第二天早晨发生的战争,几乎如出一辙。

晚上研究的结果,李胜林同志终于同意我和老钱跟随动物组登牯牛降主峰,但因为实在难以解决在山上的宿营问题,改为当天上、当天赶回。算起来,上山要走六至七小时,下山四至五小时,且又是剧毒的五步龙(蕲蛇)的产区,那将是异常艰苦、危险的行程。然而,我们还是满怀希望地进入了梦乡……

晨星还在天幕眨眼,我们就被鸟鸣叫起。歌声是那样悦耳、清新。

"牯牛角挂云了,午后有大雨。"没想到刚出门,长脸佝腰的房东兜头泼来一盆冷水。

天是蓝的,东方的霞光正扯起金线,朗朗的晨光中,沾着露珠的树叶,绿得耀眼。回头眺望牯牛降主峰,它已一改昨天的雄踞虎伏,被淡淡的雾笼罩。在两只牸角上,确实挂了两片浅色的云,风催云涌的刹那间,牯牛复活了,蹬开四蹄飞驰,穿云破雾……迷离而又奇幻!

就算要下大雨吧——山里的小气候古怪,当地民谚:"一山有四季,十里不同天。"气象学家们往往戏称此为"三层楼"天气——雨中领略云锁烟裹中的牯牛雄姿,不也别有一番风味!

正要回答房东的关切,北面一棵黄果朴树上,爆发了杂乱的聒噪,战争风云骤起。黄果朴树高大粗壮,树冠如片绿云罩住了山村。秋天,它挂满了酸甜的金黄色小果;春天,鸟儿们在花朵中筑起一个个巢——在这生命的摇篮中哺育下一代。树叶太茂密了,只见两只挺着华丽长尾的蓝鹊,若无其事地飞进飞出;画眉在远处一个劲地叫着"如意!如意!",树莺却捏着嗓子喊:"去——回去!"扑翅声和噪鸣紧一阵、松一阵地从密叶的这里、那里传出,像是不断在追逐。大家莫名其妙,焦急地左瞅右瞧。谁说了句俏皮话:

"要是宋世雄蹲在大树上就好了!"

逗得笑声哄起。是的,还真像在球场的围墙外,只听得里面热火朝天,却见不到酣战的双方和精彩的球艺呢!

是一阵哄笑的结果,还是战争的必然进程——一只红嘴、红脚、翅有淡斑的鸟不慌不忙地从绿叶中飞出。刚走出屋外的李炳华充当了宋世雄的角色。

"三宝鸟。飞翔时,全身三种颜色都展现出来了!"

接着是两只喜鹊追来,它们上下翻飞,前堵后截,配合默契,频频向三宝鸟发动攻击。

"难得的场面,注意!大家都注意,三宝鸟要进行特技飞行了!"

三宝鸟已数次被迫折回头,但又被截住,左冲右突,还是未能逃出包围圈。眼看就要遭到不测时,它一翻身,像颗子弹似的来了个直线弹射,险得就要撞到大崖时,才一侧翅,划了道斜线升空,猛然挣脱了纠缠。喜鹊眼巴巴地看着向远方飞逝的仇敌,只好鼓噪收兵。

且听李老师的评判,因为他带了实习的学生:

"喜鹊和黑卷尾都是为了护巢,但各有千秋。眼下正是繁殖季节。鹞子早已侦察到黑卷尾巢中有嗷嗷待哺的雏鸟,趁黑卷尾外出觅食时,企图偷袭雏鸟。第一次是被我提枪去吓跑了。第二次正要下手时,黑卷尾鸟及时赶到,于是展开一场殊死的搏斗。

"通常情况下,黑卷尾根本不是鹞子的对手,但在繁殖季节,亲鸟特别凶狠。我们昨晚已去看了,那上面有三四个窝。黑卷尾鸟团结奋战,轮番进攻。再说,鹞子总是做贼心虚……

"在青海湖鸟岛,曾发生过这样的事:正在繁殖的斑头雁群起反击前来偷击的狐狸,逼得它东躲西藏。在斑头雁的轮番俯冲下,狐狸没有片刻的喘息,最后终于倒毙!"

在鸟类世界中,母爱能产生多惊人的力量!

正说着,黄果朴树上又响起喜鹊的喳喳声和扑翅声。还是在那个方向,又飞出了三宝鸟。那块大大的白斑,证明还是刚才的那只。喜鹊追了一阵,撵走敌人,也就回巢了。

等到三宝鸟远去,李炳华很有兴致地接着说:

"它还要偷偷来的,只不过要迂回些,有个正要下的蛋催得它坐立不安。三宝鸟是果园的哨兵,专吃害虫,但'金无足赤,人无完人'。它的大毛病是不愿理窝,常常偷偷地将卵产到别的鸟巢里,特别喜爱宽敞的喜鹊窝;让别的鸟儿代孵、代育。你们看到那上面的大喜鹊窝了吧?它三番五次耍无赖,说明它已急不可待。别看喜鹊叫得凶,夫妇之间又很团结,但正如俗话说的,老虎也有打盹的时候,刁滑无赖的三宝鸟总是能如愿以偿的。"

"黑卷尾和喜鹊为什么又不远追呢?鸟在巢的附近,划了个区,大可几千米,小可几百米。未得到许可的鸟儿一进,它立即迎击,直到将来犯者驱逐出境!"

他的说明,拨得大家心里亮堂,为鸟类世界奇特的战争唏嘘。为了节省篇幅,只好将李炳华不亚于宋世雄的解说大大压缩。

之后,我们在双河口,还观看了乌鸦和白鹅的作战、黄鹂在巢区的巡航……

我们准时出发了。用砍刀在莽莽的丛林中开辟道路,向牯牛降主峰进发。虽然前程艰难,但将有更多、更蔚为壮观、更奇特的鸟类世界生活的场景,在等待着我们去观察,去拍摄,去描绘!

1983年夏于石台

黄山绿珠

——牯牛降自然保护区考察散记

正是栀肥榴红的 6 月初。贪嘴的孩子,已摘杨梅解馋,一边咂着正变色的果子,一边酸得眯眼、皱鼻,在村头迎接考察队的到来——科学和文明,正叩响这沉睡的崇山峻岭。

风景壮美的黄山西脉,有块正待评价、开发的绿宝石。

自 20 世纪 80 年代以来,相继有两三个科学家,冒险深入这片荒无人烟、森林覆盖的高山深谷中探索,收获颇丰,发现惊人。

省政府决定将在这横跨安徽省祁门、石台两县,面积十万亩的大山中,建立牯牛降自然保护区。省科委和林业厅为了摸清保护区的家底,动员了二十多个单位的力量,组织了一支多学科的队伍,在周围建立了四个营地、两个后勤支撑点。从 6 月初开始,进行为期四十多天的综合考察。

牯牛降又作古牛降。"降"字,又作"绛"字。无论它是"降"字或"绛"字,却都难坏了大家,不知作何种意思解释。一说是因神牛下降凡尘而成山;一说"降"在当地方言中读音似"岗",但是嫌"岗"不气派。

两种说法都有理。当地民谚称:牯牛降有三十六大峰,七十二小峰,三十六大岔,七十二小岔。弯弯都有宝,只有一弯没有宝,还出灵芝草。所谓"大峰",是说海拔超过一千米的山峰有三十六座。形似牯牛的主峰,就雄踞在蓝天白云之中。所谓"岔",是指深沟幽谷。这是一幅奇峰叠嶂、河谷深切的地貌图。

我们从牯牛降主峰下来时,曾迎着滂沱大雨,在山谷中行走几十千米。

饱览了浓云淡雾、雨蹄水珠的危峰叠嶂和树绿花红的群山,欣赏了无数奇幻酣畅的山水画卷,观赏了从兵舰峰上垂挂、四跌四落的巨大飞瀑。

从林海中扯出的无数银练沿着缓缓石坡奔流,激起无数水珠飞蹄……无论是涓涓细水,还是澎湃如雷的山洪,那水都是清亮亮、碧绿绿的。这和保护区外见到的浑水浊流,俨然泾渭分明。正因山青,水才如此俊秀!

这种奇特而复杂的生境,孕育了丰富的植物、动物资源。著名的生物学家侯学煜看后,连声赞绝!多年从事野外考察的植物学家吴诚和,认为它是华东地区尚存的、数一数二的动植物资源宝库。

唐代大诗人李白,曾在这一带漫游,写下了脍炙人口的《秋浦歌》,其中就有七首描写了这里可爱的野生动物。秋浦河即源于牯牛降。它还是唐末诗人杜荀鹤的故乡。当地的方言,至今还保留了很多文言中典雅的词。如村名有风流寨、阿娜寨,山峰有伪子帽(又称猴子帽)之称,可见"秀气"源远流长!

清晨,在牯牛降上极目远望,山如细浪,云如堆雪。云丝自岩岫扯出,到山谷聚起一朵朵白云;云汇成海,时而汹涌翻卷,时而悠远寥廓……一幅幅云海漫生图,尽收眼底。它为群峰所拱,为密密的森林簇拥,有千沟万壑纵横——理应绣出变化无穷的云海!

"绝巘危崖,尽皆怪松悬结,高者不盈丈,低仅数寸,平顶短鬣,盘根虬干,愈短愈老,愈小愈奇,不意奇山中又有此奇品也!"这是当年徐霞客对黄山松的惊叹,若以此来描绘牯牛降的黄山松,那是一点也不过分的。在海拔九百米以上,已开始出现奇松的身影。愈是接近主峰,愈是怪石峭壁处,松姿愈加奇特:展尾三米多的凤尾松,数树扭搏的虬龙松,扎根岩石、枝叶下悬深渊的探海松……考察队曾目测过一株胸径三十多厘米,高仅六十多厘米的黄山松,竟有几百岁了!如云若盖的枝叶,似乎伏地而长!

在保护区的莽莽林海中,秀木佳林何止于奇松呢?我们在祁门叉营地的伪子帽发现了大片的甜槠纯林,以其胸径多在三四十厘米、树高二十多米推测,保护区的森林植被,在近三十年没有遭受大的破坏。这样大面积的天然植被保护得较好的情况,在华东地区确已难找。

6月17日,我们跟随森林植物组从茅棚店,向双河口的营地进发。这个组最为庞大,有十一二人,多是20世纪60年代大学毕业的中年知识分子,还有三位二十七八岁刚毕业的大学生、研究生。他们要踏遍每条山沟寻宝,勾画出十万亩大山的植被图。这是个行程最艰难、任务最繁重的组,但也是最欢乐的一支队伍,发现的喜悦,常常引起阵阵的欢笑。

队长吴诚和正指着路旁的林子,说这是马醉木(马匹误食此树叶,则如醉如痴)、三叶赤楠,那是香樟、黄瑞木、石楠、野山茶……他身后却响起争论:"金丝吊乌龟!""不,叫金丝吊蛤蟆!"我们连忙回头,潘建新正提着采到的标本——绿枝悬下一丝,丝上缀着花片。近前看,那花片形如龟似蛙。吴诚和笑笑说:"学名是垂珠花!你们先留点劲。要不,有更大的发现时,你们想尖叫都叫不出了。"

四十多岁的吴诚和,仅在黄山野外采集、考察就达十一年。他的《安徽植物区系的探讨》是二十多年野外工作的结晶。他身材精瘦,深藏在眼窝中的目光锐利,常常是在二三十米外,就能报出那种植物的学名,说出分类的特征。

前年,他曾分别从南、北坡两次深入牯牛降探险。从北坡登山那次,由于向导贪恋野核桃(那里有大片的华东野核桃林),误了下山的时间。吴诚和在黑暗中找路时,跌到了悬崖下,幸而被一块斗大的石头所挡。他耐着难以忍受的伤痛、饥饿,在野兽吼叫、山风呼啸、寒冷的漫漫长夜中,等待着黎明的到来。这时,他想的是什么呢?

"我以万分愉快的心情庆幸这次跌伤不至于致残,否则,将终生离开我热爱的外业调查、采集工作。"

正是这些,赢得了大家对他的敬重。但他的话音刚落,连自己也抑制不住激动地惊呼起来:

"啊,玉叶金花!"

路左边的山下,绿海中闪耀着一片镶玉吐金的花云。近前,才看到雪白的苞片,簇拥着灿烂的花朵,点点滴滴的露珠,繁星似的缀在花上。七八部照相机,都同时打开了快门,留下它的美姿。接着是笔在纸上的沙沙声——描绘景观、生境,记载对它的测量。最后才是剪刀的咔嚓声。吴诚和一边回答着助手小蔡、研究生小钱的各种问题,一边抽空偏头向我们解释:

"我们一直未采到它的花。采植物标本主要是花和果实。它可作为一种名贵的欣赏树移到公园。"

若有谁说桫木是小乔木,一定有不少人惊讶。树冠美丽的桫木,通常只是装饰公园或作盆景的常绿小灌木。但是,我们刚从岭下走到沟谷,就见到一棵桫树挺立河岸。它高达十米左右,胸径三十二厘米。随着河谷的深幽,高大的桫木令人目不暇接。同行中有树根造型艺术爱好者,目睹那些被洪水冲刷、裸露出的奇形怪状的桫木根,惊喜得狂呼猛跳。当天下午,我们还欣赏了一株连理桫木,虬龙错节的根,交相辉映的干,宛如一头起步角斗的梅花鹿!

我曾在海南岛尖峰岭热带雨林保护区,见过雄踞树冠之上、凝神注目大海的鹿树——由榕树板根所塑造。

"两鹿"各有神奇,但都是大自然的造化!

乔木桫木的发现,标志着这里存在高温、多雨的小气候特点,也预示着更大的发现。

第二天,我们沿着号称三十六道弯的沥溪坞勘察。河床中布满大石,碧绿的溪水从中穿过,留下各种美妙的水击声。考察队员们就像武林豪杰一样,在梅花桩般的石上跳跃着前进。石滑沟宽,稍有不慎,就会摔跤。

考察队员们往往是刚站住又跌倒,连续四五次。因为动作连贯,有人俏皮地称之为"醉拳",但这种醉拳的后果是要付出血的代价。

师大的韩也良老师已年近五十,腰椎有毛病,平时,铁拐杖不离手。昨天在过河时,他从石上滑下,仰面跌入河中,呛了水,刚站起去捞照相机,又跌入河中。他今天也一定要来,我们真为他捏了一把汗。三位青年将他列为"一级保护"对象,才使我们稍稍放了点心。

一弯一重天。这条风景绮丽的坞中,每个石潭都如一汪翡翠,又各具秀丽。所以说不付出辛劳,也就无法欣赏到大自然的创造了!

刚靠近阴暗潮湿的岸边,就闻到腐叶发出一股霉味。谁刚喊了声"注意,防蛇!"就听到前面惊叫:"五步龙!"

吴诚和已捏住一条毒蛇慢慢举起,只见毒蛇长着两根长长的毒牙,从张开的嘴中戳出,十分可怕。吴诚身后的老钱连说:"好险!"

五步龙即蕲蛇,剧毒。虽然动物学家极重视考察区内丰富的毒蛇资源,但它仍然被列为重点防范对象。当地每年总要有几人丧命于它的袭击。

在县城的蛇科所,医护人员曾对考察队员们特意讲了防护眼镜蛇、银环蛇、竹叶青、蕲蛇的知识。谁知却吓得一位女同志彻夜未眠!到考察队的每个组,你都会听到遇蛇的惊险。

但新的发现战胜了疲劳。第三纪孑遗树种糙叶榆、青钱柳,在这里生长得茂盛葱郁,大片的青栲林使队伍停下做样方。栲树材质好,可提炼栲胶,树种富含淀粉,可食。它和三叶赤楠被发现,标志了这里的森林群落具有中亚热带的特点。

双河口是两条山溪汇合处,水击雷鸣,浪花堆雪。在雾雨弥天、虹彩飞瀑的大石下,大家陶醉得不忍离去。

还在大石碣下,考察队员们却像得到了无形的号令,飞身向上,争先恐后,连韩也良也甩了拐杖往上攀。河谷顿时笼罩在神秘的气氛中。

我不知出了什么事,连滚带爬尾随赶到,却见他们一个个仰首观望,庄严得如同在漫步艺术长廊——

山谷的两边,高大挺拔的树干,顶着又厚又密的浓绿树冠,形成一条绿色的穹隆,在这莽莽的林海中,显得鹤立鸡群,具有一种特殊的风韵。树冠上闪着无数红色的花柄,红得鲜艳欲滴,如同珊瑚一般。果柄上顶着珠粒紫果。

"红楠!"

是的,发现了大片的天然红楠林!这的确是罕见的奇事,难怪植物学家们屏声息气地饱赏眼福!

古老而珍贵的鹅掌楸(叶似马褂,又名马褂木)天然林,也是在这条山溪的上游发现的。据植物学家们十多天里的初步统计,在保护区内已发现五百多种树种。属于国家保护的珍贵树种,有天女花、三尖杉、黄山木兰、乔木含笑、银雀、紫楠、金钱松、永瓣藤等五十多种,多是南方特色,但也有北方的椴树在这里生长、繁衍。

草本植物更多,仅中草药就有两百多种,考察队员几经冒险,已在悬崖上采到了黄连。以其生境估计,还应有石斛。这是一种治疗眼疾的滋阴生精、明目止渴的名贵中药,野生的已极稀少。他们正在努力寻找中。

这片大山中的雉类资源丰富:低山地区有环颈雉,中山区有白颈长尾雉、白鹇,高山地区有勺鸡……大诗人李白对羽色华丽、长长尾羽上饰着铁线花纹,举止娴雅端庄的白鹇,格外喜爱。现在还流传着他曾用"白鹇白如雪,白雪耻客颜。照影玉潭里,刷毛琪树间"的美丽诗句,得到白鹇的故事(李白《赠黄山胡公求白鹇》)。

经过人类一千多年破坏后的今天呢?就说白鹇吧,虽然不会有李白写过的以张捕白鹇为生的老翁,但十多只一群的鹇鸡还是常见的。我们和动物考察组,从北坡登攀牯牛降主峰的途中,惊动了一条蕲蛇。在它的栖息地,我们捡到了白鹇的羽毛——可惜未能观看到那场蕲蛇偷击白鹇的角斗。

五天后，我们却有幸见到一只母鹇鸡，迈着矜持的步子，领着一群叽叽喳喳的子女，从容不迫地从车头穿过公路，遁入竹丛。

6月正是鸟类繁殖时期。每天早晨，都是黑卷尾、杜鹃、黄鹂、红翅凤头鹃、画眉、四喜……美妙的歌喉，唤醒了隐藏在森林中的营地。这时的鸟鸣音节多变，婉转嘹亮，特别动听。

有一天，我们正在山道上疾行，森林里却突然笙管齐鸣，难以形容的美妙音符，似从白云飘下，从绿叶中袅袅升起，和着泉鸣石磬，架着清风拂到头顶，只见几十只棕色的鸟徐徐展翅——啊，这就是志书上神化的仙乐鸟，又名八音鸟，学名是棕噪鹛！我曾在黄山跟随鸟学工作者揭示它的奥秘。考察队中有位精通乐律的同志，曾当场录下它的歌声，那竟是一曲山野的鸣奏！

黄山地区，是历史上红嘴相思鸟的重要产区。20世纪70年代，每年以十几万只的产量供外贸出口，只是近两年由于科学家们的呼吁，资源才得到了保护。奇怪的是，这些天来只是偶尔听到相思鸟的鸣声，却见不到它红嘴、橙胸的俏丽身影。后来才知道，新生儿正在巢中嗷嗷待哺，它们忙于哺幼育雏。

保护区是数量极其稀少的皖南梅花鹿的庇护所，人们还能偶尔在草甸中看到它们挺着美丽的茸角。20世纪50年代，尚有华南虎的踪迹，但如今已多年不见了。短尾猴和猕猴成群结队地呼啸在森林中，常在黎明和傍晚发出震撼山谷的吼叫。而云豹——善于在树上追捕猴子以作美味——总是出没在它们的左右。张善武同志有幸欣赏过四不像在陡峭的山石上纵身飞沟越崖的雄姿。猎人称它专走鬼道，居民却误以为天马行空。

至于大灵猫、果子狸、獐、鹿的粪便和足迹，在考察中随时可见。我们在大历顶上山坞水溪中，见到了一条失去半个头的银环蛇，伤口还在往下滴着鲜血。捕蛇的英雄显然是被我们惊走的。它是谁？从银环蛇被咬的是头部以及齿印、水边的生境来看，极大的可能是食蟹獴的功绩。它在和毒蛇搏斗时，总是首先解除毒蛇的武装。

在明末文学家、复社领袖吴应箕的故乡石台县大演的一个山村，刚吃饭，门口就来了位满脸胡须的黑脸大汉。他从金竹洞营地来。原以为是送菜的，谁知刚坐下，就听他兴奋地谈起已采到分属二十三个目的昆虫标本。蜘蛛标本八十种，其中有三分之一是保护森林的蜘蛛——原来，他就是昆虫组的徐亚君同志。早就听说他对森林蜘蛛颇有研究，这次又是克服了种种困难，毅然参加考察的。真是戏剧人物的故乡，多戏剧情节啊！

到达祁门叉营地的第二天清晨，我就被马庭杰的工作台吸引住了——黄的、白的、绛色的、橙红的各种真菌。那形象也奇特，有伞状的，有平头的，还有种罩了个橙黄圆形网状外衣的大菌。老马来自生物研究所，据他说，历史上，安徽的屯溪曾是我国食用真菌的重要集散地，食用菌有四十一种之多，产量占全国三分之一。联想到平时难以见到的木耳、银耳、香菇，身居此处几十年的人肯定大吃一惊，没想到还有过如此丰富的食用菌资源！

转而想起森林遭受的破坏，生态平衡的失调，那些年政策之"左"，也就不奇怪了。

老马这次的任务，就是要在这片难得的天然林中，寻找真菌资源。他已经发现了食用菌中美味的竹荪、松口蘑，增强幼儿记忆力的金针菇（如针菌丝上，顶着个盖子）。其次是药用的，如树舌（对肝癌有疗效）、听之变色的毒菌（提炼毒素）等。这是一个微观的世界，他每天和助手于宙在森林中奔波，回到营地就伏到显微镜上，几乎每天都有新的收获。难怪老马兴奋地说："这是个难得的生物基因库！"

这句话，我们在考察活动的组织者那里听到过，在保护区负责人章光宇那里听到过，更是森林、植物学家吴诚和等同志不断向我们诉说的。现代化建设，以及科学的发展，已使更多的人懂得保护森林、保护自然植被就等于保护了生物基因的道理。

就说牯牛降的气候和水文吧，气象组的老王就曾喜悦地说过很多新的发现,其中之一:保护区(有几条大山坞),很可能是个静风区。我们回忆,在几个营地考察的十多天中,确实未感到风的存在;在雷电交加的滂沱大雨中,也未感受到风的威力。在我国,印象中只有西双版纳是静风区,若将来的考察,证实了牯牛降也是一个静风区,那在生物学、地理学上的意义该是多么巨大!

考察队员们,正在牯牛降自然保护区跋山涉水,正用辛勤的汗水、智慧揭开十万亩大山的神秘面纱!

科学和文明,将使黄山西侧这颗绿宝石永远翠绿,永远闪光!

1982年夏于石台

为虎添翼的人

人们对大自然都有自己的爱好,或山水,或花草,或森林,或鸟鱼兽虫。

动物学家更有自己的喜爱。郑作新爱鸟,胡锦矗喜爱大熊猫,赵尔宓喜爱两栖爬虫……但是,这种"喜爱"和汉语词典上的解释是不尽相同的。昆虫学家"喜爱"苍蝇,离"喜爱"的原意就相距万里。

动物作为自然资源,已是公论,它在美学上的意义,也越来越被更多的人承认。它们各自在文艺作品中的形象,就很值得美学家探索。

譬如兽中之王的虎吧,在成语中就既有"生龙活虎",又有"降龙伏虎",真是忽而"高大完美",忽而狰狞万恶。由于对虎的崇拜,远古时,人们用虎作为图腾。即使到今天,马来西亚、新加坡还以虎作为国徽的标志。因而,人们把"为虎添翼"作为美好的愿望,但也只不过是愿望而已,只有在人类的科学发展到今天,才出现了为虎添翼的人。

和老虎藏猫猫

为了寻访爱虎的动物学家,我来到了重庆市动物园。在我印象中,向培伦同志应该是位虎背熊腰、浓眉圆眼的大汉,总之是威武雄壮的。可是,面对着向培伦同志,我却有点发愣——精瘦的中等身材,略略小了一点的嘴和薄薄的嘴唇,低声细语的言谈……浑身透出的都是机灵,倒是那双深藏的眼睛,虽说不上有虎风,但锐利无比,神采焕发。

在成都时，胡铁卿工程师曾赞赏过这个动物园的设计、布局很有特色，同时也称赞了向培伦的智慧。我们经过虹桥横跨、涟漪依依的水泊，就像在秀丽多姿的水乡泽国中徜徉。但转过山坡，扑入眼帘的霎时成了肥大的棕榈和芭蕉，挺拔的常绿阔叶林、峻峭的陡壁、嶙峋的山石……虎园就隐藏在这粗犷、浓郁的亚热带风光中。

正当我们在赞叹园林设计者的艺术修养时，却被几记浑厚的虎喷声所惊。还未转过头来，只听老向一边说，一边急匆匆走去："小花在喊我！"

嘀！好一只斑斓大虎！鲜亮的橘黄色皮衣，贯以乌黑的条纹，真像一朵富丽堂皇、威武雄壮的"花"！只见老向往山石后一躲，它也把两只前肢往前一伏，低眉抑脑，展腰矬腿，露出一副笨拙的隐藏架势。老向从石后露出脸面，充满天真稚气地伸颈喊了声："猫！"

它也一躬身，向前猛跨一步，顶到栅栏，重重地喷了声响鼻！继而，又是两次的"藏猫"！等老向到了栏边，一伸右手，小花抬起右前肢，将粗壮的肉掌放到他手上。老向握住，亲切地抖了一下："今天吃得好吗？"

小花满意地吹了吹虎须，伸出舌头在唇边舔了两下。那副欣喜的憨态，逗得我哈哈大笑！当老向说"小花在喊我"时，以为他是"一厢情愿"，到这时，还能有什么理由不承认他们之间的确有情感的维系呢？也只是到了这时，我才在心里承认了向培伦同志在研究华南虎方面的地位，也才明白了他对虎的"喜爱"的含意！

在丰富的成语词汇中，畏虎的不少，如"虎视眈眈""虎口余生""谈虎色变"……然而，向培伦同志是用什么奇方妙法，在万物之灵长的人类和兽中之王的老虎之间，架设起情感交流的桥梁的呢？

为什么在刚见到他时，会有那样的愣怔呢？大约还是受到儿时就听到的"打虎英雄"故事的影响吧。武松在景阳冈上横眉竖眼、按虎挥拳的故事，多少年来是作为英雄行为的典范教育着人们。因而，我也就用这种模式来框套爱虎的老向了。

但是，科学却宣告：前两年报刊上歌颂的"当代的打虎英雄"，是多么愚昧、无知。

现在，打虎者不仅不是英雄，反而还是不折不扣的罪犯。国家已制定了有关的法律条文对这样的人进行惩罚。由"打虎英雄"而沦为"打虎罪犯"的过程，也正标志着我们自然保护事业的蓬勃发展；由歌颂"打虎英雄"到"保虎英雄"，也正标志着中国动物学的进步，人类文明的发展！

向培伦同志1962年毕业于西南农大，1963年调到动物园工作。最初搞园林，以后，开始钻研动物繁殖、饲养。是一种什么魅力，吸引了他和同志们进入研究华南虎的繁殖、育幼的课题呢？这固然是因为"虎威"的美，但作为科学工作者，首要的还是科学本身所赋予的使命——华南虎面临灭绝厄运的感召。

现代虎和人类，大约都是三百万年前相继出现在地球上的居民。虎的家族中有八个品种：东北虎、华南虎、新疆虎、孟加拉虎、印支虎、苏门答腊虎、巴厘虎和爪哇虎。

我国的虎类占世界的比例是相当可观的，但是，由于人类对自然生态平衡的破坏，地理、气候、环境等的变迁，这种珍奇的动物中，已有新疆虎等四个品种灭绝了，华南虎、东北虎、苏门答腊虎都将濒临灭绝。

别说在武松打虎的景阳冈这片广袤的中原地带虎踪早已绝迹，即使在东北虎的故乡和华南虎的故乡也很难听到虎啸、见到虎跃了！特别是华南虎的命运，更令人担忧。四川、安徽、江西、浙江、福建等地区，不多年前都还能听到虎啸，然而，现在却都销声匿迹了。

虎是大自然赐给人类的财富，但又不同于一般的财富——不管是哪种虎，一旦在地球上灭绝以后，那就是任何科学都无法制造出来的了。这也就显得更加宝贵。

因而，世界上很多国家，早已在关注虎的命运，成立了国际性的保护机构。在近代，对濒临灭绝的珍稀动物的保护，除了开展自然保护等手段之外，进行人工繁殖和饲养也成了重要的一个方面。

由此，也就不难理解向培伦和他的同志们所选择的华南虎的繁殖和育幼这个研究课题的严肃性和紧迫性了。

向培伦和同志们开始是想从野外捕获，但在江南地区，已多年不见有关华南虎的报道，严酷的事实逼得他们转向动物园。正巧，几年前，从贵州引进的两只纯种华南虎——全国动物园中仅有寥寥可数的几只纯种——矫健雄伟的威威、窈窕而俊美的婷婷，已相继成年。

研究动物科学的人，当然不会放弃对于虎的繁殖行为的研究（最理想的应是在野外）。但是关于华南虎在人工饲养条件下繁殖的经验，老向和他的助手几乎没有，只好依靠自力更生，不断地观察它们的行为变化。

在溶溶月夜，已连续几晚听到它们寻偶的呼喊和应答了。这是雄浑壮阔的寻求爱情的呼唤（曾有科学家用雌虎的发情声，招引了公虎）。种种的行为信息，都说明它们正处发情的高潮。于是决定将它们放到一起。

婷婷和威威没有发生争斗，这使他们松了口气。否则，谁又有办法能拉开两只打架的老虎呢？看来，它们有另一种的求爱方式——它们互相含情脉脉地"对了象"后，又用虎须互相摩挲，低沉地哼唧着，有说不尽的柔情蜜意……

经过一百多天的妊娠期，婷婷于1978年6月27日，经历五小时零四十分钟的产程，竟然一胎娩出四只幼虎！首战成功。

正当向培伦和同志们还未高兴够时，一盆冷水却兜头泼来——年轻的虎母婷婷，竟把这四个孩子视为异物，既不舐毛又不喂奶，撇下不顾。慌得向培伦他们连忙将虎崽取出……但是，为时已晚，幼虎还是相继夭折了。

为幼虎找奶娘

失败未能使向培伦他们气馁,倒是更激发了他们的思索。问题很自然地集中到育幼上,那几只虎崽的死亡就是因为喂养的方法不当。这似乎是个简单的问题,实际上却不那么简单,因为幼虎不是小鸡。哺乳动物的幼崽能否吃上初乳,对它的成活和发育有极重要的关系,最好的办法是请母虎自己哺乳。

但谁又有本事强迫它履行做母亲的义务呢?

喂牛奶吗?温度该是多少?浓度呢?多长时间一次?一次该喂多少?增加什么添加剂……都是令人抓头皮的问题,失败的根源也就在这里。

在野外,虎要两三年才繁殖一次;但是,他们的研究课题毕竟取得了进展。在三个月后,又使威威和婷婷进行了这一年的第二次交配。

育幼的问题也集中到"寄养"上——倘若再发生婷婷弃子不顾,就要设法给新生的幼虎找个奶娘。在实际中,要为它物色一位奶娘,可不是轻而易举的事。

首先是谁够资格呢?当然是它的近亲。再则是同科。豹、狮、猫都是猫科。猫的个体太小,泌乳量达不到要求;实际中也难以正巧得到产后的豹和狮,更何况它们在人工饲养条件下的繁殖,本身就是重要的研究课题。时间在一天天过去,研究工作也在一天天地进行。

最理想的是婷婷忽然觉悟了,懂得了做虎母的责任。

又是一百多个日日夜夜过去了,婷婷分娩了,经历一小时,产得两崽。它咬断了脐带,充满母性,温柔地舐干它们的毛。初生的虎崽只有两斤多,又不睁眼,像是两个带有乳黄色的小肉球一般,煞是喜人。好不容易过了那难耐的一小时,婷婷在产床上将下半身侧过,露出乳头,又是舐,又是用前肢拨挪,继而用鼻边嗅边拱,引导虎崽叼住乳头,吮吸……到此,一切都很顺利,看样子,这一关就要过去了。

谁知第二天,却死了一只幼虎。原因还出在婷婷身上,它咬脐带过短,伤及腹部。真是祸不单行,婷婷又突然叼起剩下的那只不停地走动,是因为它对仅存的孩子特别看重,还是由于取出死崽时受惊……反正是它一走就几小时,根本不把幼虎放下。课题组只好当机立断,强行夺下幼虎。

经过一番周折,终于为幼虎请来了奶娘。局外人一见大惊。奶娘呢?先倒是步态轻盈、气概不凡,一见幼虎,却禁不住筛糠般地抖了起来。

它是谁?原来是只梅花小脚的狗太太!这位具有灵敏嗅觉的卑贱"臣民",见到了威风凛凛的山大王,怎能雍容大度、矜持端庄?

强行将颤抖不止的奶娘侧卧,把幼虎抱来——是因为这位王子还未睁开眼来看世界,并不理解尊卑之分,抑或是饥不择食呢?只见它的嘴一触到柔软的狗乳头,立即吧嗒吧嗒地吮吸起来……

"说来有意思,两三天一过,奶狗不害怕了,时不时还用嘴触触幼虎。双方熟悉了气味和声音,开始建立信息联系。后来,一到喂奶时间,奶狗竟匆匆赶来哺乳。"

"四十天断奶后,我们带小虎在草地上玩耍时,奶狗还常常跑来一同嬉戏。请奶狗代哺,实践证明,是成功的。这只小虎越长越漂亮,取名小花,就是你刚才见到的。"

老向带有得意的味道笑着,总结了这段工作。

关于奶娘的奇闻逸事,还有一段值得说的。第二年,婷婷又产了崽,它有了做母亲的经验,开头一切都顺利。但是到了第十天,工作人员做清洁工作时,惊动了母虎,它又神经质地叼起小虎走动。这时的幼虎已睁开了眼,问题就不仅是奶狗发抖了,幼虎也不认账。经过一连串的周折,到底还是哺育成功。

一、二、三——跑！

有人笑着说老向是"虎儿园"的阿姨。他不生气,倒是怕自己是一位不合格的"阿姨"。为了摸清幼虎的生长规律,加上小花又是研究课题中的第一个宠儿,向培伦同志和小花住到了一起。小花拉稀,老向马上诊断、喂药;小花撒娇,老向将它抱起。久而久之,它依恋起老向和陈德智师傅了。他们还未走近,小花已嗅出气味,欢快地叫起来。他们坐在房间里,它睡得也香甜;他们教它玩耍,领它活动,那股"爱"虎之心,甚至吸引了自己的孩子也来和小花玩耍。

小花常常烦躁地舔鼻子——这引起老向的注意。

他抱着小花逗乐时,小花总是往地下蹭——这引起老向的思索。

对小花是够娇惯的了,生怕它感染了什么疾病,当然不会轻易放它到地上。有一天,小花从老向手臂上溜到地下,迫不及待地在泥土上舔了起来。

老向正要去抱它的手僵住了,深藏的眼睛一下瞪得又大又圆,脑子里突然亮堂了,谜底出来了——它吃土。它需要微量元素!

他想起来了:鸟类吃土,家禽吃土,灵长类的动物吃土。

他想起来了:哺乳动物血液中化学元素的丰度曲线,与地壳中相应元素的丰度曲线是惊人地相似!

他为这个发现高兴万分,特意带领幼虎到新翻的土地上。它当真甜蜜蜜地吃起土来,虽然就那么一点儿,但就如盐一样,使得菜有滋有味。幼虎果然长得壮实,舔唇、烦躁的表情消失了。

由此,他们想到在育幼的过程中,一定要改掉"娇生惯养"的方式,以粗放式为主,让它在大自然中成长。

从此,绿茵茵的草地上,每天都要出现这样奇特的场面:

"一、二、三——跑!"

老向喊完口令,跑起来了。幼虎也应声腾起四肢,忽而在前,忽而急追……他们在树丛里藏猫猫,在阳光下沐浴。老向像是回到了孩提时代,重新体验着纯真和幼稚。有时,不仅是自己的女儿跟着跑,连妻子也被吸引来了。

小虎在老向身上扑着,用柔嫩的虎须在他脸上触扫着,那股欢乐亲密劲,使许多游客停了下来,投以惊羡的目光。突然,老向如被针刺火灼一般,接着是扯破衣服的声音——虎爪给了他重重一下。

怪,真怪!向培伦疼得扭歪的脸上竟然露出了笑容,他心里正乐着哩!决定以狗做奶娘时,曾有人担心,狗奶可能改变幼虎的虎性,虽然有人以小孩吃牛奶并未染上牛气,论证幼虎不会被狗化,但也不是完全就能放心的。老向正是从幼虎在得意忘形时给他狠狠一记的撕扯中,体会到了它正在发育的虎性,心里踏实下来。好吧,为了证明这一点,他们开始投喂活的鸟、鸡。小虎一点儿不含糊,扑上去就撕扯……

是哪一天,向培伦已记不清了。他和小虎赛跑,让它扑食。跑着、跑着,老向放慢了脚步,终于停下了,他那双锐利、灼亮的眼里,射出惊奇、喜悦的光……

老向看到了"虎跃"——小花先是往后一矬身子,紧毛收腹,突然腾空,倏忽之间,如闪电,似云霞,飘然飞过——美!美极了的动作!生命在于运动,运动锻炼了它肌肉的强健;而虎跃的一瞬,正是它矫健体魄最美的表现!当然,老向不仅仅是审美者,他更是位动物科学工作者,是位美的创造者。还能有什么比这更能证明育幼工作的成功呢?

向培伦和他的同志们,自从1978年进行华南虎的繁殖与育幼课题研究以来,四年之间繁殖了五胎。第一、二胎只存活了一只小花。以后的三胎,每胎三崽,全部成活、长大了。从第四胎开始,由于有已取得的科研成果的指导,没有再出人为的事故,虎母婷婷更有了哺幼的经验,精心地照料着两个儿子和一个女儿的成长。它常常用嘴叼着(这大约是"抱着"吧!)孩子向人们炫耀!它也有虚荣心哩!

说来有趣,婷婷对三个孩子竟然不能一碗水端平,对贤淑端庄、天真活泼的女儿芳芳,特别宠爱。它每次带领儿女们出来时,总是先侦察一番,用"打呼"声报告平安无事。即使这样,它也教导小虎,直到第二次"打呼"时,它们才能出来。一旦遇到危险,它就用爪扒地,连连敲响,警告小虎躲开!

这样巨大的成绩,在国内是罕见的,受到了人们的赞扬。但向培伦和他的同志们并没有只顾陶醉,用他的话来说:

"这才是开始迈步。有不少东西,现在还只是感性认识,仍需要探清它在理论上的意义。再说,血统上的问题也得解决,不能只有威威和婷婷的一个亲系……"

这是雾都山城难得的一个晴朗的傍晚,昨夜一场大雨,上午还是云雾笼罩,直到傍晚时,太阳才露了出来。我们在林荫道上徐徐地走着,感到大自然从来没有这样清新和芬芳。老向有很多的设想和计划,但都是为了一个目标:把华南虎再放回山野,繁殖新的后代。说到底,人工饲养繁殖只不过是个珍稀动物的人工仓库。

我侧过脸来看他:"可能吗?"

他虽然是轻声细语地说着,但语气中有着一股庄严,深藏的眼睛在绿的树冠上、山冈上扫视着,说:

"要研究的问题很多,但归根结底还是要取决于我国自然保护事业的发展水平——被破坏的自然生态平衡,是否已恢复到能使它生存的水平。"

接着,他向我解释:虎在自然界中是高级消费者。植物滋养了食草动物,食草动物又提供给食肉动物。有虎生息的地方,那里总是存在着一个稳定的高生产力的生态系统。也正是这样,世界上才重视对虎的保护。华南虎在野外近似绝迹,向我们敲起了警钟——自然生态已遭受到严重的破坏!

我已看到了老向坦诚着的博大胸怀！也明白了他睡在又臊又膻的虎房时所想的——那不仅仅是为了保存一个物种，更不只是为了创造一个美的形象，而是为了我国自然保护事业的蓬勃发展！他是要使整个大自然无比壮美起来！

1981年初夏于重庆江轮

捕鸟时节

> 白山茶开了花,
> 相思鸟要回家。
>
> ——童谣

一夜金风,山岭上的乌桕树红了,银杏黄了;黄栎树红了,水杉黄了;高高的山茶铺雪吐玉了。漫山涂彩,满谷溢香。

至高无上的大自然,只发一声号令,植物世界变色,动物世界骚动。真是神奇诡秘的权威!

金风是候鸟新年的信风,又一个生物年开始了。八色鸫、大雁、丹顶鹤、三宝鸟、黄鹂……候鸟们纷纷踏上了千里跋涉的征程。

生物钟的运行,以人们难以想象的狂热进行着。大连是候鸟渡海的站头,每天有成千上万的鸟落在大铁山。夜晚走路,脚踏的是鸟,头碰的是鸟,甚至随手可捉一笼鸟。若是遇上风暴,鸟能向开往青岛的海轮上的人群中挤,争占一席之地……

每种鸟都有独特的迁徙路线、集结的习惯、飞翔的姿势。

1980年,寒露刚过,考察队的朋友告诉我:生活在皖南崇山中的红嘴相思鸟已开始从高山向低山飞去。这种忽东忽西、忽上忽下的飞翔,很像足球大赛前夕的热身赛。它们锻炼队伍,准备跋涉,群体数愈来愈大。

我抓紧将手头的工作完成，准备去皖南。然而，不巧的事发生了。那时，我正在为写作《千鸟谷追踪》做准备。去实地考察捕捉相思鸟的计划，是上半年就定下的。其间出版社有两位编辑要来谈稿子，也想去黄山看看，因此约定的时间是 10 月中旬，主要是兼顾我的考察计划。可是，已是下旬了，还不见来人。眼看霜降又到，对生物钟又不能叫"暂停"。错过这个机会，就得再等一年。真是让人心急火燎！

最后，我只好留个信给那两位编辑，不顾一切日夜兼程往皖南赶。为这事却给我带来了无穷的误解，因为，并非每个人都懂得生物钟对迁徙鸟的巨大影响的。

由于时间紧急，我直奔屯溪，希望从外贸收购部门知道捕鸟人的行踪。相思鸟一向以羽毛华丽、鸣声悦耳著称。相传雌雄不离，在国外被誉为"爱之鸟"，情人作信物相赠，亲朋更作吉祥物祝福新婚夫妻恩爱。直到 20 世纪 80 年代初，相思鸟仍然属于大宗出口物资。每年有十五万只到二十万只的收购量。捕捉是由外贸部门组织的。

谁知，收购的同志说，捕鸟人向来诡秘莫测，如天马行空。我愕然了。虽然猎人多是野生动物的生态专家，保守行猎经验（即保证收获量）是天经地义的，但捕鸟人如此诡秘，的确使我感到迷惑、惊异、心急。

"哪些地方出捕鸟人？"黄山一带的猎人，多有地方性，如旌德人猎鹿，贵池人猎麂子。我想顺藤摸瓜。

"多是浙江来的，他们技术高，捕得多。近两年，听说歙县、休宁也出了捕鸟人。到底还是技术差一等。"

"你们到哪收购呢？"我还是不死心，想揪住捕鸟人的影子。

"都是他们送鸟上门。"

"送到屯溪？"

"路太远了。他们只愁捕不到，不愁卖不掉，总是送到最近的收购点。农村的供销商店、土产公司,凡是商业部门,都有义务帮我们收。也只有交了鸟,才能购到必要的物资。"

"最近,哪个县收购得多?是太平,还是东至?"

"太平已过市了。那里的鸟下山早。听说这两年,东至有设网场的。不属一个地区,情况不了解。徽州地区,最近Q县的收购数量大。"

我也不再费心思了,当晚买了票,往Q县赶。

离收购站还有五六十步,阵阵鸟鸣,已激得我浑身燥热。特殊的韵律、音色,已告知是相思鸟在呼唤。库房里全是装鸟的大笼。门口场地上,几位篾工还在紧张编织新笼。

满笼满笼的鸟,看得我眼花缭乱。

"哟!今年的鸟头顺嘛!"我用了句捕鸟人的行话。

没人搭我的话。那位背着手、收购站干部模样的大个子,向我翻了翻白眼。

渐渐地,我从嘈杂的鸟叫声中,听出了怨愤。从它们向笼边的扑腾中,看出了焦急。鸟笼太拥挤了,每笼总有百把只。饮用水混浊,水泥地上湿漉漉的。喂鸟的玉米粉遍地抛撒。越往库房深处走,腥臭味愈浓。

"哎呀!要赶快打开窗户透风,清扫库房。"虽然那位大个子,正隔着一段距离注意着我的行止,我还是问道,"你们储运中的死亡率有多高?"

"你是哪里来的?"这俨然是审查的语气。

这时,临到我对他翻白眼了。他回之以逼视。那双不算大的眼,充满了警惕,在我身上扫了两遍,好像我身上藏着毒蛇。最后,连他自己也怀疑,禁不住看看我的穿着:风尘仆仆,还斜挎着个旅行包。无疑,官不官民不民的,蓝衣服,臭老九的酸腐相。

"你到我们地区外贸去查吧!上级要我们收,我们就只管收。收不收与我们没关系。"他的话像一脚踢在三九天的石头上,又冷又硬还有刺。

不过，我倒反而浮起了笑意。他以为我是来找麻烦的。十年浩劫结束之后，考察队已正式向省里递交报告，纠正了相思鸟是留鸟的错误意见，说明如此大规模捕捉相思鸟，且由于储运途中管理不善，死亡率高达三分之一，资源损失严重，也破坏了生态平衡。如再不停止捕捉，将有可能再也见不到相思鸟娇小的身影，听不到它们甜美的歌声，森林害虫也将猖狂横行。

很多有识之士响应了这个呼吁，但也有少数人嗤之以鼻："危言耸听！只要一抬手，知识分子的尾巴就要翘起来，从盘古到扁古，也没听说能把哪种鸟捕完了！"

因此，争论还在继续。他大约是将我当成是因主张禁止捕鸟而下来搜集材料的人了。这既可笑，又使我感到解除这种误解非常必要。

这次来实地考察相思鸟的捕捉，与其说是科学上的原因，还不如说主要是为了文学。我是禁止捕鸟的强硬派，但种种数据，考察队的朋友早就调查得很详尽了，哪还需要我来班门弄斧？但我要找到捕鸟人的网场，没有收购站同志的帮助，似乎是不可能的。然而，如果我说是来采访的，误解可能更深。急切中，猛然想起考察队朋友曾对我说过的一个人——

"你们这里有个叫方坤的同志吗？"

"你找他干什么？"

我只好说出朋友的名字，无疑是想拉关系、套近乎。谁知……

他又翻起白眼在我脸上搜查、审核，原来就长的脸，拉得愈来愈长，连眼也变成了竖起的枣核。最后"宣判"：

"没这人！"

我还想再说，但已从那斩钉截铁的口气中感到，把舌头说起了泡，也不会有效果。是否要对自然进行保护的争论，已注定让我们双方站在对立面，果然——

"我们要清理库房了。"说着，他那翻起的白眼已瞪成逐客的冷眼。

我气得捋袖握拳,想一拳把他那白眼珠子打成红的,在这个小小的县城掀起一场风波……但这次的计划、任务就全砸了。我只得强忍下这口怨气,慢吞吞地走到门外。脑子里却在迅速转动,想着摆脱困境的种种办法……

正要出门,迎面碰到一位拎鸟笼的中年汉子。敦实的身材,胡子拉碴,也是一对小眼睛,却闪神流彩的。他未瞟我一眼,只顾笑眯眯,将话声越过我的头顶,冲着库房喊:

"方股长,收鸟啊!"浓重的浙江口音,看样子是个硬角色。

抑制不住的喜悦,得到的却是空寂的冷漠。那位长脸大汉,虽未向他翻白眼,也只是向另一黄衣人噘噘嘴,就转到另一间房去了,其实,何必要这些小聪明呢?我在问方坤时,已从长脸大汉的形象估摸出他正是。朋友曾介绍过此人,而我们这一行对"认人"又敏感,送鸟人的一声"方股长",只不过更证实了。当然,我也用不着再去找他。

没一会儿工夫,卖鸟的敦实汉子和黄衣人争执起来了。罩笼的黑布掀在一边,有五六十只鸟,全都惊恐万状地扑来腾去,显然是今天才捕到的。争执是由雌雄鸟的比例引起的。黄衣人说他雌鸟多了,敦实的中年汉子说没有超过比例数,相持不下。收购部门常因出口的不同性质,自订收购时的性别比例数。据说雄鸟比雌鸟的死亡率高,看样子只好过笼了。

在捕鸟人拎来的鸟笼和收购站的大笼中间,放了个小方笼。笼门对着笼门。大笼用布罩起。笼门一开,送来的鸟就往黑处钻,这就必然要经过小方笼,进一只,认一只。只要有一方对鸟的性别发生怀疑,就要立即关上小方笼,让它停留在那里,再进行甄别。一般说来,相思鸟的雌雄容易区别。雄鸟羽色华丽,尤其是胸羽金橙闪光,嘴剔透红全。

有两只鸟被关在小方笼中。黄衣人说是雌鸟,理由是"它肚子圆滚滚"的。母鸡的骨架、体型和公鸡有明显区别,鸟类也是如此。雌鸟要下蛋所以"肚子圆滚滚",而雄鸟则腹部收紧。稍有经验的人,只要一眼就能看出。那敦实的中年汉子,闪着狡黠的小眼,雄辩有力地说:"鸟也像人有胖瘦,胖子肚圆,瘦子肚扁。总不能认为肚圆的男人是女子,肚扁的女人是男子吧?你又不能掰开鸟的胯裆瞧,只有看羽毛的颜色了!这毛色是雄鸟不是?"

我忍不住扑哧笑出了声,心里说:"身子敦实,说起话儿倒会七弯八扭的。"随即伸手从笼里捉出一只鸟,似是无意中翻开尾翼,只有窄窄的黑斑,是只雌鸟无误。雄鸟的黑斑宽得多。这种科学而准确的鉴别法,是考察队最新的研究成果。因为年龄大的雌鸟,在羽毛颜色上和雄鸟几乎无区别,鸟羽的颜色也会随年龄变色的。如寿带鸟老年后,棕色的似带子的长尾羽,就变得洁白如雪,因而得"寿带"的美称。捕鸟人虽然不动声色,但眼神中透出了紧张。

黄衣人以为我是讪笑他,很尴尬,但又找不出话反驳,无奈,只好打开笼门放它通行。否则,就须杀鸟剖肚查验,怀疑的一方受损失。我当然不愿去揭穿捕鸟人的花头经,无疑也就帮了捕鸟人的忙。

最后,捕鸟人拿起一沓票子,拎起空鸟笼。刚出大门,他就友好地向我递了支烟,意思也很明白。他先开口了:

"起早贪黑晒星星,捕几个鸟,也不易啊!一大家人指望它换身新棉衣。"他已从口音听出我不是浙江人,因而用"官话"对我说。

我很理解地笑了笑:"哪碗饭,都不好端。"

接着就是东扯西拉,边走边闲聊。我当然尽量往相思鸟方面聊,想让对方知道我不是门外汉,以取得信任,然后再……谁知我又犯了个大错误!对我来说,今天大概是个"愚人节"。

"爸爸,鸟卖完啦!"尖溜溜的童稚声,也是浓厚的浙江口音。

一个瘦精精、大眼睛、十岁左右的孩子,从街筒里斜插过来,手里拎着油盐酱菜。敦实汉子随手拿出一张两元的票子!

"给爸爸买两包烟,剩下的钱给你买糖。"

说的是道地浙江临安一带的方言。我曾在浙江读过几年书,虽不会说方言,却是听得懂的。

孩子一会儿就转回来了,将烟递给他,又得意地摇了摇手中才买来的小画书,还指着漂亮的彩色封面直咂嘴。那是本说北极探险故事的书。糖果却一颗也没买。若不是那双流光溢彩的眼睛,真看不出他们是父子俩。敦实汉子表情很复杂地摇了摇头:

"鸟季一过,你还是去上学吧!"

孩子没说话,两只大眼睛忽闪忽闪的,涨满的喜悦似是要溢出。

眼看他们就要走出小小的县城,我的迂回战术毫无效果,只有冒险单刀直入了:

"你们在哪个村落脚?"

我故意不提网场,也算粗中有细。敦实的浙江汉子干脆地答话:

"谁知哪天起什么风呢?才找到一个出金产银的好场地,风一变,金子银子全飞了。捕鸟人从来没有固定地址。跟着风跑,跑到哪算哪。"

鸟在迁徙中,与气候有极大关系,不能说他讲错了。但这句话真像是一阵风,就在脸上吹,却摸不到,抓不着。

"我不是捕鸟的,只是想看看怎样捕鸟。"不如坦诚相告吧!

"你这个同志好兴致,不是养家糊口,谁愿往山缝子里钻,过野人日子?"

"你看我像吗?"

"我是个粗人、野人……你懂鸟经,就该知道捕鸟人的规矩。就算我讲交情,可还有两个伙计。三五天后有场持续两天的雨,我到县城找你,我们找小酒馆坐半天谈谈……"

他是把我当成看鸟路的了。捕鸟人往往是四五人结伙守张网,要转场时,总要先派人摸情况,找鸟路,看新的网场,然后才行动。他们对气象情况,自有一套预报方法,常常很灵。我相信他在雨天不能捕鸟时,会来找我。可是,我并非酒徒……我又弄巧成拙了!

既是坦诚相待,就坦白到底吧。但我这个行当,却不大容易用三五句话就能使他明白的。因而,只好疙疙瘩瘩地说了一番,无外乎是想将捕鸟人的生活编成故事,印出书,让人们去读……

"也能编出像这样的一本小画书?真好!没见过相思鸟的同学,就会知道相思鸟了!你是会写书的叔叔?"

出乎意料,一直翻看小画书、心被北极探险抓住的孩子说话了。那双大眼睛盯着我,闪着渴望和热情。我先是一愣,接着是似乎有些明白,连忙向孩子点头,还说只有亲眼看到,才能写得生动……

"小伢子家懂什么!嘴巴痒痒作打!"父亲对他的怒斥,用的是道地方言,显然不想让我听懂。

孩子吓得一缩脖子,伸了伸舌头,脸上的表情一下严肃了,胆怯地躲到一边。但那胆怯是装出来的。

路已走到县城边,话也无法再说下去。我也不愿使孩子为难,只好悻悻而立,望着父子俩离去的背影,懊恼着这倒霉的一天……

"叔叔,这是个什么字?怎么解释?"

孩子突然转身,猝不及防地迅速向我跑来,好像生怕被他父亲那双手抓住,同时,却抽空向我做个诡秘的鬼脸。快到我面前时,他急速又清晰地说:

"住小路口,你明早来……"到了我跟前,他才大声地说,"就这个字,'土'字旁,加个'良'字少一点的。"

我极力克制激动,一本正经地说:

"'垠'字,读金银铜铁的'银'音,是边际或尽头的意思。这里说'无垠的雪野',是形容北极无边无际都被冰雪覆盖……"

"顺着我留的记号……"孩子的声音很小。他父亲那边,却抛来了炸雷样的声音:

"滚回来！"

慈祥和凶狠也只是转眼间的事。我的心更揪紧了，连忙推推他：

"去吧！快跟爸爸回去，天不早了。"

他还是忘不了在转身的瞬间，又给我做了个鬼脸，然后才跑开了。幸而他父亲只是扬了扬大手恫吓，我才能安心站在那里，看着他们远去的身影。我也转身走了。突然，稚嫩、尖溜溜的绍兴戏响起了：

白山茶开了花。

相思鸟要回家。

第二天，天还未亮，我已打听好路径，向小路口奔去。走着走着，我却停住脚步，犹豫起来：让这样可爱的孩子作难、挨骂，甚至挨打，值得吗……不去，却又辜负了他的一片好心。在那颗小小的纯真的心灵中，不是为我冒险，是为"书"和读"书"的人冒险……

五棵粗壮茂盛的老银杏，绿色城垣般巍然而立，这就是小路口了。不知不觉中已赶了十多千米山路。灿烂的阳光在山峦上、高空中织成耀眼的金网。只有绿云般的翠竹，苍郁的森林，但没有一幢房子，连个看山棚的也找不到，这叫我到哪里才能找到那个孩子？找到他看守的网场……"进退维谷"的成语，就像是因我当时的处境而产生的一样。

我被迷惘、失望折磨得很沮丧，很想甩手返回。可是，孩子那双对书籍充满渴望的大眼睛，似乎正在直视我。是的，那双大眼睛是个世界，是需要丰富、繁荣的世界……突然，那稚嫩、尖溜溜的绍兴戏竟在我耳边嘤嘤响起，那扮出的诡秘鬼脸，也在对我挤眼……

山茶花，在五棵古银杏的右前方山坡上，银白一片，如绿海上浮着朵白云。我急急向那边跑去。是的，是按着怦怦跳动的心，往白山茶跑去。啊！

大朵大朵的白山茶,洁白晶莹的白山茶！你端起的是甜美喜悦的酒浆,还是失望的苦涩……

喜悦在翻涌,白山茶呈给我的是杯甜美的酒浆。秘密展示出来了,凭着在山野生活的经验,一条淡淡的路影,像是蜿蜒的溪水,从我面前向山上流去。

这是条只有猎人才能走出的山路。他们总是很不愿留下痕迹,好机智、诡谲的捕鸟人！可是,那路口有着硕大白嫩的山茶花——是茫茫大海中的灯塔、险滩暗礁河道中的航标。

  白山茶开了花,
  相思鸟要回家。

多机智的孩子！一点儿不错,他是唱给我听的……不,是书籍海洋上空,一只海燕唱出的歌……

每当路影从我面前消失时,总有一两朵洁白耀眼的山茶花,在丛莽中牵着我左旋右拐。内衣汗湿了,气也喘粗了,可脚步是轻快的……终于,听到了相思鸟洪亮的叫声,从森林的深处传来。

我静静地倾听着、分辨着。不错,是从一个固定的地点传出的,有十几只。看样子是媒鸟的呼唤,网场就该在媒鸟的附近。那里以灌木为主。高大的乔木点缀般的东一棵,西一棵。大灌木茂盛,小灌木挤得严严密密的。那被两座高山挟持、几十亩大的范围,像个山坳。用望远镜分区分片看,也找不到网场。那敦实汉子机智的、老于山林世故的小眼,似乎老是出现在视野中。

怎么办？是这样大摇大摆闯去,还是另辟蹊径？那既慈祥又严厉的父亲,突然见到我后,会是怎样的脸色？那盼望我的孩子呢？还有捕鸟人的伙伴……是辱骂,还是打一架？

我和很多猎人相处过。他们剽悍、豪放、热情,但也狡黠、诡谲,而且最厌恶那些"盯梢"的——企图偷偷获得他们行猎经验的人。

处罚起这种人,也自有一套不成文的规矩。善良的,只是放弃一次行猎,哪怕是猎物已牵在手上,但也要让你吃点小亏,如放根树枝弹你一下,以示警诫。凶狠的,就要安上"锁脚弓""吊弓",将你的脚杆锁住,或倒吊起来。特别是"吊弓",借助于树枝和毛竹的弹力,呼啦一声就将你一只脚扯住,头朝下地悬吊在半空中,让你在上不着天、下不着地的"颠倒世界"中呻吟。等罪受足了,再让你求着他解救你。当然,那也要看对象。若猎场固定,又收获颇丰,猎人更是在周围就布置了各种机关,像是埋设了一道防护地雷……

这些惩罚,我一样也不愿受。可是,昨天的经历,已使我对直接闯入有了顾虑。他们很可能会端着猎枪撵我,即使是对我这样身份不明的人有顾忌,放我走了,他们也会收网走了。反正都是前功尽弃,也辜负了孩子的一片心意……

是什么使我做出冒险的决定呢?是爱冒险的天性?说不清,反正是豁出去了。

那个孩子都敢给我引路,我倒没有了胆量?

当然,多少也有点倚仗在山野得到的经验。我曾不止一次跟着猎人去下过"锁脚弓",它和"吊弓"的装置一样。哪怕是当一次狐狸吧,我也要去体会捕鸟的真情实感,或许在他们不察觉时更为自然;何况我一向对"狐"的看法,就和世俗的意见相反,总是偏爱。

我使出跟猎人学到的浑身解数,像蛇一样在森林中游动。我按照观察时的判断,选择了路线。全身湿透——外衣被露水打透,内衣汗透——才潜伏到网场的正前方,距网口三四百米处。这时,我才看清,原来那边也是个宽阔的、长长的山谷。这个山坳就成了出口了……

还是看不到网场。但捕鸟人活动的声音,倒是让我感觉到了。猎人在行猎时极少说话,常靠另一种"语言"。我静静地躺着,边休息边苦苦思谋着怎样接近网场……突然,像是山谷刮起一阵夜风,刚听到,已到头顶,满目缭乱,一花眼,无数金线已射落到前面的灌木丛中,汇入绿海……相思鸟!绝对错不了,是相思鸟!连红豆般的嘴都看到了。接着,母鸟那种嘀、嘀、嘀三声一度的鸣叫,更证实了我的判断。

我的全身感觉神经灵极了——连这些可爱的小鸟儿边跳跃,边啄食树种、草籽、小虫的声音都听到了。瞧,啄破树种外壳的噼啪声,都清清楚楚。是的,母鸟在一声声呼唤,群体中同伴在答应,快活地向前……

鸟对食物的消耗量,和它们的体重有一定的比例。如相思鸟这种小型鸟,胃容小,进食的次数就要相应增加。尤其是在迁徙途中,它们耗去的能量愈大,进食的次数则愈多。难道网场的选择,除了其他原因外,估算每次进食的距离,也是学问之一?

树叶的飒飒声,脚对地面的压力……捕鸟人的动作,扰乱了我在喜悦中的沉浸。又是撕破空气的呼呼声。果然,又一群相思鸟落到我的前面……奇怪,就是刚才那群落下的地方。那里有两棵野山楂,顶着累累的红果。它们也像飞机一样,能认准降落场……过去考察中百思不解的事,竟全然浮上脑海,又豁然开朗。这些鲜明、生动的感受,都是从来没有得到过的。感谢你,冒险!

鸟群远去了。捕鸟人开始行动了。

看清了,敦实的汉子,那个大眼睛的孩子,还有他们的两个伙伴,呈新月形的散兵线,个个手持竹竿在树丛中敲打,嘴里柔和地呵呵着,像赶小鸡一样……这两群鸟有百多只,占的面积大,他们人手显然少了,难免显得捉襟见肘,顾此失彼。鸟儿倒是乖巧,一只也没飞,但听声音,并未能按捕鸟人的愿望前进。我灵机一动,再没细想,就快速向前接近……

"哦,呵呵——哦,呵呵——!"

一声口哨之后,他们突然全都打起了吆喝,快速地奔跑。我也不自觉地呵起,跑起……

刚看见前方的尼龙丝网,就听到扑棱声。

网上一片彩霞!

鸟一撞上网,就急速扑扇着翅膀,飞不走了,往下直掉,直落到兜底。只有少数几只惊慌地突然升高,越过网纲,遁入了蓝空。

"鸟笼,快,快拿来!"

精瘦的孩子忙得顾此失彼。捕鸟人快手快脚将兜里的鸟捉住,往笼里放。纵然他们手脚快,但还是有些鸟清醒过来,趁捕鸟人掀网捉鸟的瞬间,扑出网兜飞走了。

我在网前陷入了沉思。这张网是由七八片高四五米、长六七米的尼龙网连缀而成的。简单极了,平淡极了。两头有网桩。中间用竹竿撑起,下底有个网兜。所谓网兜,也只不过是将网的下沿往上翻个尺把,每隔三四尺钉上线。若是没亲眼见过捕鸟的人,怎么也不会相信它竟能一次捕几十只、上百只的山野精灵。鸟儿是被哄赶声吓坏了,仓促起飞,谁知迎头就是隐蔽得巧妙的透明的网,它们不会"倒车",更无法停留,翅膀扇动时总是被网丝挂扯,失去了速度,只有往下掉的份儿。落入罗网的原因,或许用"惊慌失措"比较恰当吧!

挺使我惊奇的,是从网中抓出了两只画眉,一只蜡嘴——它有着黄蜡般的嘴,好认。还有四只李子红,也是种小型鸟。它们是误投罗网的倒霉蛋!

"你,这下,该走了吧!"

敦实的浙江汉子,又看了看收获颇丰的鸟笼,似乎是直到这时才发现我似的。其实,像他这样经验丰富的猎人,是应该在赶鸟时就发现了我,只不过那时他无暇顾及,被我钻了空子。在他下逐客令时,那个大眼睛的孩子却站在网桩的那头,没事找事地在整理网,但他的眼角瞟向这里。刚才见到我的刹那间,他已闪电般地向我做了个得意且淘气的鬼脸——他也在庆祝他的胜利。

"猎人是不撵客人的。撵也撵不走。我要住在你们棚子里,直到转场!"

平静,且多少带有揶揄的话,让那个敦实的汉子愕然,愣怔了半天……

我确实没有走。敦实的浙江汉子,他的伙伴确信我不是捕鸟的侦探之后,再也不撵我走了。大眼睛、精瘦的孩子,表面上却是最后一个向我表示热情的人;其实,我们的心早就由书籍沟通了,由白山茶花交流了。真是个鬼精灵!

相思鸟的迁徙路线,大致是向西南方,迎着太阳飞。迎头风大,不飞。顺风起航。雾天,飞得迟,飞得高。雨天,基本上不飞。老年母鸟领头,当年出生的鸟夹在中间,病鸟、弱鸟随后。在途中的落脚点,寻找灌木丛。

理想的网场,就如正在捕鸟的网场,两山夹一坳,来路是山谷,去路也是山谷。此处即是它们非停留不可的地方。捕鸟人中的强手,能辨鸟声、鸟风,能将远处的鸟赶入网中……凡此种种的知识,都是那长着一双大眼睛的孩子告诉我的。我倒是从远处兜着圈子,宣传保护大自然的重要和保护可爱的相思鸟的重要。

敦实的浙江汉子,常常在他搭起的山棚里、夜晚的篝火旁默默地想着心事……

几年前,已禁止捕捉相思鸟了,这是人类文明的胜利。那年,从白山茶盛开的山岭回来后,我就开始了《千鸟谷追踪》的写作。那个精瘦、闪着一双大眼睛的小龙,常常在字里行间跳跃、顾盼……我抚摸着出版社寄来的样书,竟然生出——"寄浙江临安爱书的捕鸟人孩子小龙收"的痴想。也只能痴想罢了!

我在和捕鸟人生活的几天中,多次问过敦实汉子的地址,可是终究没有得到,只知道孩子叫"小龙"。我既理解,又心酸。"四人帮"是垮台了,但"文革"中残酷的斗争阴影并未在人们心灵上抹去。敦实的汉子就曾被割过"资本主义尾巴",又听我说捕相思鸟将是违法的,他还敢说吗?

但在那年我们分手时——那是正值三天后的一场秋雨。秋雨连绵了三天——我们对相思鸟观点不一,但彼此多少有了了解,也结下了友谊。尤其是那个孩子,总是喜欢和我在一起。连晚上睡觉时,他也拱在我的怀里,缠着我给他讲书上写的各种故事。对他来说,书籍是个五光十色、无限幸福、应有尽有的宇宙!

我驻足凝视着——他瘦小的身影在山茶盛开的山道上,慢慢地远去。他在攀登,是在艰难中攀登!前方,不是森林,只能是蔚蓝无际的大海,人类智慧的海洋……

　　白山茶开了花,
　　相思鸟要回家……

还是那尖溜溜的童稚声,可我今天听来,觉得那是充满了他对故乡的怀念,对亲爱的勤劳的母亲的怀念,对久离了的学校的怀念……

小龙,今天,你在哪里?

1986 年夏于合肥

清清回水湾

几年来,我常常在梦中去张溪……

说梦中去张溪,不如说是惦记着那儿的大溪中盛产的名贵的麦粒鱼。据记载:"麦鱼,产于东流。麦熟时,卧龙潭一带俱出,其形似麦。"东流,即今天的东至县。张溪属龙潭范围,大诗人梅尧臣曾生活过的尧渡,过去也出麦鱼,可惜现今已少到被遗忘的地步了。

麦鱼,又称麦尖鱼。这是说它小,小到几千条,乃至上万条才有一斤。没想到太小的鱼也能出名。"麦鱼"的由来,还因为它在麦熟时节,才能在张溪捕到。

麦熟正当芒种时节,由于它只能在芒种前后的十来天才能捕到,所以我几次都错过了时间,才在心里留下牵肠挂肚的思念。

1976年,我是决心要去了,但还是被三十六岗的鹿影拖住了四五天。皖南生活着野生梅花鹿的事实,连动物学界也只有少数人在不久前才知道。考察队发现它后,已进行了初步的考察。这次逐鹿,是最精彩的一次。我们发现了正在山坳里养茸的一头公鹿。坳里草深如海,坳边有片小树林。它就在小树林和草海里与我们捉迷藏。三天都见不到它的影子。最后,当然还是万物之灵的人,将它堵到了小树林。谁知刚照面,它就昂茸举蹄,直向我们冲来,吓得我们如鸟兽散。挨一蹄子够受的,碰坏了它的茸,更是担当不起。直到坐在去张溪的车上,那对俊美的茸角还在我眼前闪闪发光……

傍晚,才到达张溪。我巴不得马上就去渔场。主人连说:"不急,不急!"他才五十来岁,脸却像是由横一道、竖一道的皱纹织成的。我总觉得那深沟浅壑中,藏满了世故、秘密。

不一会儿,茶端上来了。刚喝一口,连我这样的"茶客"都直赞"好香"!他却又说:"水好,水好!"话音刚落,一碟就茶的点心端上来了。

"啊,麦鱼!"

渔场主人满脸皱纹只是略微舒开——就像是阴沉的天突然露出一道云缝——以回答我的惊呼。若不是念念不忘"麦鱼",真能在乍看之下,把它当成一碟上等的毛峰茶。正确地说,是麦鱼干。我连忙拣了点吃。蛋松般酥脆、爽口,鲜美溢香,似有鱼味,又若蔬果。就着浓浓的醇茶,有股说不出的风味……各种赞美之词,就像溪水般从我口中涌出,即使我吝啬,那奇鱼、名茶也不允许。

"慢吃,慢吃!"

对主人这种特殊的用词、造句——语言风格,我原来只觉得有趣,但这次的"慢吃,慢吃",使我微感脸红了。这不是在含蓄地规劝我别像"猪八戒吃人参果——食而不知其味"吗?刚才我一定是馋相十足的。也是这时,我才发现碟底已露出来了!我总改不了一见美味就狼吞虎咽的习惯。细嚼慢咽,所得体会当然更多一些。鱼干呈褐色,虽小,但"五官"清晰可见,通体有一道道黑色的环斑,就是这种斑马似的环斑,使我感到似乎在哪里见过,可一时又想不起来……

一股熏热,夹着鱼味,从后屋飘进了堂屋。我刚抽动鼻子,主人已站起来,用眼神示意跟他走。灶屋里,他的儿子站在锅台旁,手持一柄大铲,不断翻动锅里新鲜的麦鱼。我明白了,这是在制作麦鱼干。年轻人喜欢说话,他告诉我烤鱼干还要放点菜油,只能用文火慢慢来,像炒茶一样,千万急不得。火头过了,或未到火候,都会影响鱼味。炒好后还要晒一天,然后才能装箱贮存。麦鱼有各种吃法,加芝麻油拌、做蛋汤,等等,均为上品。鲜鱼鲜食也可,但总不如鱼干味道好……

主人终于领我去渔场了。

张溪河夹在两条圩埂之间。水面宽,浅浅的清亮中,铺底的沙砾清晰可数。河边水草丰茂,在缓缓的流水中如丝若带。日将落,半天的火烧云,映得满河流红……没有一张网,没有一条似是渔船的身影,没有一个渔民,没有鱼汛来时的熙攘、繁忙,只有静谧的河、默默的岸、依依的垂柳……

主人看出了我的疑虑、失望,只是紧走几步,然后一转身,往堤下柳林走去。柳林下竟隐藏了河湾和三五条奇形的船。

我也是在水边长大的,也喜欢打鱼捞虾,自信见过各种渔船,但从未见过这种长长的身腰、窄肩、翘翘的阔头、浅帮、平底的渔船,而且船上一件渔具也没有,唯有一根青竹篙,我感到十分古怪。主人既不愿开口,我也就不问,倒是看看那横横竖竖的皱纹里,究竟藏了些什么。

船离岸,我才开始对它另眼相看。主人只轻轻一篙,它就像箭一样在浅浅的水中飞蹿,滑溜极了。若不是平底,若不是长长窄窄的船身增加了浮力,它怎能在这样的浅水河中行驶如飞呢?到河中沙洲了。水更浅,可又翘又阔又长的船头,像块跳板似的搭上了洲边。我站在洲头,心想:难道这船和麦鱼之间有联系?忍不住回身细细打量起船来……

"塔漂子。漂子!"

很感谢主人这次语言结构并不墨守成规,少了一字,才使我猛然醒悟。他是在说这种船,叫"漂子"。凭着水边生活的经验,我知道这是对行走如飞轻便船儿的称呼。那"塔"字,大约是这儿有地方特色的冠词。后来才知道这儿地名中有个"塔"字。但我还是不知它与麦鱼之间的关系。

沙洲并无什么特色,被一蓬蓬红柳、野蒿、苦竹、大石挤满。没有晾起的渔网,任何渔场的痕迹也没有。要说特色,即是像这样的河洲很多,隔一段水面就有一个,河水也就特别迂回、蜿蜒地向前绕行。

直到在河里转了一圈,又停靠到柳林下,上岸了,我还是在云里雾里。没看到渔场、捕鱼……实在忍不住了,我才鼓起勇气又问。他的回答是:

"明早,明早!"

真是可恶透了!是明早才去渔场,还是明早再回答我的问题?难道只是看看怎么捕麦鱼,还要经过政审、批准——那时还成天在喊"以阶级斗争为纲"。这不是在捉弄人吗?

我更猜不透,他何以要我在河上转一圈子,是满足我的"雅兴"吗?其实,像他这样老练的人,不会看不出我是在水边长大的。刚才在河心,我就有意露一手,抓住竹篙,蜻蜓点水似的插下提起,一点声息都没有。跳水运动员入水时的水花大小,直接影响评分高低。竹篙入水出水声音的高低,也是有无水上经验的证明。

窝囊气虽然憋了一肚子,可鉴于以往的经验,野外考察中碰到了怪人,"小不忍则乱大谋",只好忍声吞气地等待着"明早"。

天刚蒙蒙亮,我就被女主人喊醒了:"你自己去吧!老头子说,你懂船。他们早已下河了。船还在老地方。"

又上他的当了。这不明明是被甩了吗?但也更加引起我的好奇:难道捕麦鱼也和打猎一样,极端保守行猎经验?自个儿去就自个儿去,大江大湖我都走过,还怕这浅浅的小河沟?

刚到河埂上,就听到上游、下游都传来水花四溅的声音。河上轻飘的薄雾中,显现出淡淡的人影。没有喧嚣,没有紧张的吆喝,没有船影的紧梭密织……真怪!

晨曦渐渐拨开了层层的迷雾,显出了一重河湾一重天……

我向近处的一只船靠去。真是……撑船的竟是他!见到我,皱纹才露开一道缝,就向几根树桩处驶去,算是和我打过招呼了。只见他用篙稳住船,弯腰从水中提起一只喇叭形的篾笼,抽开底口的塞子,银光一闪,哗啦一声,鱼都进舱了……

中舱已装满小半,全是麦鱼,像是一堆才孵出的蝌蚪。

傻眼的是我了。这是怎么回事呢?我只得撑起塔漂子尾随。刚到河湾,他又到了几根木桩处,又提起篾笼倒鱼。收获甚丰!

我忍不住将船靠过去,想看个究竟。他竟冷冷地说:

"靠边,靠边!"

我只好将船再撑到岸边,等他的下文,谁知他却自顾自驾着漂子走了。眼看他将消失在河湾,我仍只能呆立,手足无措。这个怪人!

"下水,下水!"

是河湾的水,将他的声音带来的。

尽管非常反感,我还是遵从了怪人的命令,弃船下水。脚刚落到水中,立即感到有小虫向脚上叮咬。这一看不打紧,却惊得在心里大呼小叫:好家伙,水草里这么多的小麦鱼!它们成群结队,在水草中转悠,不急不忙,缓缓地溯游而上。多得像闷热天气里河流上空结团成伙的红蜻蜓,任意飞旋打转……我心里似乎明白了点什么。

曙光点染高天,青蓝的天际扯出了几缕云丝。

到达篾笼处,我已由惊呼到惊叹了。篾鱼笼的装置奇特得很。这种篾鱼笼是沿江两岸常见的,多装在淌水沟口,口有倒刺,向来水处张开,捕顺水而下的游鱼。但这里的喇叭口朝上,略略向一边倾斜,最多不超过15°。不一会儿,就有一群麦鱼奋勇游向笼口,直到掉入笼内……

是笼内装了吸鱼石,还是里面装有美味香饵?不!什么也没有,空空如也!妙就妙在几根木桩,两张小儿枕头大的篾席,横竖一摆,刚好制造了一个小回水。这道小回水从笼口流出,成群的麦鱼即在这股回流中戏水,溯流而上。这是利用麦鱼喜欢溯流戏水的习性——"请君入笼"!

看出奥妙后,我略略移动了篾片,让回水一会儿大,一会儿小。事实证明,它们还是喜欢刚才那样的流速、流量的回水!

制造小回水的技术,是捕麦鱼的诀窍!

渔民,是鱼类习性研究的专家!

试想,织什么样的网,才能捕捉麦芒样的小鱼?

只有这种方法,才是最聪明、最简便,也是最科学的方法!

各种各样的滋味,在心头翻涌着。我撑起塔漂子,在洒满朝阳的张溪河,一会儿疾驰,一会儿悠荡。每个河湾,每个沙洲,都形成了大大小小的回水湾。这些回水湾留栖了麦鱼,渐渐成群。而渔场,就在清清的回水湾中。渔民们早已各自选好下笼处,早晨只要根据水情,将回水调整到需要的流量、流速,然后就驾起塔漂子巡回收笼、取鱼。

难怪见不到一般渔场的景象。

可我昨天黄昏时,怎么就未看出呢?凡事都凭经验,有时也要坏事。

我已从研究鱼类的朋友处知道,麦鱼的学名,叫作栉虾虎鱼。每年春末夏初,幼鱼从长江进入湖泊、河溪中养肥。

张溪河流入升金湖,再入长江。升金湖盛产鱼虾,历史上,曾记载每天捕获量有一升金的产值,湖也因此得名。麦鱼的洄游习性,使得水浅、水清、水缓、回水多的张溪,成了它们喜爱的地方。越往上游去,捕到的鱼也渐渐由麦芒变成麦粒大了!它们每天漫游的路程并不长——不是为了赶路,而是为了觅食、成长、壮大!只在早晨赶路,中午后,就栖留在浮游生物、藻类丰富之处觅食了。我撑着塔漂子在上、下游巡回,就是为了亲眼看看,并证实朋友们说的。

升金湖属长江中游湖泊群,既然如此,属这一湖泊群的溪流中,都应该有这种名贵的麦鱼!以后的探访,证明了泾县产的琴鱼、广德产的桐花鱼、庐山产的石鱼,原来全是一家!传说也多种多样,大概要以泾县琴溪产的琴鱼为最佳了！甚至在巢湖滩的水氹中,也可见到它们的身影。记得在儿时,就曾捉过这种有黑色环纹的小鱼。孩子们叫它"沙和尚"。这就是在吃鱼干时有似曾相识感觉的原因,但至今还未搞清,为何叫它"沙和尚"。

那天,我驾着塔漂子,驶过一湾又一湾,和渔民们交谈着,享受着解谜的快慰,然而又不时泛起酸涩……

我误解了老人,误解了横一道竖一道纹路织成的真诚。现在,我才开始理解了主人那满脸的皱纹中,隐藏的并不是什么秘密,而是盛满了慈祥,盛满了善良,盛满了对别人的宽厚、体贴……细细体味那几句不多的短语,也充满了深情,有无穷的回味。这是一种高尚的"味"——人情！

塔漂子,快快漂吧！我急着在清清的河上,寻找老人的身影,我要把心向他袒露……或许,真诚和理解,能抹平他满脸的皱纹……

1977年夏于东至

叽里咕，叽里咕
——童年片断

我的童年，应到故乡的沙滩、巢湖、草滩、苇丛中去寻找。

我的故乡是巢湖北岸长临河西边的一个小村，名字很上口：西边湖。大门一开，涌入眼帘的是浩渺的水天，悬在姥山宝塔上的白云，浮沉在水中的孤山，列阵的山影，斜穿蓝天的白鹭。

乡亲们多以种菜园，兼之打鱼捕虾为生。旧社会的苦难，父亲的早逝，连年的水灾，使我的童年生活充满了不幸。然而，故乡哺育了我，在那里，还有着另一片世界，给我欢乐，引我思索。

在我幼小的心灵中，一直以为夏天是南风吹来的。它卷着堆雪般的浪涛，日日夜夜轰鸣着。还未走到湖边，飞溅的水花已像蒙蒙的细雨般洒来，凉爽惬意极了。

这波峰浪谷也是我们嬉戏的运动场。敢于跳浪，是会令同伴竖起大拇指的。当山岳般的浪压来时，纵身跳起，探身浪峰上，再稳稳落到波谷，那是一种多么冒险而又舒心的事！说是冒险，一点也不夸张，因为从波谷落下时，要稳稳实实，只要脚一趔趄，细沙一抽，就要跌入水中，被大浪淘走！凡是玩过跳浪的孩子，都不怕晕船，都敢于在疾风狂浪时驾着一叶小舟出湖！

细软的金色沙滩，简直是我们一群孩子的魔毯。不仅夜间可以提着马灯，在那上面寻找甲鱼上岸的足迹，从沙堆中捉住它们，还可以施展一切幼稚的想象，用沙砌起城堡、楼台亭阁，开掘河流，布防攻战。等到一个大浪抹平了一切,人也累了,随身一歪就躺到沙滩上,看着白云在湛蓝的天空悠悠飘荡,任凭浪波轻轻地拍打……我感到了母亲的抚爱,听到了外祖母晃动摇篮的低吟……

我对于建筑和雕塑的最原始印象,大约就是从沙滩上得来的!它也给了我最初的创造的愉快!

冬天,湖水退下去了,褐色的湖滩裸露了出来,成了一群群大雁的居留地。翌年,经过几阵软软的风,几场细细的雨,蓼叶吐红,柳条变绿,芦笋冒尖了,平展展的湖滩铺了层绿茵茵的草。永远是那样悠然自得的放牛伢子,骑着牛来了;扎着红头绳的小丫头,举着竹竿把鹅群赶来了……湖滩成了别具情调的牧场,也成了我们这帮孩子的乐园!捉蟋蟀,挖茅根(又嫩又甜),闯关,打仗……

最有诱惑力的,是找云雀的窝。云雀一边婉转地叫着,一边打着旋旋往天上飞。这时,我们总是拍着小手,合着它的韵律,唱了起来:

叽里咕,叽里咕,
我在烟囱理个窝,
大姐烧火燎了我。

叽里咕,叽里咕,
我在芦柴缝理个窝,
只怕大风刮翻窝。

叽里咕,叽里咕,
我在树洞理个窝,
又被蛤蟆占了窝。

叽里咕,叽里咕,
　　只好在草棵理个窝,
　　担心害怕放牛哥。

　　叽里咕,叽里咕,
　　……

　　一双双小眼瞪得像田螺,紧紧追着那飞旋的鸟儿。等到它只是个小小的黑点时,脖子酸得难受,眼涩得撑不住,一个恍惚,那黑点消失了。唯有袅袅的鸣声,在湛蓝湛蓝的天空中,犹如轻梦一般。

　　不久,那银铃般的乐曲像是融入了九霄,只有风拂过湖面的低语。但蓝天白云中骤然掉下一个黑点,愈来愈大——啊,是那美丽的小鸟!是它唱累了,还是那悠悠的白云散了?眼看它就要砸到地下……就在我们为它的命运急得心都要蹦出来时,它却一下张开翅膀,掠过柳梢、芦尖,贴着低低的青草,消失在绿茵中了……我们像是被湖滩弹了起来,立即向它落处跑去。哪里还有云雀?难道它有上天入地的本领,钻进了土里?或者,它仍然留在冥冥的天际,而落下的只是它的影子?……

　　这个美丽、神出鬼没的精灵,不知撩动了我多少情思!直到我四十来岁了,一位在内蒙古草原上捕鸟的人,才解开了盘旋在我脑海中几十年的谜。他说:找云雀窝,应是"看起不看落"。即是,它起飞处的附近,正是巢区;而降落时,它却要做出种种假象,迷惑心怀叵测者……

　　这或许就是引起我观察鸟类的起始吧。

　　当椿树已经打伞时,只要是闷热的夜晚,我总是死乞白赖要跟随隔壁的大爷去"罩生"。

浅浅的湖滩,是鱼儿的产卵场。当夜幕垂落时,在浅滩的粼粼波光中,这里、那里不断地响起了哗啦声。鱼群来了——鲫鱼一路噼里啪啦撒欢;鲤鱼要深沉得多,冷不丁儿才打个响响的水花;最有趣的是鲇胡子,别看它平时张着大嘴专吃小鱼,又滑得无比,这时却乖巧、温顺极了,它翻转身子,将蛋青色的肚皮浮在水上,歪歪晃晃,简直像个鸭蛋踩水。我帮大爷提着马灯,他提着篾罩,在刚刚淹没脚面的水里追着鱼群,有时一罩能罩住四五条鲇胡子。

有一晚,天太黑了,还飘着蒙蒙的细雨。大爷不想带我去,说了很多"鬼打墙"的故事,以及他能想得起来、编得出来的关于湖滩的种种恐怖故事……我犹豫了,畏葸了。

当他第二天早上用绳子拖回了一条二十多斤的大青鱼,叙说如何和它搏斗了几小时,追了几千米路被它撞倒两次,终于罩住它时,我懊悔极了——没有亲眼看到那紧张的一幕。直到现在,我都没能有机会看到那个壮观的场面,只得作为永远的向往和懊悔留在心里。

这片充满生机、熙熙攘攘的湖边世界,给我幼小的心灵倾注了无限深厚的爱。爱是种子。以后,我常常去崇山峻岭、大漠戈壁、雪峰冰川、江河湖海,寻找它生出的绿叶、开出的紫色小花、飞出的鸟群、起航的白帆,以及五光十色的幻想。

这或许也是我在写作时,为何笔端常常眷念着故乡、寻找着童稚的原因……

1983 年盛夏

赞美水和森林的节日
——泼水节散记

正当我跟随着考察队在热带雨林中跋涉时,我接到了西双版纳傣族自治州政府的邀请——和傣族人民共同欢度泼水节!

泼水节是傣族的新年,不是阴历的正月初一。文化悠久的傣族,有自己的诗歌、文字、历法。傣历纪年比公元纪年晚六百三十九年。奇特在新年也不是傣历上的元月1日,而是从6月17日开始,19日结束,又称"六月新年",大约是每年阳历的4月13日至15日。

我们所说的阴历,其实是阴阳合历,将月球相继两次具有相同月相所经历的时间作为一个月,十二个月为一年,与回归年无关。而阳历的一年,却基本上是一个回归年。它的一个月的长短,和月相的盈亏无关,是人为规定的。傣历新年所依据的是什么呢?

4月初,中原已柳条含翠,桃花吐蕊;北国还被冰封雪裹;西双版纳傣族自治州却正值旱热高潮,柚木张着枯黄的大叶,木棉树上还未萌出新绿,它们和旱谷、玉米……都正渴望着雨季的到来——新的植物年即将开始。傣族的波涛(老大爷)说,雨、旱季节正在交替。迎来的滂沱大雨,将使森林一片油绿,欣欣向荣。傣族将新年定在这一时期,实在是别具一格,更洋溢着热带的色彩。

虽说4月炎热,但我们在沟谷雨林中考察时,早、晚还得加件毛背心。这儿是没有严冬酷暑的福地。"西双版纳"译为汉语,意思是十二个行政区。这个意思显得干涩、平淡。这和它色彩鲜艳浓郁的土地相比,太不相称了。但它带有领主统治、社会发展的烙痕。在傣族人民心目中,这里是先辈追觅金鹿——幸福的象征——而发现、开拓的宝地。这里就是金鹿的故乡。那时,古人曾赋予它诗一般的名字——勐巴拉纳西,意为美丽、神奇的乐土。

是的,这里是诗的世界,这里有着诗样的民族。雨林中密密的绿叶,河岸边艳丽的繁花,挂在老茎上溢香的瓜果,担水的依绍(姑娘),吹乐器的岩昌(小伙子)……都是一首诗。连雨林中的一种小草,也能闻歌翩翩起舞——科学家曾被这个发现弄得瞠目结舌。

我们怀着难以抑制的兴奋,匆匆赶去参加别有风采的"六月新年"。

龙舟·喜剧

坐落在澜沧江边的州首府允景洪,被高大的棕榈树、端庄的贝叶、秀丽的槟榔树、茂盛的杧果、肥大的芭蕉掩映着。树上开的是娇艳的凤凰花。攀在墙头的是锦霞般的叶子花。成串成串的爆竹花,在屋前、小树丛中喷红吐焰。街上熙熙攘攘的,挤满了哈尼族、基诺族、拉祜族、佤族的青年男女。更多的是手撑各色阳伞、摆动筒裙的傣族姑娘。这些穿着节日盛装的人,都如花一般地喜气洋洋。允景洪成了绿荫中的花海!

在西双版纳傣族的三天新年中,主要活动有赛龙舟、赶摆、放高升、丢包,而以泼水达到狂欢的高潮。

赛龙舟的地点在澜沧江边。澜沧江是条国际河流,发源于青藏高原,从西藏东部奔入云南,出了国界线,则改名换姓称为湄公河,流过老挝、柬埔寨……最后注入太平洋。澜沧江逶迤于西双版纳一百五十多千米的河床,多是高山峡谷,相对高差大,水急滩多,波涛滚滚。在傣族人民的心里,它既是幸福的甘泉,又是暴虐的魔王。赛龙舟的这段江面宽阔,水流也缓。

早晨下了场喜雨,空气清新,弥漫着绿叶的芳香。刚过中午,江边已响起铿锵震撼人心的召唤。穿过芭蕉林，就可见高高的河岸上那彩旗飘扬的观礼台。今年来的外宾和华侨特别多。观礼台是新建的。十来只整装待发的龙舟已停在江面。这里的龙舟比我家乡的要长得多，有二十多米。据说大概可容纳六十名划手。左侧凌空的发射架上已摆齐一排排高升。

河滩上挤满了人，从高处望去，处处是三五连片的花伞，组成了各种奇妙的图案。不用问，那伞下一定是傣族的姑娘，她们多喜三五成群、静静地站在一起，悄声细语地谈着，庄重地笑着。难怪有位来写生的美术家惊叹：她们赞美孔雀，其实，她们就美得像孔雀。

风从河谷里吹来，热烘烘的。金灿灿的阳光，在水面上跳动。连河边的浅水处也站满了人。我忍不住下到河里，但没一会儿，就被冰凉的水撵上岸。同伴告诉我：江水来源于雪山冰川。

划船的健儿们还没有出场，文艺表演的队伍却来了。人群立即根据喜好，很自然地分成了几圈。节目多是歌舞。

基诺族的舞，粗犷、豪放，他们没有别的乐器伴奏，只有几面大木鼓。男青年们弓腿扬臂、擂鼓击拍；姑娘们则舞出变化多端的动作。真是"击鼓起舞"了。

最使我感到亲切的是表演鹬蚌相争的寓言故事。它和我们家乡在春节踩高跷时的传统节目相似：美貌的姑娘扮演蚌姑娘，手持一张破网的渔翁充当丑角。姑娘扇动两片大壳，不时夹住渔翁的头颈。渔翁的狼狈、蚌姑娘的智慧不断引起哄堂大笑。但傣族同胞多了只扮演鹬的大鸟，分去了丑角渔翁的不少笑料。我倒是注意到了几位演员的装扮：很奇怪，无论渔翁还是蚌姑娘，都不是傣族的服装，倒很似汉族的样式。这很可能是民族文化交流的结果。那见利忘义的鹬鸟是新的创造！

健儿们出场了。七八支队伍——每队以不同色彩的包头巾为标志，水红、翠蓝不一——每人都手持短桨。欢声腾空而起，响彻江面。原来还有三队飒爽英姿的姑娘,一律杏红短衫、绿裙,也手持短桨。据说,她们是第一次参加比赛。

无数面铓锣大作,轰然作响。一声令下,十来只龙舟脱弦齐发,犹如一支支彩色的箭翎。指挥者,俯身船头,以手支撑,上下起伏,英武勇猛。高升响了,拖着长长的尾羽呼啸着、飞腾着,直指蓝天白云。

河滩、江面欢声雷动:

"水!水!水!"

"洪——窝!窝——洪!"

每只龙舟都激起一片晶亮的水雾,阳光闪起一条条虹带,像是疾风涌起的缕缕霞霓,在金色的波涛上奋飞。

"洪——窝!窝——洪!"

"水!水!水!"

连观礼台上也欢腾起来了,州委书记起立呼喊,为英雄们加油、欢呼!

象脚鼓敲起来了!得胜的龙舟上的水手们被人群拥上了岸。在铓锣、象脚鼓的引导下,他们翩翩起舞,边舞边走向主席台。那儿早已为健儿们斟满了一碗碗米酒。

"水——!"

猛然,一声吆喝,在男队中爆发。他们争先恐后地向领奖处跑去……

不知什么时候,女队的姑娘们已悄无声息地跑到他们的前头,正端起米酒大口大口痛饮。

小伙子们一头冲进姑娘们的圈子,向她们扑去。

姑娘们似乎直到这时才感到了危险,一个个尖起嗓子喊了声"咿哟!",然而,红衫绿裙只是稍稍闪了一下,她们并没有跑着、跳着躲开,倒是无比欢畅地笑着……

傣族欢呼时喊"水",那意思和"乌拉""万岁"是相似的。但我不明白,为何要呼喊"洪——窝!"。傣族的同志告诉我,这和赛龙舟的故事有关。

勐巴拉纳西国王的六个女儿都嫁走了,唯有最漂亮的小女儿南丹博腊,不愿嫁给宰相的儿子。她自己挑中了其貌不扬、出身贫贱的小伙子岩洪窝。国王异常愤怒,想出各种办法要除掉岩洪窝,但都被岩洪窝的机智、勇敢所挫败。最后,昏庸的国王要七位女婿以赛船争夺王位,其实是暗藏杀机。谁知,岩洪窝在坚贞的爱情的鼓舞下,在龙王、天神的帮助下,终于赢得了胜利,而国王、宰相、六位女婿——一切的恶势力,都统统葬身鱼腹。人们高呼着岩洪窝的名字,欢呼真善美的胜利!

汉族端午赛龙舟,是为了纪念伟大的爱国诗人屈原。屈原的一生是悲壮的,是被恶势力吞没的。但他对祖国的无比热爱、对真理的坚定求索,犹如高悬在历史长河中的明星,永放光彩。傣族却赋予了赛龙舟另一层意思:真善美终于战胜了邪恶,庆祝英雄的胜利,充满了喜剧的色彩!

我思索着汉、傣两民族的人民所赋予赛龙舟的深刻含义……

摆市·敢吃

赶摆,和我们所说的"赶集"是一回事。"摆"为傣语。他们信奉小乘佛教。"摆"原是小乘佛教的一种宗教性的集会。历史上曾用"摆夷"称呼傣族。可见"摆"在他们生活中的作用。新中国成立后,傣族人民将它变为物资交流、演出歌舞、庆祝丰收的集会。

街道两旁,商业部门早已搭起临时的席棚,展出电视机、录音机、自行车、缝纫机、服装……最有特色的,当然是农贸市场。我也特别喜爱在这里徜徉,不仅可以看到风土人情,而且可以窥视到傣族、基诺族、哈尼族人民对生物世界的认识,开发利用生物资源的成绩。

蔬菜、瓜果市场琳琅满目。辣椒、茄子、西红柿……比内地肥大得多。另外还有野韭菜、蕨菜。

稀罕的是一种如笋样的芽芽。后来到昆明,才得知那是颇享盛名的丝刁柏根部发出的芽,和肉食热炒、清炖都列上乘。通常是在雨季才有,在这时候让我见到,算是幸运。

说到竹笋,在江南称之春笋,但这里几乎四季都有。奇特的是傣族人喜食一种苦笋,外地人吃一口,苦得皱眉,但他们吃起来,津津有味,言其清热、松嫩。

水果更多,芭蕉、香蕉、木瓜、橄榄、羊奶果、咖哩洛果,还有一些叫不出名目的。但苹果是外地运来的。园艺家们也曾引种过,树倒是长得比北方的高大,但就是不开花,更别说结果了。

随处可见路边有一堆堆篝火。穿着黑的、紫红的丝绒筒裙的傣族毕南(大嫂),把长长的乌黑秀发绾个大髻,蹲着烤饼。那焦黄津油的外壳、扑鼻的香味实在诱人。我付了一角钱,卖饼的立即拿起一张薄薄的圆饼,放到两根柴棍上,在炽烈的火上转翻几下,它已膨胀得鼓鼓囊囊,又大又厚。咬上一口,又脆又酥。卖饼的人说,做饼时,放了两三样植物香料。遗憾的是,她说的名字全是傣族的叫法,我分不清是否有豆蔻、香蓼之类。

有一片青苔尤为引人注目:有干、有湿,干的缕缕泛白,绿丝蓬松,湿的却墨绿如带。旁边围满了外地来的人,都在问这问那。我倒是有次巧遇。那天,我们正在罗梭江边寻找油瓜,被江边一阵哧哧的笑声、水的哗啦声引过去,原来是一群将筒裙盘到头上,正在江水中游水嬉戏的姑娘。她们不时从水中捞起一绺绺青苔,使我很诧异。同伴告诉我,傣族人特别喜食青苔,以澜沧江中出产的最佳。过去领主特意在江边建立起采青苔的寨子,要奴隶们专事采集以供其享用。吃法也异常讲究,有很多方法,我只记得有种方法是:将烧红的石头放到糊状青苔中(已放了金芥等各种调味品),食客即吸啜这咕嘟嘟的糊。据说其味鲜美透骨。眼下,则是为了准备新年食品。将青苔擀到糯米面中做饼,这是家家必不可少的。这真使我大开眼界,但我惊奇中不知道它居然也登上了贸易市场！后来才知道青苔在营养学上的价值，心里又增了一层感叹。

割成长条的水牛皮在油锅中炸得又焦又酥。卖起来很特殊：一架旧式天平，一边放上炸牛皮，一边放硬币。这种古老的方法已很罕见。傣族人卖东西倒很少用秤之类，而是论个，或堆。如香蕉，是一角钱五只。芭蕉叶上托的一堆小鱼，标价一角五分。连卖柴也以一排（垛）为单位。鸡蛋的确是如"云南十大怪"中所说："鸡蛋用草串着卖"。听起来怪得很，看起来却异常科学：多是十个一串，如瓷厂用稻草捆碗一般从四面兜住。鸡蛋是竖直放的。依据物理上力的作用原理，这样可承受最大的压力，它比横放在筐里更不易挤压破壳。这一切，都从一个侧面反映出了傣族人民的淳厚。

未走两步路，我看到地摊上一张张芭蕉叶上，摆的竟是肥胀胀、胖嘟嘟、油黄色的如地蚕蛾样的虫。每堆有二十来只。另有一粒粒如鱼眼珠的小球，也以份卖，每份约有半盏（芭蕉叶在这里的用途和水乡的荷叶、山区的箬竹叶相似，用来包各种生、熟的食品）。一问价格，高于鱼、肉，足见其贵重。

后来有一天，我跟着老张在森林中考察，他突然向路旁的一棵竹子奔去。我有些不解。老张反问一句：

"你没认出它？"

这只不过是丈把高的嫩竹。西双版纳有粗大的歪脚龙竹、大肚的弥勒竹、黄竹等几十种，我实在没有看到它有什么特色。但是，在这块神奇的土地上，什么奇迹都会发生，明明是挂着几十斤重波罗蜜的树，你可以在它的树洞里捉到珍贵的蛤蚧。被惊出的黄鹿，由于心慌意乱，会一头撞到树丫中间，卡在那里前不得后不得，将美味送到你嘴边……我在苦苦地猜想，老张已急匆匆地说："它的竹节特别短，有洞眼。"说着，举刀就砍。哎呀，竹里竟有一些油亮亮橄榄形的虫！就是我在赶摆时见到的托在芭蕉叶上的肥虫。老张说："傣族老乡叫它'依肉'。我看倒像个奶油袋子。在野外作业中，炒野菜时常常将它煎熟做油脂,比黄油还要香,傣族人喜欢用它拌饭吃……"

这时,我当然要问起那鱼眼珠般的小球。老张笑而不答,倒是指着前面问:"那是什么?"树枝上吊了一个窝。

我曾上过它的当。刚来西双版纳时,那窝巢外的枯叶、筋络……就是吊在树枝上,使我蛮有把握地以为那是织布鸟的巢。同行中有人眨着诡秘的眼睛,要我去"探索"。我刚挪步,就被人拉住:

"那是蚂蚁窝。你们北方人说捅不得马蜂窝,这里的蚂蚁窝也捅不得。它咬起人来,翘着屁股拼命叮,落得你满头满身都是,谁能吃得消?"

说得我浑身直起鸡皮疙瘩。

难道托在芭蕉叶上的东西,竟是它的产品?"是蚂蚁卵。煎炒着吃,比鱼子还要鲜美!"

我只有惊叹!

不久,奇遇又让我碰上了。在思茅招待所,刚开始吃饭,好客的经理端来一盘菜,笑眯眯的眼神中带有点戏谑的味儿:

"请你们尝尝我们特有的风味名菜!"

对于少数民族地区的"怪菜",我已有所领略。昏暗的灯光下,那菜也只不过刚将碟底盖严。于是,心里并不怎么不安,但等到看真切后,我还是惊愕得倒吸一口冷气:

躺在碟里的,是又肥又大的马蜂蛹,每个足有三四厘米长。虽然炸得焦黄,但那毒螯又粗又长,似是随时准备攻击的长矛……

我跟随考察队在黄山追踪短尾猴时,曾亲眼见识过吊在树上、有稻箩般粗大的牛蜂窝,以及它们的穷凶极恶(每年都有人丧命于它的攻击)。别说吃了,连看它一眼也是心惊肉跳。可是主人一再鼓动我,说:"营养丰富,具有祛风、祛湿、解毒的功效,来了一趟西双版纳,却不尝尝这样有名的菜,要遗憾终生啊!"同伴中有人见我还是不敢问津,说:"看样子,你对生物学的爱好,并不十分……"

我猛然站起,伸手就拈个送到嘴里。

"怎么样?"

"嗯,有点像我们家干草虾子炒豆腐渣的味道!"

餐厅里骤然爆发的哄笑声、碰翻杯盘的哗啦声,引得屏风外的客人都伸过头来窥视……

还是回到泼水节的摆市吧!我们品尝了炸水牛皮、掺了鲜花的黏粑粑……一边漫步,一边思索着:摆市上陈列的蕨菜、丝刁柏芽,做饼的各色鲜花、依肉、蚁卵……是森林献给人们的一部分礼品,从另一角度说,则是傣族人民对富有的热带森林的赞美!

我们常说:"广东人敢吃。"那言下之意是有贬义的。广东人爱吃蛇、猫等令中原地带的人望而生畏的动物。这只能说是我们对生物世界的认识远远不及他们。但若与西双版纳的少数民族比较,广东人还应该向他们学习。

森林,是丰富多彩的动植物世界,是大自然赐给人类的财富,它哺育了人类。经过三十多年不断的探索,科学家们已基本上摸清了,西双版纳地区生长着五千多种高等植物,尤其可贵的是稀有的热带植物,动物的数量也是巨大的。祖祖辈辈生活在这里的傣族人民,对于它们的开发和利用,做出了卓越的贡献。热带植物研究所的老许同志说:"傣族有自己的医典,那是对生物世界的认识和总结。在考察中,你随便找一个傣族人打听,他都可以向你指出二三十种植物,并能说出它的名字以及用途,就像一个庄稼人,向你历数麦子、水稻、油菜……"

通过长期的实践,使傣族人民对植物有了自己的分类法则:在傣语中,将木本植物归入"埋",草本植物归入"雅",藤本植物归入"嘿"……并用其冠在那个植物名字的前面。如挨刀木,傣语就叫"埋其粟"。食用野菜时,更有一套烹调的原则:"山上的要炒,水边的要煮"……否则,在这茫茫的林海中,别说知道哪种植物可食,有什么作用,即使连摸一摸也不能贸然行之。在我进入热带雨林之前,好心的老张就曾告诫过我:有种剧毒植物树火麻,傣语叫"曼火棕",意为大象见了都害怕的家伙,手一碰上,就像是触电一般,立即红肿。毒箭木又叫"见血封喉",猎人取其汁液涂在箭上。还有一种叫"断肠草"的……那么,像神农似的"尝百草"的傣族人民,不正是无畏的探索者吗?!

植物学家们已越来越趋于认为:云南是植物起源中心之一。当然,这还需要通过大量的科学研究来证实。从另一方面来说,我们对西双版纳绿色世界的认识,不还是很肤浅的吗?我们虽然在那里找到了抗癌的美登木、可提炼增黏降凝添加剂(石油工业上重要的化学原料)的争光树、贵重的罗芙木……但是,还有更多的宝藏未得到认识,更别说是使用了。即如前面提到的,那种能闻乐起舞的小草,其奥秘就未揭开。据科学家统计,在西双版纳,每一平方米的土地上就有上百种热带植物。这是多大的财富啊!

我们除了要保护好这块宝地,更要学习傣族人民对绿色世界的勇敢探索!

高升·懒猴

庆祝活动的中心在曼听寨子周围。竹篱,稠密的绿树,围着一座座别具一格的竹楼。站在竹楼凉台上,就可摘到熟了的杧果、荔枝、柚子。临时的市场、游艺场都设在寨前的广场上、附近的森林里。

今天发射高升,已是一种竞赛。各个寨子都运来了精心制作的高升,选出了勇敢的发射手,依次走向发射架。象脚鼓、铓锣已豪放地响起,引领着舞蹈的队伍。有人手持一根菩提树枝,边舞边穿过各个席棚。围在篾桌旁饮酒、喧哗的老人,不时将礼品或现金挂到树枝上。那是给即将在发射高升比赛中获冠军称号者的奖赏。

高升,其实是一种原始的火箭。主体是一根十几米长的粗毛竹,毛竹要直挺挺的。火药也是用四五十厘米长的毛竹筒装好,然后将数筒火药绑扎到毛竹头。这只是一级火箭。还有"哥哥背弟弟""弟弟再背妹妹"的二级、三级火箭。

发射手攀上用毛竹搭起的高高的发射架,在万人仰视、众目睽睽之下,一边起舞,一边点燃引线。火药燃着,火光一闪,哧溜一声,高升像流星般地腾上了天空!接着第二级火箭燃起。等到第三次火光闪亮,那高升已如一只蜻蜓,直入蓝天。第二支、第三支也已依次腾空,在白云中飞驰追逐。有时,它们竟像在天空连成一条线似的,令人眼花缭乱。

等到观众收回视线,那发射架却被一片硝烟笼罩,只见发射手满脸乌黑,两只眼睛却异常明亮,舞蹈的动作也更加狂热、奔放。看起来,发射手只是点点引火索,其实,只有勇敢的人才能在烟与火中镇定自如。要使高升飞得高远,更重要的还在于:那最佳的发射角的选取,二级、三级火药及时、准确地点燃……其中的种种估计,全在于发射手了。他是集设计、制造、发射于一身的能手。难怪人们要选发射手,更难怪人们要向他欢呼!

跳着象脚鼓舞的人群欢迎英雄的归来,将菩提树枝上的奖品奉上。发射手却用它们全买了酒放在一旁。铓锣大作,鼓声频催,小伙子们的舞蹈动作为之一变,已发展为举臂、运腰、屈腿、抬踢的武术动作,用腿、脚格斗。时而有太极拳柔中带刚的风格,时而又似醉拳的虚虚实实……若能踢中对方,或摘去他头上的包帕,那显然是获得了胜利的一分,可以畅饮米酒一碗。

火药是我国四大发明之一。虽然未去查阅资料,不知二级、三级火箭发明于何时,却完全可以反映出我们祖先对于征服天空、宇宙的美好向往。那么,在新年发射高升,就不仅仅是高兴、欢庆,而是充满了对过去的自豪,对争取美好未来的信心了!

我们漫步向寨边走去。只见竹篱上爬着一只似猫的动物,从它那黄褐色的背,夹在两胯之间很短的尾以及那姿态,很难判断是哪种动物。拴它的绳头牵在一个青年手里。围观者中间有人问:"要多少钱?"

牵绳的人答:"十元。"

这里在进行动物买卖了。满脸雀斑的问价人用树棍将它蜷缩在两胯中的头拨出,它却把头埋得更深,人群中响起嘈杂的讪笑。问价人脸一沉,密密的雀斑顿时黑麻一片。他举手就去揪它耳朵。那耳朵特别小,从他手中挣脱。他正要大动干戈时,它却不顾一切,蜷起短短的四肢成了一团,从篱笆上摔下。以背落地的沉重一摔,才使它四肢微微松开,露出脸来:

只有一双极度惶恐、悲哀的大眼!

"懒猴!"我惊叫了一声。

然而,人群只是莫名其妙地瞥了我一眼,又只顾去戏弄它了。我的愤怒,却促使同伴坚决将我拉走。他们是担心我在这人生地不熟的地方惹是生非,还是对这种糟蹋珍贵动物的行为司空见惯了呢?

我所有的兴致一扫而光,怏怏地走回住地。

懒猴别名"风猴",也叫"蜂猴",在猴类发展史上属低级阶段,也有人称为"半猴类"。它的头脸的形态,极像大熊猫——圆头,两只又大又圆的眼,有着黑色的眼圈,挤得眼距很短。它生活在热带、亚热带的森林中,成年累月地过着树栖生活。它白天躲在大树上,以独特的睡眠方式——前肢握住树枝,圆头藏在两腿中间,直埋进胸部,蜷成一团,酣然入睡。当夜幕四合时,它才出来活动,慢慢挪肢,姗姗爬行,寻食鸟蛋、野果、嫩叶、蜂……一副憨态可掬的模样!

由于它在科学研究、观赏上的价值较高,以及在大自然中的稀少,而被国家列为一级保护动物。在林业部保护司,懒猴属濒危物种。我国只有云南的小片森林中生存着有限的数量。按规定,即使科研需要捕捉,也须报经林业部批准。

但事实上,乱捕滥杀的情况还相当严重。不多天前,我们途经墨江时,那里的林业局同志说过:"墨江地区的森林中,原来也居住着懒猴,当地人以为懒猴皮可治小儿抽风,总是想方设法捕猴剥皮,谁也不管,再加上森林被毁,现在已很难见到懒猴的踪迹了。"我和他谈到懒猴属于国家一级保护动物时,他却是满脸的茫然,我的心也随之往下一沉。

西双版纳的绿色世界,庇护着一座珍贵的天然动物园:兽类有六十多种;鸟类占全国的三分之一,有四百多种;鱼类九十多种。其中,属国家一级保护动物的就有懒猴、长臂猿、野象、野牛,最小的鹿科动物鼷鹿、大斑灵猫、犀鸟、绿孔雀等十多种。但是,它们都面临着和懒猴同样的命运!

就在昨天下午,我们还听到了在攸乐山发生了一起残酷猎杀野象的事件。起因也是说大象的皮是治疗刀伤的特效药。象皮有几厘米厚,围猎的人放了几十枪才将它击倒。当地有的干部也分到了象皮。因而,这一严重事件处理不下去,只得以罚款草草收场。

关于这群野象的命运,早有风闻。傣族人民有较高的文化艺术,以舞蹈说,多为模拟动物的动作,如孔雀舞、大鹏舞、鹭鸶舞、龙舞、蝴蝶舞、鱼舞,等等。这反映出了他们对这些生灵的热爱。对大象,更为崇敬,将它作为吉祥、圣洁、善良、勇敢的象征。泼水节中随处可见的象脚鼓舞,即是模拟大象在森林中奔跑、漫步、嬉戏的动作。所击之鼓,则是取象脚之形。西双版纳的象群也尤其得到傣族人民的钟爱。但是,近年来的情况发生了变化。很多人可能都还记得在"文革"中的一部纪录片:《捕象记》。不知出于何种目的,竟那样大动干戈,为了捕活象,开枪射杀了三头。象群和人类之间的信任发生了危机,从不主动向人攻击的大象开始愤怒、反击……这和峨眉山的猴子,由于受到一些恶作剧的人的欺骗、伤害后,常常向游客发动攻击十分相似。你看:对动物也是不能欺骗,更不能任意打杀的!

这些年来,由于乱砍滥伐森林,使珍贵动物已面临严峻的形势。其中不是有很多值得我们思索的东西吗？

保护生态平衡,保护珍贵的动物,归根结底,是为了人类生活得更美好、幸福。那么保护珍贵动物,则是人类科学文化发达的表现,是人类文明的体现!

我们有高升这类直到现在仍值得自豪的发明创造,这是人类文化的精品。今天更应从科学文化的角度,去保护大自然赐给我们的珍品!

在西双版纳的日子里,几乎随时、处处可见背枪的猎人。他们见到飞禽走兽就打,从不理会它是否珍贵。由泼水节动物交易市场上懒猴的命运,想到了野象等生活在大森林中的一切珍禽异兽,我们不是应该做更多的科学普及工作吗？如果在泼水节狂欢的广场,也给科学工作者一角,由他们来宣讲保护森林、保护珍贵野生动物的必要性,岂不是有更重大的意义！这也是为了泼水节有更多的欢乐、更多的祝福!

泼水·卫士

朝霞在瓦蓝瓦蓝的天幕上,射出一道道金瀑。早饭时,招待所的同志就要我们将身上的物品掏尽留下,若带照相机也要包好防水布。今天是新年泼水。

我们出了食堂,正横穿小路往房间走,晴空兜头洒下倾盆大雨。霎时,撒丫子狂奔乱跑的、木然呆立的、摇头甩水的都有。直到棕榈树下传出咯咯的笑声,才看到那是一群手端水盆的姑娘。

"你们是客人,我们将第一个祝福献给你们！希望澜沧江水永远在你们心里流淌！绿色的森林永远是你们的向往!"

是呀！这是吉祥的、幸福的甘露,除旧布新的圣水！刚才被泼得晕头转向的同伴,突然反身回来,极庄严地走到棕榈树下,从姑娘的盆里掬起一捧水,泼到她们每人的头上:"祝福你们像水一样美丽!"

几天前,在热带雨林中跋涉时,老张听说我们将去参加欢度新年的活动,就介绍了傣族村寨泼水的盛况:人们手端银碗,用橄榄枝或菩提树叶蘸水,先是在家里庄严地为老人、孩子祝福,继之才开门和亲友、邻居相泼——这和我们在年初一的清晨,先向长辈磕头拜年,长辈回以吉祥如意,然后才放鞭炮举行开大门仪式,继之才接待亲友邻居拜年很有相似之处——泼兴渐浓,水桶、大盆悉数用上。"水"在傣族人民心目中无比神圣,是生命、青春、幸福、吉祥的象征。大盆大盆的水泼向你,那是泼水的人向你表示极大的尊敬、极厚的情意。但我们未想到,这倾盆的祝福会和旭日同时落到身上。

我们索性衣服也不换,就兴高采烈地向曼听走去。商店已关门了,摆场两旁的席棚下,都是端水盆的男女老少。我们简直是在幸福的雨瀑中穿过。有几位青年,索性开了辆卡车,将水向两旁泼去。

铓锣嘹亮,象脚鼓声浑厚。曼听广场上人山人海。水珠在天空交织,阳光耀出点点圈圈的彩斑。人们在泼水,在水帘中狂欢舞蹈。"水!水!"的欢呼,在森林中回荡。村寨竹楼的阳台上,应声撒下鲜花,泼下甘泉。在舞蹈的人群中,西装革履的外宾,扭腰摆臀,和象脚鼓舞是那样地不协调,但谁也没有介意。只有相互的祝福!这是不需要语言,也是任何语言都表达不了的。人们都沉浸在忘形的欢乐中,像是又回到了那远古的莽莽森林中。水已洗却了污秽,洗得人们心灵晶莹,心里充满了孩提般的纯洁,洋溢着大自然纯朴的温情……

我们走过了一个村寨又一个村寨。每个寨子的泼水都有难忘的景象,不同的风情。贝叶上的水珠,凤凰花上莹亮的雨滴,从杧果树上纷扬而下的水流,都在流光溢彩,发人思索,催人遐想……

传说,在远古的时代,有个穷凶极恶的魔王,侵占了勐巴拉纳西美丽的森林,他为所欲为干尽坏事,又魔力无边,刀枪不入。人民处在水深火热的苦难中。被魔王抓来的七位姑娘,决计要为人间除掉祸害。最美丽的七妹也最聪明,她用计策探得:魔王的致命弱点,就在他自己身上。于是,七妹趁他酒醉之时,拔下他一根头发,绕颈轻轻一勒,魔王的头如西瓜落地。但那颗魔头成了团邪火,滚到哪里,哪里的森林、房屋、稻禾一片枯焦!

火,火!邪恶凶残的火在大地上燃烧……七妹毅然地将那团火紧紧抱住,六位姐姐连忙泼水相救。

泼啊!泼啊!水,纯洁的水,终于扑灭了邪火……森林又披上了绿装,艳丽的沾巴花又怒放在枝头。从此,傣族人民为了纪念这七姐妹——在旱季即将结束,绿色世界即将开始一个新的植物年的时候——泼水相贺,除却旧有的痛苦、灾难,迎接新的幸福、丰收。

这个美丽的传说,给了人们什么启示呢?邪火,在这里成了罪恶、凶残、苦难的代表。水,在这里成了战胜邪火,带来幸福、吉祥、生命的象征。

生活在富饶、神奇森林中的傣族人民,对森林怀有特殊的感情。那是养育他们的摇篮,哺育他们的母亲。过去,每个寨子都有一座"神山",谁动了"神山"上的一草一木,都会被认为将给寨子带来灾难。为了解决薪炭木,家家竹楼前后都栽种了"挨刀木",专供伐枝作薪。它具有特别旺盛的萌发力,而且越砍越旺,木质坚硬,易发火,耐烧。它也是荒迹地上的先锋树种,只有它最先撑起一片绿伞,其他植物才能凭借绿荫生长,崛起蔚然的群落。这反映了傣族人民认识到森林虽然富有,却不是取之不尽、用之不竭的。失去了森林,也就失去了他们赖以生存的环境,这是一种朴素的爱林、护林的思想。

危害、破坏森林的诸因素中,除了人们无穷尽的乱砍滥伐外,火无疑是最为凶恶的。因而,傣族人民对水给予的崇拜、歌颂,就成了十分自然而又异常科学的事了。他们已经从长期的生产实践中,认识到了水和森林之间相互依赖的关系。虽然带有自然的色彩,甚至是宗教的色彩,但保护了西双版纳这块美丽的土地,保护了我们面积不大的、难得的一座热带植物宝库。地球的北回归线一带多数沦为沙漠地区,而这颗植物王国皇冠上的宝珠,依然熠熠生辉,傣族人民自有一份不可磨灭的功劳,这也是他们对祖国的贡献。泼水节,是对水的赞美,对大森林的歌颂!

但是,这些年来,我们从报纸、杂志上不断读到西双版纳热带森林遭受破坏的消息,都是些令人胆战心惊和不寒而栗的事实。1961年4月,敬爱的周恩来总理曾经赶到这里考察,他忧心如焚地说:"如果我们不能保护住这座绿色宝库,那将成为历史的罪人!"之后,党和国家领导人中又有很多人都来过西双版纳,都做过这样的指示。然而,事实却不容乐观!

在墨江,林业局的同志说,乱砍滥伐森林的情况令他们寒心。按过去的规定,流经境内的把边江、阿墨江两岸千米内是护岸林、水源涵养林。1958年大砍大烧后,到1962年森林已基本消失,失去了森林的调节和保护,当年即发洪水冲毁了田园,把蓄积待运的上万方木材,沿澜沧江冲到了越南。其后,又经历了"有斧子就有砍伐权"的"文革"、毁林开荒的"学大寨"。原来的墨江,并不是你们现在看到的一片光秃、炎热的景象,而全是茂密的原始森林,豹子都跑进家。冬暖夏凉。森林消失后,大自然已开始报复人类,十多个水库干枯,小猛莲水库被淤。1973年,落雪结冰。这里的人未见过冰雪,说是一夜之间,"鸭子成了仙,能在水(其实是冰)上跑",闹了不少满含辛酸的笑话。

在边陲的热带植物研究所,水电站也因库容淤塞,无水,只好停止发电。

水,水啊!

最使我们难忘的,是森林大火!砍伐,总还要留下幼树、林下的植物,但大火能毁灭一切,寸草不留。

火,可怕的邪火!

4月7日,我们从思茅到勐腊的六个小时路程,在车上,就看到十三处森林大火。即使在白天,那蹿入云天的火苗,也还是惊心动魄的。还有一处就在公路边,满山满坡全是枯焦一片。合抱粗的大树,还在冒烟、噼啪作响。

在勐腊某保护区,一天晚上,我们突然被一阵爆破声惊出了门外。东北处火光冲天,红了半边天。有人急着要去救火,当地的同志说:是烧山开荒。"这不是保护区内吗?""是又怎样?谁管得了?"

第二天上午九点左右,笼罩大地的浓雾渐散,胭脂般的红日浮现在森林上空。只见天空黑麻麻的,像有无数的幽灵在游荡。有人说是黑蝴蝶集群,有人说那是无数的蜂鸟……热烈的争论更激起我们想要分辨真相的热情。不论是蝴蝶或鸟儿,大家对它那潇洒的翩翩飞行都是异口同声地赞美。这里是静风区,我们又无法分清在高空中的它们,只好耐心地昂首观望,等待着奇迹的发生……然而,落下的全是大大小小的黑色的灰屑、焦黄的树叶……显然,这是昨晚大火的尘埃……谁的心里都像吞了个癞蛤蟆一样。

在州林业局一位副局长家,我们正在谈保护森林时,有人来报告:小勐养保护区告急——森林失火。他沉稳地说:"叫他们(保护区)去处理一下。"打发了来人,又平静地对我们这些坐立不安、要告辞的人说:"每天都有。请坐!请坐!"可以想见我们当时的惊讶了!事后又谅解了这位于水火之中稳如磐石的林业局副局长。我们不是有这样的话吗——司空见惯。

在昆明,植物学家冯老对我说过,在西双版纳植物宝库里,一屁股坐下去,就可能压倒了三四种名贵的药材,很可能还有一两种珍稀植物,甚至是不知名的新种(都能成为博士论文的研究对象)。但是,请注意:那里的植物种类虽然丰富,但每个种的数量往往较少。由于小地理区域的不同,同一个沟谷不同地段的植物,也大不相同。反过来说:我们烧毁一平方米的森林,就很可能是从地球上消灭了一两个新种!

这或许是夸张了,却令人无限折服!

这里,千百年来,伴随着文明而存在的也有愚昧、落后。刀耕火种即是毁林最严重的陋习。在烧荒地上,"头年吃火气,二年吃力气,三年吃空气",又得再游耕,另烧一块荒地。它的危害,在人口稀少的情况下,还不明显,一旦人口膨胀,就会恶性剧增!

要泼灭这股焚毁森林的邪火,就需要水,就需要有勇敢的七姐妹——科学、文明和用科学文明武装起来的人民群众!

泼水节,是傣族的新年,是他们的护林节。

我们全国各地,也都应该有自己的"泼水节"——护林节!

如果没有了森林的涵养,江河断流、溪水干涸,还能有泼水节的欢乐和喜悦吗?

只有当大地被一片绿色植物覆盖,大自然才能够赐给人们生命的甘泉、幸福的雨露;人类才能够生存、发展!

我们赞美森林!我们赞美生命之泉!

我们更应该百倍地赞美植树造林、辛勤护林的人们!

1981年春于昆明

结在树干上的果

热带的水果色彩鲜艳,香味浓郁,甘美醇厚。它们的花儿不开在细枝上,果实全都挂在粗粗的树干上。

硕大的椰子

飞机钻出云层,准备降落在海南岛时,第一个映入眼帘的,是银色海岸上凤尾般的椰叶。

横渡琼州海峡,在船上遥望天水尽头,最先出现的是一线城垣顶住天穹,拱卫着身后一颗翡翠。近了,海岛前的城垣是密密的椰林!

黄山以奇松伸臂,迎接勇敢的攀登者。

海南岛挺立着高高的椰树,张开宽大的椰叶,拥抱每一位来客。

到了海岛,椰树为你遮阴,椰树伴你跋涉,椰树向你献出甘美的清泉……当你需要它的时候,回眸之间,它正悄悄地站在身后!

椰树,海南岛的旗帜!

它挺拔,二三十米高的主干,直挺挺地向上,雄健而又庄严。到了上端,才伸出几枝三四米的长长的叶柄,吐出两百来片流苏般的小叶,在微风中如鸟展翼,俊逸、潇洒。椰树,就是这样把挺拔和秀丽统一为整体,呈现出无限的风姿!

海南人,爱用它点缀生活的美好、富有,总是在房前屋后栽种。椰树有情,它也依恋着渔村的喧哗、欢声笑语。一位黎族老人对我说:"它长在荒野中,总是神情忧郁,很少结果。"一位年轻的渔民告诉我:"它热爱群体,若单棵种植,它总是极度不悦地扭弯了身子;失去集体的温暖,它矮得如同侏儒。"

据说,椰树全年都结果,四季皆成熟,但以年底收摘为最多。我到海口时,椰树顶上挂满了青青的椰子和正开的花,刚摘下来的灰褐色的椰子,在街上垒得山一样高。

在陵水南湾从野外考察归来,主人请我品尝他们种植的椰子。椰子大得像个篮球,但不圆,顶端分出了三棱,用手掂了掂有五六斤。老林见我对它束手无策,得意地笑了笑,举起带钩的砍刀,先用刀背在凸起的棱上敲了几下,然后一刀砍去,接着是从旁边又一刀,用刀前的弯钩一别,一大块椰衣下来了,露出里面灰棕色的果核。不一会儿,在他飞舞的刀下,一个沾着毛毛糙糙的椰衣的核果出来了。再一刀,开了个口:"快喝!"我连忙接过,捧起就举到嘴边:啊!好清凉、甘洌的汁液!立即有股清泉流过心田,燥热的胸腔瞬息被熨得舒舒坦坦……这时,我才想起看看汁水,可惜,只有内壳里雪白雪白的椰肉——这逗得围观的人哄堂大笑,老林却又飞舞起带钩的弯刀,把一个圆硬的果核剥了出来。

我注意到了,它仍有两斤多。原来在它的顶端有三个眼,软软的。老林说,用树枝也可戳开,吸取里面的甘泉。我照办了,只不过是将汁水倒进碗里。好家伙!足足倒了两碗多透明微香的汁水。喝到嘴里哑哑,很像我们家乡的荸荠汁,但那股莫名的清香引人回味不已。再打开硬壳,里面一层玉片般的椰肉,又香又脆,和花生仁很有相似之处。人们告诉我:顶端的眼,传说中是一位壮烈牺牲了的英雄的眼睛。敌人一见那圆睁的怒目,便胆破肝裂。见到善良的人时,它却献上了满腔的热血……这是我第一次吃椰子。

以后,在一家椰子加工厂,才清楚地知道了它的价值。

红棕色的椰衣是纤维,根据它的长短,可作缆绳或纺线织布;短粗的,可扎刷;雪白的椰肉,可做罐头,更可做出诱人的美味椰蓉、椰奶。它的含油率在百分之六十以上,榨出的椰子油可供食用,或做工业原料。一位朋友请我吃过他精心制作的蜜椰肉,直到现在,我还能回味出那股难以名状的香脆甜润。椰树材质轻软,花纹纤细、光滑,可做家具;椰叶能编织各种美丽的工艺品;椰花能酿酒……

历史上有名的"天南贡品"——海南岛地方官向皇帝进贡物品——即是工艺家们用镶嵌的技艺和刻刀在椰壳上创造出的杰作。深栗色的椰壳呈圆形,镶以白银、檀香木,嵌以贝雕……既可改变其形体,长或方,求得造型上的多变,且又丰富了它的色彩。再配上栩栩如生、形象万千的雕刻,即成了典雅、古朴、珍贵的艺术品了。因为要在薄薄的圆壳上雕刻,又还有很讲究的浮雕、沉雕、立体雕,那刀法的娴熟和相宜的深浅,就是工艺家们的绝技了。

椰树是宝树。它喜爱荒凉的沙滩,不怕盐碱的浸渍,甚至像人一样,不可缺少咸味。在远离海滨的地方,竟然要挂一袋盐在椰树上,或在树干上掏洞置盐,等雨水溶解后,让它慢慢吸收。它这种高超的将海水淡化的本领,令科学家们惊叹,继而悉心研究。

海南岛的椰子,以文昌县(现文昌市)为最佳,果多且大。那里已建立了好几个研究机构,以推广种植和丰产为目标,从而发挥热带作物经济效益高的优势。科学家们已培育出矮化但果实累累的椰树。除了顶端有三条棱的椰子,也有圆的、椭圆的椰子。既有褐色的,也有红色和黄色的。在南湾,老林说过,黄色的椰子有止咳的功用。椰子也向"专业化"方向发展,有的品种专供榨油,有的则只供饮用……科学打开了人们的眼界,椰树种植得到了发展。琼山县(现琼山市)有个农场,在海滩上一下就种了八百亩的椰树,那是多么蔚为壮观的椰海!

而且,连雷州半岛也已引种成功。这可以和在北纬十七度线以北种植橡胶树成功相媲美。

在广东省惠东县港口公社林场,见到一排椰树时,我很惊奇。年轻的技术员却自豪地说:"十多年前,就开始引种了,因为它的纬度高,有人不相信能成功。可是,椰树居然长起来了,挺旺盛,然而历经十五个春秋,它就是只开花不结果。在海南岛,从下种到结果,只需七八年的时间啊!后来听说需要在它的基干部刀砍、火烧,这可吓得人不敢下手,好不容易才将它服侍到这样大啊!但转而一想,与其不结果,何不破釜沉舟试一下?好吧,举刀砍了,架火烧了。怪哉!它依然长得翠绿,花上奇迹般地结出了头胎果。天天瞅,日日盼,终于变色成熟。去年就结了三十多个椰子!"

道理很简单,刀砍、火烧它的基干部,是为了使叶子制造的养料,不再全部输送到根部,而留在树端结果。这也是一种刺激方法!

这引起了植物学家们的注意,他们专程赶来,临走丢下一句话:如果它能在此繁殖,那就可以说,这里是它最北的分布线了。于是,技术员把三十多个椰子全摇了一遍,核果里有水哗哗响的三十个"响水"椰子,全部种下了。它不能剥去外衣,要整个种下,千万年的自然选择,使椰衣具有特殊的功能——防止水分蒸发,保护里面能繁殖后代的核果;雪白的椰肉是胚乳,椰汁是液体营养,嫩芽即从顶端的三个小眼顶出。

富有弹性的椰衣,还是椰树漂洋过海远游他乡的舟筏。它生在海滨,掉到海里后,因为椰衣中储藏了空气,且耐海水侵蚀(椰衣做的缆绳也具有这样的优点),因而能随着大洋的海流,漂泊到远在他乡的海岸发芽、生根、成林。据说它的故乡在东南亚,也有人争辩说在美洲,不管它祖籍在何处,总之,现在世界各地的热带海岸都有了它的倩影。两千多年前,文献上已记载了我国种植椰子。当然,这并不能证明全都是它们自行侨居。但一些荒无人烟的岛上,若干年代长起了椰林,那是不乏先例的。我在东寨港红树林中,就亲眼见到茁壮的水椰幼树。保护站的同志说,它是新客,过去从来没有。

到海南渔家做客,主人总要请你吃椰子,那是主人的盛情——醇厚、质朴、热情。

游子归乡离去，亲人要送几只椰子——祝他一路平安，不要忘了故乡的山水。

海南人外出，总要带上几只椰子作礼物。

我不是海南人，离开海岛时，竟也带了几只椰子北上，让孩子们看看椰子的模样，尝尝雪白的椰肉、甘冽的椰汁……见识下祖国南海宝岛的富饶和美丽。

橙红的槟榔

趁着向导打瞌睡，我信步走出住所。热带渔村的风光吸引了我。

穿过浓浓的树荫，刚进门坐下，主人——一位黑瘦、眉棱高耸的老大爷——就端来茶杯。我正渴，拿起杯子却傻了眼，里面盛的竟是面糊状的石灰！我抬起的手还僵在那里，主人已殷勤地递过一盘果干和几张篓叶。主人笑了，露出黑黑的牙齿说了几句。可我对海南话半句也听不懂。他只好用篓片从茶杯中挑起白色的石灰，分别涂上摊在手掌中的两片绿色篓叶上，又拣了两块橘红色的果干放上，再卷成两份。

见我仍然只是瞪着好奇的眼睛，却不动手，他先拿了一份放到嘴里大口大口嚼了起来。

哎呀！是槟榔！

我恍然大悟！

从西双版纳回来后的这两年，我一直后悔没尝过槟榔的滋味！

门前就挺立着两棵高高的槟榔树，它有些像椰树，只不过树干要细一些，枝叶要往上一些，小叶也不同。槟榔树顶上，挂满了闪光耀彩的小灯笼——形状很像一种椭圆形的小金橘的槟榔果，果皮有青黄的，也有橙红橙红的。它和椰子一样，也在主干上结果。

我一边向主人歉意地笑笑，一边连忙把它放在嘴里，只不过我还不敢像他那样大嚼，而是用牙试探性地轻咬慢咂，专注得眼睛眨也不眨。除了篓叶的青气、石灰的涩味，啥也没有，心里一急，也就加快了牙齿铧动的频率，先是有些果酸，接着苦、辛……以至于只可意会，不可言传的酸甜苦辣涩，又还有种从未体验过的微微的香味……脸上的肌肉也一定随着在扭曲、抽搐，要不然，主人何以发出带有欣赏、满足的笑声呢？连女主人都从里间出来瞅着、笑着……渐渐地，不知不觉中，我们借助于手势，主人费劲地咬着一个个字音，尽量学着"普通话"——竟然攀谈了起来。

当他在墙上的地图上找到我的故乡安徽时，惊叹我跑了那么多的路。他问安徽现在插秧了没有——女主人今天刚从秧田回来。我说那里正下雪，还要穿厚厚的棉衣。

这个"大雪"却给我们双方都带来了极大的苦恼——他从生下来就未出过海岛，在热带的海滨，怎么能见到雪呢？电影上的"雪"，又是平面的，无法对他的触觉、嗅觉发生作用。所以，我为了说明"大雪"既不苦，又不甜，也不香，更不像槟榔，它落到了手上就化成了水……急得我浑身是汗。结果主人仍然只是似懂非懂，却又异常宽厚地笑了……不久，他竟像老朋友似的，一定要送我一把槟榔。

橙红橙红的槟榔，奇特的苦辛味消除了我们语言、民族的隔膜。主人诚挚的友情，久久留在我的心里。

槟榔树和椰树都属棕榈科，但它们的色香味迥然不同。从"食品"的角度说，功用也不同。很早就听说嚼槟榔有益于牙齿，并可驱肠胃的虫积、食滞，行气解腹胀，这可用中医以它入药证明。如果从"实用"上讲，生活在多瘴疠之气的湿热地区的人们，之所以那样喜欢它，这大约是主要原因。

西双版纳的少数民族，喜食"剁生"——新鲜的牛肉、猪瘦肉，放上胡椒、盐巴、桂皮、香料、桂花……尤其是少不了槟榔，然后用刀剁成泥，用手抓食。

这是节日的佳肴,更是招待贵客的美味。一位从事植物分类工作的傣族干部在向我说这一切时,毫不掩饰地时而用舌尖咂着上腭,似乎是正在回味"剁生"的无穷美味……

其实,并不仅仅因为如此。

老人相遇时,总是掏出槟榔袋,请对方尝自己的槟榔,与相互敬烟有相似的意思,用以寻求相互的了解。

年轻的姑娘,倘若允许小伙子从自己袋中取槟榔,那就是爱慕之情的表达。小伙子更以腰带上精美的槟榔袋,炫耀意中人的智慧和对爱情的忠贞,那是姑娘对他的赠予。

据历史记载,海南岛向来以出口槟榔和吉贝(木棉织的布)为最。据同行小陈说,即使到了今天,在海南岛少数民族中,青年男女嫁娶的彩礼和陪送,别的都可忽略,唯槟榔是非有不可的,或几百只,或几千只,愈是富有,数目愈大……形同货币了。

小陈是海南岛人。

我们在市场上问了一下价格,一只小小的槟榔果,竟要一二角钱,足可买一斤香蕉了。小陈深深地叹了口气:"过去只值二三分钱!"

这一声长叹,使我想起在那大镇,领着我们参观热带作物标本园的那位中年女同志的叹息,也是这样深深的、无可奈何的——树上的槟榔果被偷完了,而且竹竿打得枝断叶裂!"唉!这是过去没有,这几年才时兴起来的!"

是的,在家家都有槟榔树时,标本园从未遭殃!在"文革"时,因为槟榔体现不了"以粮为纲",而且又是"资本主义的尾巴",它们也就连同热带森林中的其他宝藏,被大刀阔斧砍杀了。

"为什么只要是老百姓喜欢的东西,能表明我们富裕的东西,就要被说成是资本主义,就要被取消?连京剧都不准唱,对'富'那么怕,好像我们只该每天喝白水,就是最革命的了!"小陈年轻,说话是热辣辣的。也正因为年轻,他也就难以理解形成这种观点的历史了!

十一届三中全会以来,实行了农村新的经济政策后,家家又开始栽种槟榔了。虽然还未挂果,但已茁壮地生长在海岛的各地。我们在儋县、南端的三亚、东海岸的万宁……都见到了槟榔树婆娑秀丽的身影、碧绿的羽叶!

不久,海岛处处都将结有槟榔果,那橙红橙红的槟榔果!

智慧果

一支考察队进入热带森林,砍倒了灌木、粗竹、藤刺……安下了营帐。

第二天从野外归来时,一位女队员发现被子被高高地顶起。昨晚才把地铲平的呀!一声惊呼,引来了同伴。有的说,可能是只小兽受惊躲进去了。有的说,看它这不动不响的份儿,准没错,是条大蟒!不信?那尖尖的不就是它昂起的头?身子盘在下面哩。被子的主人也证实:夜里睡觉时,恍惚中确有只头儿,老在背上顶……

于是,全体武装,持枪举棒,如临大敌。当长长的竹竿挑起了被子时,先是一阵静默,接着爆发了海潮般的大笑,大家笑得弯腰俯首、仰身擦泪——原来是根又粗又壮的竹笋!被子、人体的温度,竟使它迫不及待地冒出了地面,神奇地成长!

还有个故事,是说一位房主,近来发觉只要一进屋,就有股幽香。他以为是屋旁、前院或后园的花香,没有在意,更何况正是"日未出已作,日已落尚不能归"的农忙时节,也就未加深究。但这天,那香味直扑鼻息,浓得诱人。主人被撩得坐不住了,循味追踪到床下,掀开一看——好家伙,竟是一只熟透了的波罗蜜!摘下一称:三十六斤三两。欢喜之余,主人纳闷:他家没有波罗蜜的树,床肚长果的也只是没有半片叶子的一节粗根,附近也只有隔壁的后院有两株波罗蜜的树……

在根上抽穗结果的树,那是有的,名叫"地果榕"。它露出地面的根上,就能结满果子。

硕大喷香的波罗蜜是否结在根上,在听故事时,我还只是将信将疑,但它倒的的确确不是长在树枝上的……

像这样的故事,海南岛和西双版纳的老住户,谁都可以向你讲上一串,但要经历,只有迈开双脚去探索一番。走进热带森林,梦幻般的奇景总是使你不断惊叹。就说花吧,有风雨到来之前才怒放的风雨花;有一串串如点燃鞭炮的爆竹花,灼灼红艳,看一眼,耳边都似乎爆响噼里啪啦声;有如霞似锦的叶子花;更有蔚为奇观的兰花——寄生在大树丫上的热带兰,花色鲜艳,花形又多似蝴蝶、飞鸟,有时,一株树上,竟然有三四十种兰花——人们称为:空中花园。这都属花草。

至于花木呢?在尖峰岭热带雨林中行走时,空中突然飘来似有若无的木兰花香。愈走,香味愈浓。我们抬头向树上找,可是只有浓密的绿叶。向导老张却低头在地上寻觅。这使我纳闷。不一会儿,他却拾到一朵象牙色的花:"吊兰苦梓的花,和木兰花一个科的。花开在二三十米高的树冠上,你怎能看到?"

这话使我想起,在云南听植物学家冯国楣同志去森林中寻找"杜鹃王"的故事。我们是杜鹃花富有国,在云、贵、川,三四月,杜鹃花依次向山上开。五六月,雪山下的杜鹃花,怒放得皑皑银峰都映上彩晕!到了11月,一种寄生在大树上的杜鹃花,才正适花信。全国有几百个品种,小到灌木丛式的映山红,大到几十米高、一位大汉抱不过来的大树杜鹃。冯国楣和助手们钻了几年的森林,最后还是从地上看到了大得如面盆的杜鹃落花,才找到了"杜鹃王"。

但也有特殊之处:火烧花树的绿叶,能在几天内通通落光,那落叶声没有丝毫的悲鸣,反而响着欢快的节奏。因为就在这一片落叶声中,妖艳的橘红色的花却开满了树干,真的,是开在树干上,而不是开在细枝上。

这种在树干和老枝上开花、结果的奇异景象,只有在热带森林中才能看到。植物学家称它为"茎花",全世界有一千多种这样奇特的植物。

我们还是回到波罗蜜上吧!波罗蜜就是这样奇特的树,尽管事前在思想上已有准备,但在西双版纳第一次见到它的树干上结出那样大、那样多扁圆的水果,我们还是一个个都整饰衣冠,站到它粗壮的树干旁,和那些就挂在身边、头顶的硕果合影留念!连最不愿意照相、不苟言笑、五十多岁的老张,也借了把梳子,企图理顺一头花白却异常倔强得似刺猬般的头发。看着他站在树下,肃穆庄严得如同和外国元首合影的神态,谁也没笑出一声!

是的,那是有感于祖国疆土的辽阔——从寒带到热带,大自然的神奇造化!

如果说因为我们在西双版纳走的路太多,波罗蜜成了"罕见",那么在海南岛,却处处可见到这种奇迹!后来竟得出了经验,只要一闻到那特别浓烈的香味,就知道附近一定有成熟的波罗蜜!在西双版纳见到的是它很好的一个品种,长得像马肝,也就叫"马肝波罗蜜"。但在我们这些外行人看来,品种的不同,似乎只是果子长得圆一些或扁一些。"马肝"就是扁歪歪的。外表倒都是长满了突起的小肉瘤,和我们通常吃的草波罗的"眼儿"很有相似之处。一株树上,主要在下面的主干上,可悬挂几十个果子。小的只有枇杷那样大,大的却如水桶一般。另外,在主枝的树丫处,也有果。那景象,确实是蔚为壮观的!

它为何如此古怪,打破了常规,不像苹果、梨、桃那样在枝上结果,而一定要将香甜的果子披挂在身上呢?植物学家有多种解释,但有个很简单的事实:我见过四十多斤的波罗蜜,海南岛和云南的人都说:它可大到五十多斤重,若是结在细细的"果枝"上,岂不是要压断了树枝?看来只有那粗腰硬背的主枝、主干,才是最好的挂果之处了!

大约是半年之后,我终于从一位植物学家的口中证实:那个从床底树根上摘下波罗蜜的故事,是真实的。主枝结果——树干结果——树根也结果,正是波罗蜜生命史上青年——壮年——老年的三个阶段。树根上结果,当然不愁果柄承受不了五六十斤的分量,当然也就尽情地结硕果了!

我们通常吃的是草波罗,加个"草"字,显出了其属草本植物,也区别于"木波罗",即波罗蜜。草波罗的学名叫"凤梨",吃时,要挖去那些"眼儿",是很烦人的。优良品种"无眼波罗",可省去这些费劲的事。一人吃一只是胜任的,但最小的波罗蜜,随便你有怎样的大肚皮,那也是难以独吞的。而且,对这样的庞然大物,没有人做"向导",你还无从下口哩!

先要用刀将波罗蜜剖开,胸怀一旦袒露,涨满蜜汁、香味四溢、金黄色圆圆的果就在其中了。就像剥开莲蓬后,寻求莲子一样。然后从"瓢"中一个个掏出,多达几十个。首先入口的,当然是蜜一样香甜的果肉,比之草波罗的味儿,不知要美到何种程度!吃完肉后,再将种子外壳敲开,又圆又大的果仁出来了。果仁炒食,比花生米还要香。"瓢"和皮属弃之列。

果实四五十斤的波罗蜜,花却是很小很小的。但是在圆柱形的花序上开得极多,以至于在一个大果实中,囊括了很多小果。植物学上称之为"聚花果"。木波罗属桑科,波罗蜜的果和桑葚有相似之处:又小又多的桑子在桑葚的肉中,波罗蜜只不过"子"大,且有厚厚的果肉,而果肉处又有"瓢"将它包装得稳稳妥妥!

你看:从把硕果挂到粗干上,到为了防止虫害、避免野兽的蚕食,波罗蜜的一系列设计是多么精巧!

难怪人称波罗蜜是智慧之果!它给仿生学家的启迪,谁知道有多大呢?

希望你在去海南岛和西双版纳而又有口福尝到波罗蜜时,千万不要被它的香甜味撩得性急,品尝它和品尝一切的智慧之果一样,须要仔细地观察,反复思考,循序渐进。

否则,就要闹猪八戒吃西瓜的笑话!

"波罗蜜"一词,并不单指水果木波罗,它还有另一意。儿时,听和尚念经,其中常有"波罗蜜"一词出现。以后,才知道它是梵文的音译,意为经过种种的努力,才能到达神圣的"彼岸"。种种的努力中包含了"智慧"一项。我们姑且省略其他,只用智慧一意吧!

酸甜的可可豆

"可可豆是酸的,又甜又酸。我吃过。在兴隆,它刚从树上摘下来。"——在海南岛海口市,有个小女孩异常认真地对我说。说话时,她那红润的圆脸上的小嘴翕动着,还有轻轻的咽口水声,乌黑的小眼也湿润润的——一切都在证明,她确实吃过。只有亲口尝过酸果的人,才能一说到它,嘴里立即涨满酸水。

然而"巧克力"却是苦的,苦中透出一股浓郁的芳香。在印第安语中,"巧克力"的意思是苦水。说得简单一点,加上糖的可可,就是"巧克力"。

而且,就因为可可具有难言的苦味,曾使它长期蒙受不白之冤,历经了坎坷的命运。它的故乡在美洲热带森林中,最先认识它宝贵价值的印第安人,不仅将它掺入玉米面,做成各种食品,作为果腹的粮食,而且还把它作为货币使用。可可也就成了"绿色的金子"。

据说,墨西哥国王,每天要喝下五十杯巧克力的饮料。印第安人虔诚地崇拜它,因为它象征着爱神,能为凡人带来力量和智慧。若不是天神的恩赐,它怎能具有那样的神功妙用?

伟大的航海家哥伦布,在1492年发现了新大陆后,可可作为珍奇,也被列为新发现。但它的滋味太苦了。不是真正懂得它价值的人,第一口就要把它唾弃。不相信吗?还有个令人哭笑不得的故事:

西班牙国王收到殖民军统帅费尔南德·高尔斯坦献来的珍贵礼物——

一匣精制的可可粉！那位统帅生怕国王不识货，还特意写信说明："谁要是喝上一杯这种名贵的饮料，就足以使人在全天的行军中精神饱满。"这下可乐坏了国王。狂喜之下，特意在皇宫举行盛大宴会，专门品尝可可的美味。谁知，王公贵族们刚呷一口，却个个愁眉苦脸——苦哇，那水真苦！这可把兴高采烈的国王和满怀希望赶来的贵族宠臣弄得狼狈不堪，兴致扫尽。欢乐的宴会变成了"诉苦会"。

可可的价值，并未被科学家们忘怀。当人们创造了新的制作、加工方法，掺入了白糖和香草兰到可可粉中之后，它那振奋神经、醇郁芳香、强心利尿的神奇功效才被人们普遍认识、接受，一跃而为世界三大饮料——茶叶、咖啡、可可——之一。

而且，制作巧克力的配方，甚至成了西方各国商业间谍垂涎欲滴的猎获物，当然也就成了"国家绝密"，以至于直到人类踏上月球的今天，研制巧克力的新的最佳配方，依然是一部分实用科学家们孜孜以求的。

它怎么可能是又酸又甜的呢？我没有理由反对小女孩的说法，但也不能肯定她的味觉；因为我未尝过刚摘下的可可豆。只能将满腹的迷惑闷在心里，带到兴隆的可可园中。

1月下旬，我们从陵水来到华南热带作物科学院设在兴隆的实验站。还在浓荫的绿树、艳丽的花下行走，迎面就扑来一阵扑鼻果香，催得我们加快了脚步，向前面跑去。

这真是一片热带水果荟萃的园地。我们新结识了果皮上现出蛇皮样花纹的蛇皮果、和波罗蜜相似的尖蜜拉、有长长果柄的海南无花果、切成薄片能烤得又甜又香的猴面包……果香，是从挺拔秀丽的槟榔树上、叶子又厚又密的波罗蜜树上散发出来的。槟榔果已熟了，挂在树上。硕大的波罗蜜果子，却结在树干上，一个挨着一个，多是二三十斤的个头。

我无心在这里逗留，只是念着可可豆是否又酸又甜。

陈站长是位中年知识分子,大学毕业后就来这里耕耘。他中等身材,瘦瘦的脸上带着睡眠不足的灰暗,而他的眼里,却藏着精明。离开热带果树实验园时,他没有回答我的问题,只是边领路,边轻描淡写地说:

"这个园子经营得不好,过去院里'单打一',精力全部用到发展橡胶种植上。前两年,科学得到尊重以后,如何发挥热带土地优势,创造最佳人工植物生态群落的课题才得到重视。正在设法把热带水果,以及其他经济作物引种工作做得好一些。"

是的,我们也有感受,到海南这么多天,连香蕉、椰子也难吃到,更别说其他的了。

"好一片翠绿!"

同伴中有人惊呼。抬眼间,似有一道绿莹莹的光芒在眼前闪了闪,接着,是茂茂密密的绿塔林立在面前——

这是一种嫩汪汪、翠灵灵、鲜艳得要往下流的绿!

绿得似辉煌,绿得灿烂。

绿得婴儿般娇艳!

胡椒园是实验站的一块金质奖章!

没到实地见识过的人,想象中的胡椒大约是结在树上的。这也不全错。胡椒在世界上有一千三百多种,全是热带植物,其中就有属灌木的。这片胡椒就是藤本。它们从四面攀缘到竖起的水泥柱上,绕成了一座座的绿塔。花才落不久,已挂起一串串翡翠珠珠似的小果。你看一眼这青嫩的幼果,大约很难相信它就是辛辣的胡椒!

"这是黑胡椒还是白胡椒?"

"未成熟的果实干后,果皮皱缩,成了通常说的'黑胡椒','白胡椒'是成熟了的果实,脱去外皮后露出的白色。"

啊!原来是这样!

"胡椒作为经济作物,大约和橡胶同时,在六七十年前由华侨从东南亚带回引种。我们的任务是为推广、丰产提供科学依据,举办各种培训班。研究出了综合防治胡椒瘟病的科学方法。这种瘟病能扫荡整个胡椒园。现在,云南、广西都有种植。我们的丰产田有过亩产一千二百斤的,全国年总产量近两千吨,已可以满足人民需要,不要再拿外汇购买了。"

没想到小小的、不起眼的、只做食品调料和药用的胡椒,还关系到这么多的方面!转而一想:一盆佳肴,若少了胡椒,岂不大为减色?

在这里,我还看到园里种了橡胶树。

"这是人工群落的试验。一棵橡胶树从种植到开刀割胶,中间长达六七年,投资大,间种胡椒三年后即有可观的收入。一斤胡椒,抵得上两斤干胶的价值。经济且实效……我们在做各种群落的科学实验:橡胶——金鸡纳——茶叶,橡胶——咖啡……热带森林中原始群落是多层次的,俗称三层楼或四层楼的群落……"

我们在尖峰岭热带森林保护区看到了:大乔木坡垒、油丹、子京、小叶胭脂、陆均松……高踞于森林上层。它们的下面是小乔木和大灌木。次之是小灌木。林下又铺满了野芋、蕨类、苔藓。大树上又有寄生植物,林间还有藤本植物攀来绕去……科学家们称之为极顶群落——最有效地利用了空气、水分、土壤、阳光、空间,产生了最高的经济价值……

"单纯的橡胶林,也要播种地面覆盖植物,防止水土流失。我们的目标,就是要模拟热带森林的群落,使有限的热带土地,创造出最高的经济价值。当然,我们对热带森林群落的认识还很肤浅,它藏着很多的奥秘,等待科学去揭示。"

感谢陈站长展示了一个新的世界,我们从中看到无数新鲜的花朵,也不再感到路边防风林下长刺的红藤绊脚了——这也是一种新的实验。我们的藤椅,就是用它编成的。有藤攀起篱笆,不是能更有效地防风吗?

他终于领着我们向可可园去了。刚看到它们的身影,我已惊奇于它们的高大,总有三四米高吧!而西双版纳的可可,却只长得小灌木丛一般。显然是这里的气候对它更合适。长椭圆形的叶子大而稀疏,有的还带有老红色。算是幸运——赶上可可果正成熟。

可可果很奇特,和波罗蜜一样,它三五成群长在树干和主枝上。乍一看去,似乎是谁有意把它们吊在那里。这只有在热带才能见到。好大的长椭圆形的黄色果子。陈站长很宽厚地让我摘一只:"你尝尝,去解开它是酸甜或苦辛之谜吧!"

我想起印第安人,是将月牙形利刃绑在长竿上来收获可可果的。在那里,想必可可树是比这还要高大的乔木。我未带刀,想试试手劲。还好,它没为难我就下来了。手里一掂,分量挺沉的,总有半斤多!可老陈说,这不算大,有的一颗果就斤把重。但它红萼黄瓣的花并不大,直径只不过一厘米左右。

拣了块石头,我想砸开它又厚又硬的果壳,又打量该从哪里下手,才能敲开神秘的大门。老陈若无其事地站在一旁,那眼神淘气狡黠,似是在欣赏他亲手导演的一幕戏剧,在经过怎样的跌宕后到达高潮?其他的人,也都好奇地看着,一时,就像舞台上的静场。

一下、两下……噗的一声,它敲开了门扉。我惊奇地愣在那里——几十颗亮晶晶、蜜饯般的扁扁的红色肉果,整齐、严密地排列着,哪里能寻到一丝一毫可可粉的痕迹……

想起儿时吃过的癞葡萄,果形也是这纺锤形的。只不过在金色的肉质壳上,长满圆凸的肉癞。我们总是从上面开个小窗,戳起里面一个个鲜红的果脯往嘴里塞,甜得眉开眼笑,还常常去馋小胖、二骡子。吃一个,有滋有味地咂咂嘴,啪地一口吐掉籽,再盖上掀下的果皮……

我决定试试,从可可果里捡起一颗,小心翼翼地先用舌头舔了舔。难以尝出味道,又咬下一点儿果肉——

"嗨!它的确是酸甜酸甜的!真的,你们也品尝品尝!"

我大声地宣布了和那个小女孩同样的发现。奥秘已经被打开,我乐得大口嚼起来,真是得意忘形。哎呀!那味……那难忍的味儿,冲得我再也顾不得面子,脱口喊出:

"哎呀!比鱼胆还……苦!"

我那蹙眉挤眼、龇牙咧嘴的一副怪相,引来了一场暴风雨般的笑声……

这个鬼老陈,他竟然笑得流泪,连灰暗的脸上也焕发出神采。等他乐够了自己的杰作,才说:

"小姑娘偷嘴。站里的一帮孩子也常常干这事。猴崽们比你聪明,只吃外边的果肉,里面才是可可豆。但他们毕竟无知,因为丢弃掉的苦果,才是可可至高无上的价值,才是可可豆独特的价值——先要使它发酵、焙干、榨出它的油来。其含油率高达百分之五十。这种油又叫可可脂,价格昂贵,一吨要卖两三万元,还能提炼出香料、药品。榨油后再去掉涩味,研成粉,就是可可粉了。大名鼎鼎的巧克力、可可饼、可可酪……各种各样鲜美喷香的食品、饮料,是将砂糖、香草兰精、卵磷脂……掺进可可粉中做出来的……"

多亏了砂糖和香草兰,改变了可可的命运!就这样简单的事,却折腾了一百多年。往往在最简单的现象中,包含了深奥的道理。要认识这样的道理,还很不简单!其实,可可豆包裹一层酸甜果肉的本身,就已向人们作了启示。

然而,倘若印第安人只满足于可可豆外酸甜的果肉呢?虽然那只是薄薄的一层,但比之于苦辛的可可豆,那刚入口时的感觉,岂不是一个在天,一个在地吗?幸而,他们并未被苦吓得却步,也就尝到了酸甜中绝没有的那种芬芳和甘美!

我和海口那位小女孩,截然相反的说法,都只是对可可豆一个方面的了解。老陈却让我认识了全面。

可可是苦的,正是这不堪言的苦,才溢出了醇郁的芳香。

热带作物科学院的郑学勤同志说过:刚来海南岛研究橡胶种植时,住草棚,吃野菜,每天要走几十千米的路,生活异常艰苦。但充满了开拓的欢乐,创造的喜悦!

可可是苦的,正是苦得难以进口,才令人神清气爽!

热带作物科学研究院黄宗道院长曾说过,我国橡胶发展史上"三起三落"的巨大损失,几乎使橡胶园全军覆没——违背科学,残害知识分子的结果——这是难以咽下的苦果,但非得咽下不可。承认了失败,承认了错误,才有了今天跻身于世界橡胶大国的新局面。时时回味一下这颗苦果,才能开拓出明天更加宏伟的新时期!

第一个吃可可的人,那该具有多大的勇气!

发现可可神奇功效的人,不是具有无穷的睿智吗?

那将可可粉调制得为世人接受,为世人造福的人,该有着多么顽强、坚韧不拔的毅力!

这勾起了我对前面说到的癞葡萄的另一段回忆:十年前,我曾在同事吴汉亭家吃饭。他特别烧制了一盆风味菜。我认出那就是我们吃癞葡萄甜果时丢弃的肉壳!他却不和我争辩,只是催促我尝尝。金黄色的瓜片在白瓷盆中异常诱人,我欣然吃了一块——苦得像是满嘴胆汁……他却兴奋地说,这就是他们湖南人特别喜爱的"苦瓜",别看它苦,苦能清热解毒啊……不久,那样一个魁伟壮实的汉子,却让病魔夺去了生命。20世纪50年代,他毕业于武汉大学中文系,以后从事编辑工作,不少文学青年至今都还怀念他。他写过诗,发表过很有卓见的美学论文,我也是因为涉足美学才和他结识的,但就因为家庭出身,他的命运一直坎坷。"文革"中又被放逐到深山,能和我同事,也只是被"借用"。他乐观、直率,对工作热爱到忘我的程度,甚至延误了诊断和治疗。也许正因为如此吧,直到他逝世后才被"调回"。我去东至山里办理这些手续和收拾他简陋的遗物时,是满腹的凄苦……

他也应算深知"苦"中的滋味!

看来,对"苦"中的另一些滋味,并非只有印第安人才能发现!我们其中的很多人,不是也特别喜食"苦瓜"吗?

老陈还说:"引种可可,并非易事。起初,它就是不愿献出'苦果'!虽然它喜高温、湿润,但极端高温或雨水多了,又会得病;果实成熟时,需高温,但收获时,又要相对来说的低温,以利于可可豆的发酵……因此,有人说它娇嫩。"老陈反对,他以为正确的提法应是,只要给予有限度而适中的客观条件,它就能献出丰盛的果实!

他们已取得引种的成功,所说的应是经验之谈。他现在就在一旁微微地笑着,和同志们说着的……是在商谈把胡椒、可可等珍贵的热带植物更快遍布海岛的事项吧!他开头还说过,我们平时吃的可可,目前还全部是进口,用外汇换来的……

愿他们的开拓和探索,早日取得丰硕的成果!

愿人们不要只迷恋于酸甜,而不去深入探索其中的苦涩,否则,你就永远品尝不到崇高的甘美!

木瓜诗

我第一次见识木瓜,很有些勇气。那是二十年前,我和一位领导出差去厦门,从合肥出发正是滴水成冰的腊月,家里特意给我买了顶新棉帽。谁想车过鹰潭,天暖得穿不住棉衣了。

和煦的风,翠茵茵的树,三五朵紫色的小花……这是春的彩霞弥漫中的厦门。我感受到小学课本中"祖国有辽阔的疆土"这句话是如此生动、真切。

直到半个月后的归途中,耳朵冻得针刺一般,才想起那顶新棉帽,早在厦门下车时,就遗忘在火车上了。那成了我第一次到南方的留念!

那时的纪律较严,不能随便去目的地以外的城镇。而我的领导,一路上都未向我露出过笑容。他的脸孔就有威慑力,总使我提心吊胆。但我明知故犯,趁他酣睡之时,在黎明的薄雾中,偷偷溜到了漳州。起因是听说那儿有木瓜。木瓜发出的诱惑力,来自《诗经》中的木瓜诗:"投我以木瓜,报之以琼琚。匪报也,永以为好也……"虽然学者们对这首诗有多种解释,但我倾向是描写青年男女之间的互赠。木瓜竟然和美玉相提并论,神圣得可作为爱情的信物,足见其珍贵和罕有。见识木瓜的欲望,终于战胜了对"威严"的恐惧。

谁知到了漳州却未寻到木瓜。又听说附近的小镇上有,虽然我只有可用的几小时,但毫不犹豫地坐上单车去了。天不负我,终于在一家小小的水果铺子上,见到了仅有的两只。每只有斤把重。那形状,很有点像我家乡滩田长出的一种甜瓜。那色彩,深绿中泛着大块大块的橙红,的确有琼琚的容颜,最令人心旌神摇的,是四溢的香味——浓郁、甜蜜……时间已使我不敢奢望去观赏结出这奇美果实的大树,只好留着遗憾,捧着木瓜,沉浸在无限遐想中踏上归程。

刚进旅馆,迎面就是那位领导严肃得如冰如霜的脸孔,连他嘴角愤怒的抽搐,我都看得清清楚楚。就在他快要发动"射击"的瞬间,不知是出于一种什么心理状态,我竟淘气地举起手中的收获,向他鼻下一送,得意地叫了声:

"木瓜!这就是木瓜!"

他一定是被我放肆的欣喜弄得茫茫然,或者不知木瓜为何物;否则,何以连一句训斥的话也吐不出……

世界上事态的变化真是诡秘万端,从此,那位"领导"居然向我露过几次笑脸,甚至为两件小事还征求我的意见。回到单位后的两三个月,也平安无事,这才使我惴惴不安的心平静了下来,转而又很为自己的"勇敢"得意。

谁能料想,十年后,我却为这次"木瓜"的见识羞红了脸。

那年,我去宣城水东。水东以盛产蜜枣著称。举世闻名的金丝琥珀枣,别具一格的天香枣都出产在这里。9月的枣乡是不夜的,家家户户门前的小桌旁,围着割枣的姑娘,及时加工才能保持青枣的鲜美。明亮的灯火,映着淙淙的溪水,在山坞蜿蜒。

当满树圆枣上的露珠还闪耀繁星的明亮时,林子里打枣声,已惊起一群群睡眼惺忪的山雀、鹧鸪……制枣的灶下,火苗日夜熊熊。煮枣的芳香在村庄、枣林、山野的淡雾中飘荡。

有天早晨,从一家小院门口经过,被一股特异的清香吸引。它不同于温暖的枣香,自有一股沁入肺腑、激人振奋的神奇。女主人正将篮里的青黄果实切成四瓣,晾晒在筅匾上。我拿起一个的如柠檬样的果子,仔细地审视着,还是认不出它为何物;又从切开的瓣子上挖了一点放在嘴里——又酸又涩。主人笑了,但很适度,说:

"木瓜。今年是大年,结得多。不趁晴天日头晒干,药材公司的老吴又要嘀咕,说质量不好。"

又是一个"木瓜"!此木瓜和彼木瓜,悬殊何其大!

我也满腹狐疑。好在院内就很有几棵挂着累累木瓜的树。树并不高,繁枝外展,叶子很像蔷薇,蓬蓬勃勃。主人说,它的花带有淡淡的粉红,初春三四月,新叶还未展开,它已抢先破蕾绽放。木瓜以祛风祛湿、舒筋活络、和胃化湿的功效入药。闻名遐迩的木瓜酒,就是用它泡制的。即使晒干后,香味也幽幽不散,甚是端庄高雅。这些美好的品质,理应与琼琚相提,以诗讴歌。

这种木瓜属蔷薇科,是学名贴梗海棠的果实。中原地带多有出产,而以"宣木瓜"在全国居首……

我惭愧自己的浅薄,也庆幸没有长久谬误下去。我在厦门寻得的木瓜,是俗称。在植物学上应是"番木瓜",自成一科。这一科的故乡全在热带美洲。而口语中省略的"番"字,正表明它是国外的使者。

《木瓜》诗,是古代卫国的民歌,那时的卫国在河南滑县一带,在气候带上当是温带。且不说番木瓜何时来到中国,仅其属性,已不可能在我国中原地带生存。

　　诗中木瓜是哪一种,已是清楚不过的事了。难怪古人说,读《诗经》可以得到鸟兽虫鱼、草木的知识。也难怪当今的生物学家们呼吁:即使在高等学府,也应设置生物选修课。

　　但我仍然对番木瓜怀有一种特殊的感情,这不仅仅是因为有过那段机遇……

　　前年,在云南的边陲,我跟随植物学家老张进入了热带雨林。原计划利用半天的时间,让我有个初步的感性认识。当我一跨进林海,那气象万千的雨林奇观,华丽的钟情鸟,在头顶不断淘气的猕猴,大象的足迹……令人眼花缭乱,情不自禁。我贪婪地读着这部大自然的巨著,不知不觉中已是下午两点多了。老张不顾我的请求,坚决返回,理由很简单:再不走,很难在夜幕垂落时走出森林,那麻烦就大了。归途中未走多远,他要我坐在路旁休息一会儿,说是要去找点"能源"来。

　　在等待他归来时,我感到饥火在肚里燃烧。森林是富有的,眼下却是各种野果的"淡季"。杧果只有杏儿大,番荔枝也还是青青的。野芭蕉倒是遍地都有,然而籽太多,苦涩得很,我咬了一口就连忙吐掉……老张回来了,手中拿的竟是两只橙红、喷香的大番木瓜!

　　每人一只。割开后,有瓤有籽,果肉也似我家乡的甜瓜,是橙红的,瓜瓣上沁出的一个个蜜珠儿,尤为诱人。咬上一口,那股香甜、酥脆,美得人眉毛都打战!那年从厦门带回的番木瓜,成了新年的观赏品,始终未舍得吃一口。这应是我第一次品尝番木瓜!

　　是他的职业习惯,还是窥察到了我的心思?老张说:"番木瓜是热带常见的果木,被誉为万寿果!它一年四季都开出黄色的花,结出硕大的果。和椰子一样,有旺果期——从现在的 4 月到 11 月。番木瓜不仅味道鲜美,而且富含维生素 A、C 和蛋白酶。"

他的话,像一枚石子,激起无边的波澜……

我和一位台湾籍的老人相识,番木瓜可算是介绍人。林深老人已是七十多岁了,身材清癯,乍看有苍白、单薄之感。然而腰不佝,眼不花,常爱挺直站立说话。他满脸安详,但我总感到那是风浪过去之后的海面。他的故乡在台南市,就住在郑成功庙旁的小巷,少年时代流落到日本,靠着中国人特有的勤奋和吃苦耐劳精神,读完了药学专科学校,从此踏上了开发生物资源的道路。他取得了成果,接连有所发现,事业在他面前展示了灿烂的前景。但是,"我是中国人"这个信念让他忍受不了亡国奴的屈辱,怀念着正在抗击日寇侵略的中华大地。他毅然决然地丢掉用血汗建立起的基础,回到了祖国。然而在敌伪统治下的上海,他无法实现科学救国的道路,只能在难民中行医……

抗日战争胜利了!他欢欣鼓舞,以为熬出了头。谁知祸自天降。从重庆飞来的接收大员眼馋他的房子,于是他被诬为"汉奸"。他呼喊、抗争,结果等待他的只是铁窗监狱。生活和现实的教育,使他逐渐认识到只有共产党才能救中国。解放战争的炮火中,林老带着一船的药品,在游击队的帮助下,来到了解放区,开始了崭新的生活。一边为医药战线培养人才,一边协助教育日俘工作。他会说一口流利的日本话,不知是哪个环节出了差错,他的名字竟出现在遣返日俘的名单中。他又气又急:"我是中国人!"这个小小误会,当然很容易解决。

"文革"中,他的遭遇是可想而知的。近几年,他在日本的亲友多次要他移居国外,但他的回答依然铿锵有力:

"我是中国人!这里是我的祖国!有我的事业!"

他的事业就是开发、利用植物资源。"在绿色世界中,遍地是黄金!"他在大别山和黄山的峰峰岭岭、深壑幽谷中寻找"黄金",从浩瀚的植物世界中选材,研制出了高效的止血、抗癌、治疗心血管病的中成药,写出了《江淮本草拾遗》《安徽药用菊花考》,为植物的实用科学做出了贡献。

拜访老人的初衷,是因为风闻他对番木瓜的研究。在这之前,我国的一位著名植物学家曾对我说过:"现在研究利用植物的科学家(实用科学)太少了。毫无疑问,基础研究是重要的。但实用科学,可以更快更好地发挥实效,是一项化腐朽为神奇的工作。轻视它是没有道理的,你们应该为他们树碑立传。"这段话给了我深刻的印象,这位植物学家是以基础理论研究而著称于世界的,但他在谈到应大力提倡实用科学研究时,那忧虑焦急的神情,至今还强烈地感染着我。

20世纪30年代,老人开始从事植物利用的研究。偶然中,他发现有头猪的大肠特大,于是,追根求源,原来这头猪爱在地上寻找风吹落下的番木瓜吃。番木瓜的木质软,能分泌出乳状树液。未熟果实也分泌一种乳汁……经过探索试验,终于,他用废弃的木瓜渣制成了具有特殊价值的饲料;用木瓜素调制又酥又易消化、吸收的牛排……并把它们应用到食品工业中。这些成就,是他事业开端的胜利。

在西双版纳的勐仑,我第一次见到了番木瓜树。近十米高的树干直插云霄,树端才长出七八片掌状的大叶,很像北方两三年树龄的泡桐,一出土就使劲地往蓝天蹿拔!所不同的,是番木瓜树上端的树干周围,居然垂挂下一溜溜的木瓜果!真似一支大果串子。它具有热带水果的典型特点:在树干上开花,在树干上结果。我细心地数了一下:好家伙,树干的周围竟挂了四十多只!由下而上,先是已成熟了的泛着橙红的大木瓜,大者有三四斤;再上,是果皮深沉油绿的、青翠欲滴的、刚落花的蒂纽……主人说,它一边开花、结果,一边长高躯干!

植物学家说:它是利用太阳能的高手,就那七八片叶子,却可以永续不断地创造出丰盛的果实!赐予它"万寿果"的美称实在恰当不过!它引起仿生学家的深思,启迪了他们创造发明的灵感!

  以后,我在海南岛的几十天中,几乎天天和它做伴。它挺拔的身材,掌状的大叶,总是硕果累累的又甜又香的果实……都引起我无限的遐想……

  "投我以木瓜,
   报之以琼琚。
   匪报也,
   永以为好也。"

1983 年春于海南岛、合肥

海雕行猎

有一次在电视屏幕上,看到海雕从海中抓起大鱼,我真以为是摄影师那天也在海边共同观察了海雕猎获的场面,连它爪下的鱼也有那样红艳艳的鳞片,只是结局迥异。当然,那是《动物世界》的片头。后来看这个镜头的遍数愈多,反而愈加感到我记忆中的美更为流光流彩,呼之欲出。

那是1983年1月25日。早晨出发时红日冉冉升起。到达陵水时,路边翠绿肥厚的蕉叶,有序有列地垂挂着累累的香蕉,诱得我们入园小憩。主人送来一大串香蕉,说是陵水的香蕉在海南数第一,一定要我这位北方来的客人尝尝。果然,蕉大肉厚,尤其是那独特的香味,久久留于唇舌。

原计划先到新村港,参观闻名遐迩的珍珠养殖场。海边养殖场是马氏珍珠贝和白蝶珍珠贝,这两种贝出产珍贵的海珠,曾不止一次地养育出了"珍珠王"。其中有颗直径达15.5毫米,珠层厚0.6毫米,实属稀世珍宝。

当我们到达海陵珍珠养殖场门口时,向导却改变初衷,要我们赶紧去海湾渡口,说是马上就要变天了。此时正是晴空万里,而海珠的色彩又那样诱人,但向导说再不抓紧时间,就别想去南湾猴岛了。考察南湾猕猴种群退化原因是这次考察的目的。

各色渔船挤满了平静的新村港,对面如臂伸出的就是南湾半岛。大约是两膀太贪了,仍未能环抱一汪蓝宝石般的大海,留下了一个大缺口,这就是只不过百米宽的海峡。我心里正埋怨向导,却见他风风火火地招来渡船,并示意我向外海看去:果然海浪变色了,一条如墨的水线正如云影般飞来,阳光依然灿烂。真是天有不测风云。

刚坐上船,浪已掀翻了平静的海面。船尾的两人裤子已被打湿。都是赶渡的游客,船小人多,浪峰上下一颠,不习惯风浪的已吓得面色如土……就在这时,我感觉到有个影子在我眼前晃了下,抬眼向海湾看去:

啊!巨大的翅膀,流线型的羽翼,飘动的羽毛,黄褐色的闪光,盯视海面的贼亮眼睛,如钩的尖嘴——海雕!一只巨大的海雕正从蓝天俯冲而来。

它收翅了,射向海面。接着伸出利爪,一头扎下。

即将胜利尚未成功的片刻,是猎人最为激动不已的时候。

只见水花四溅的刹那,它已升起,双爪正紧紧抓住一条红鱼,鱼肚皮金黄耀眼。

这是力和速度的颂歌!一切都发生在瞬间,令人眼花缭乱,海雕抓住了稍纵即逝的机缘,因而取得了成功。

那条红鱼,刚才一定是在愉快地游戏,要不就是沉溺在猎食的喜悦中,或者正酣然大睡(科学家已证明,鱼也需睡眠)……它定然是被突发的袭击闹晕了,否则,怎么会如此愣头愣脑?抑或是已受到致命的一击?那鱼总有二十多斤,是横着身子被抓住的,连尾巴也不甩一下,只是张着嘴。

以体重说,海雕绝对没有红鱼重。可是,它为何能抓起红鱼飞行?能量在哪里?是那双巨大的翅膀,还是闪电般的速度?

海雕鼓动双翅,得意扬扬地向我们睥睨一眼,又扭头向猎物瞧瞧,显然醉心于猎获的胜利。然后它升高、斜飞,往东奔向岸边的山岩……

一浪打来,渡船倾侧,惊叫声四起。向导大声呵斥,叫游人都不要乱动。我却只管注视着天空。

突然,红鱼猛一摇头,狠一甩尾,拼命一挣。就在海雕惊得一哆嗦时,红鱼已得解脱,一低头,冲向大海,留下一条红线,没有一朵水花,就消失得无影无踪。

多聪明、多沉着的红鱼!

谁也没想到的结局!

海雕骤然一颤,是痛苦,还是懊丧?

最大的懊丧,莫过于片刻之间的得而复失!

钓鱼爱好者都知道,当一条大鱼上钩时,那坠手的分量、鱼在水中有力的摆动、鱼线和鱼竿的颤悠,是如何激动人心的!垂钓者猎取的不是鱼,是要寻找和获得令人心花怒放的这一瞬间。

已出水的大鱼,却在甩竿时脱钩,心灵从喜悦的峰巅猛然跌入失望的深渊。那是何等揪心的沮丧!

海雕却高傲地飞翔,在无垠的蓝天,万里雄风中矜持地盘旋,俯视着风波浪涌的海域。

但我知道,它受伤了,肯定是受伤了。海雕两爪如钩,角质爪尖锋利无比。捕获山羊、麂、鹿、兔时,就是靠这双钢铁般的抓爪,把猎物钳住、钩起,才会万无一失;然后又是用爪为刀划开猎物的肌肉。那红鱼骤然的拼争,竟然逃脱厄运,只有扯坏海雕的铁爪才有可能,就像要把钩拉直一样。海雕的哆嗦,是疼痛大于吃惊,是重伤,是足以终身致残的重伤。

渡船已到彼岸,在葱茏的林下挽缆。游人多在庆幸脱离危险,唏嘘不已。我推开正在抖水整衣的船客,急忙向突兀的石岩跑去。

啊!那海雕还在顽强地飞行,在空中巡视海面,搜索猎物的踪迹。

但我知道,它几乎是徒劳的。海南岛沿岸盛产红鱼,即赤鳞鱼,尤其在几大海湾中。新村南湾是其中之一,俗称半水半鱼。它生长速度快,渔民说,从卵壳中游入大海后,只需一年时间,红鱼就能长到七八斤。我在著名的渔港白马井,曾见那珊瑚石砌的小楼前后、椰子树下、合欢树上晒满了腌制的红鱼,连多刺的仙人掌上、刺竹上,也晒着鱼干。那真是满目红鱼。我随渔船下海垂钓,只半天就有百多斤的收获。渔民说,夜晚月光下的海面更为奇异,红鱼浮在水的上层,你可见到它们成群结队地游荡。

现在是光天化日之下,红鱼早潜入水下。刚才那条大鱼,可能是大风来临前浮到上层。尽管海雕有双能变焦的眼睛,使它在高空洞察地面、水上的毫末,但要在波浪翻滚的海里找到鱼的踪影,也不容易,何况它还受了伤。我怀疑即使有条大鱼在海里仰游,它受伤的爪是否还能将它抓起?

狂风中海雕的翱翔显得更为悠闲,还是那样潇洒自如地侧飞、迂回、盘上盘下,一圈又一圈。

是饥饿的驱使?海雕虽然食量大,但它是著名的"耐饥汉",别说三两天不进食,就是四十多天毫食不进,它也照样能在蓝天盘旋!

心高气傲的家伙!

向导等得焦躁,几次要跺脚而去。我却装聋作哑,只是注视着海雕,欣赏它飘逸的美姿,思绪绵绵。突然,几乎是难以察觉地一顿,海雕侧翅,来了个小回旋,迅疾俯冲,掠过海面。

啊,又是一条红鱼!海雕终于又抓住了那条红鱼。我相信就是不久前逃逸的那条!虽然那是绝对不可能的。

那抓鱼的爪显得艰难,似是微微地颤抖,但海雕还是抓住了猎物,载着它急速地往海岸边飞去……动作异常简练,计算异常精确。

从枝叶的缝隙中,我看到大鱼在空中翻滚下落。

不久,风送来砰的一声,是那条大鱼摔在岩石上的声音!

我一口气挣脱灌木藤棘的攀扯,跑到山上。海雕正缓缓降落在陡峭高耸的山崖上。

狂暴的海风,数次挫败了海雕的努力,它总是不能准确地降落在红鱼旁……不,是它受伤的脚趾,无法承担缓冲制动。最后,它无可奈何地收了翅。

它停在那里。看着红鱼,是思索,还是休息?

风又送来几声微弱的声响。

像是无形的命令,海雕笨拙又艰难地向鱼走去,风将它吹得歪歪倒倒,以致不时地费力地扇翅。不,它像个老态龙钟的妇人用脚后跟走路——脚趾受伤了,每一步都要忍受着钻心的疼痛。

它没有气馁,趔趔趄趄地走完了短短(又是那样漫长)的距离。用嘴钩住了鱼……

似是有只小脑袋,在岩缝中晃了晃,海雕回过头去,对那边投以温柔的一瞥……风又带来几声尖厉,但稚嫩的声音。

那边是雕巢?那小脑袋是雏雕,正嗷嗷待哺?

高山营地

　　还是去年,从事野生动物保护工作的卿建华同志,就邀请我到已参加联合国教科文组织"人与生物圈保护网"的卧龙,去访问大熊猫的故乡。感谢林业部和四川省林业厅,在今春安排了这次行程。

　　4月初,在西双版纳,正是旱季就要结束、雨季即将来临的最炎热的天气,我们成天浸泡在汗水中。5月初到达成都,人们才穿上了夏装。5月13日中午在小金县,热得只能穿件汗衫。四小时后,翻越海拔四千多米的巴朗山垭口,向卧龙保护区前进时,初为大雨,继之冰豆,最后竟是风雪狂作,汽车喘息如牛。我们小心翼翼地在积雪和塌方滚下的山石中行走,从海拔四千多米的山口往下移动。到了海拔两千多米时,魔帐般的雪絮风帘消失了——暮色中迎面扑来的是一个奇妙的世界。我们在这个春意盎然、生机勃勃的世界中,度过了难忘的几天。

珍贵动物熙来攘往的世界

　　出了保护区管理局,艳阳下白雪银峰的四姑娘山,光辉夺目,使得被森林覆盖的千山万壑,更加苍茫碧绿。我们沿着皮条河南岸行三四千米,进入了研究中心的臭水沟、白岩观察点的区域。但我们还要爬山,向海拔两千五百二十米的野外高山营地攀登。

　　溪水湍急,险峻的山崖上还残存着积雪。没走多远,我上身的衣服汗湿了,山袜、裤子也被露水打湿。头上冒着热气,嘴里喘着粗气。但是,走在前面的中国专家组副组长、身材魁梧的胡锦矗教授和瘦小精明的胡铁卿工程师像是在悠闲地散步。我比他们年轻,所以有些不服气地嘟哝着。胡教授笑了:

"我们天天爬山,要有你那么多的汗淌,早就脱水变成了木乃伊了。"

后来我才知道,今天这段路,算是"一级"。他们每天要在比这险峻得多的山道上不断地巡回观察,不能说话,也找不到人说话,只是默默地工作着。

最可恶的是山蚂蟥,它们一听到脚步声,就从杂草、树叶上抬起身来。你还未在意,它已把丑陋的身子吸附到你的身上。别看它又小又细,可吸饱了人血,它就会撑得又肥又大。我们只得时时停下清除身上的吸血鬼!

一只红眉朱雀从头顶振翅而过,留下了三两声婉转的啁啾。胡工程师回头对我说:

"你马上就能看到正在盛开的团叶杜鹃和美丽杜鹃了。"

刚拐过山弯,在青翠翠的绿海中,果然耀起一簇簇、一片片、紫莹莹、粉嫩嫩、红艳艳的杜鹃花。它和江南一带的杜鹃花(又名映山红)相比,树高、叶肥、花大。我国的杜鹃一向以品种多而著称,尤以云贵川为最。由于高山垂直气候带的差异,它们随着季节,三四月从山下向山上依次吐艳,直到8月,还是高山杜鹃的盛开期。附生在大树上的杜鹃,甚至到11月份还是花朵盛开。正是这样,它令世界各国公园所垂涎。随着杜鹃花的灿烂怒放,团团锦簇,红眉朱雀也愈来愈多。我在猜测着这种鸟儿和花儿的关系。胡教授说:

"是的。红眉朱雀喜爱啄食杜鹃花。"

刚到达山脊,翠绿的珍珠松夹道而立,优美的树冠绿得耀目,绿得清新,绿得如云浮在头顶。我们才跨进林下,就像跃入一泓碧水,尽情沐浴……胡教授轻声说:

"这是迎宾大道!"

经他这么一点化,那排列两旁的珍珠松,犹如一列仪仗队,风正拂过林间,吹奏起震撼心灵的生命之歌……

几只白腰雨燕,在翘首探望蓝天白云的麦吊云杉和比大熊猫历史还要悠久、号称活化石的水青树上空纵横驰掠。想到它们的巢要建在崖石上,我试探地询问:

"离白岩不远了吧?"

胡工笑我是"现烧热卖"——他们昨晚才告诉我,观察点因有块白色巨岩而得名;刚才又用红眉朱雀和杜鹃花的关系提醒了我。尽管如此,若不是他们的指点,我还是怎么也找不到谦逊地躲在绿海红花中的营地。说是营地,只是三顶蘑菇般的白色帐篷,和一顶烟熏火燎的板棚。

在这里苦心经营过的老"卧龙人",却仍然亲切地叫它为"五一"棚——几年前,胡教授带领几位同志,看出了这块荒野的价值,创建了这个科研基地。那时,生物学家们从泉眼挑水到仅有的一间板棚,需爬五十一步,年复一年,日复一日,落脚处,竟蹬出了五十一级台阶——连大熊猫也常来做客,坐在几米远处瞅它几眼,吃点鲜笋,又悠然而去。乍来的人似乎难以相信,这就是举世瞩目的、我国和世界野生生物基金会联合建立的、保护大熊猫研究中心的高山营地。

从今年1月份开始,世界野生生物基金会聘请了专家来这里,和我国动物学家一起进行研究工作。他们以自己的成就回答了世界人民的关注。

是的,它太静谧而平淡了。这里没有蛛网般的电线,没有高耸的楼房,没有现代化的交通,甚至没有人声的喧哗,连炊烟也只轻云般袅袅飘升,只有穿谷踏岭的微风悄悄地拂动着寂静。

然而,在绿色的帷幕中,却有着一个喧嚣的生命世界。科学家用智慧和辛勤的汗水,帮助人们打开这座生物宝库。你想在密林野地看到珍禽异兽的生活,除了智慧,还需要耐心和机缘。

远山,珍奇的白马鸡在一声声唤着。我们去拜访金丝猴,却在白岩的上方,发现了一片树林的皮都被剥掉了。八仙花和杜鹃花也断枝残叶,像是遭受了一场灾难,大自然为何专门肆虐这片地方?胡教授的手指触了一下被剥了皮后冒出的树浆,宣布:

"昨晚金丝猴在这里吃了晚餐,又呼啸而去了。它是典型的树栖动物,一切活动都在树上,三四米的距离,一跃即过。"

正行走间,胡教授突然蹲下了身子——草莽中有一堆粪便。我们却发现了前面的箭竹丛中大熊猫的通道。在一摊明显地留有未消化的箭竹纤维粪团边,到处是它用牙剥下的笋衣、断笋、箭竹梢和根部(它只吃中间那个部分)。胡工一数,有四十多团粪,轻声说:

"大熊猫在这里美美地生活了两天。正常情况下,它每天拉粪二十多团。在野外,常依靠粪便量推测它在一处栖留的时间。"

我则奇怪胡教授还蹲在那里。

他发现的是豹子的粪便。豹是大熊猫的天敌。

我正担心这只大熊猫的凶吉,胡教授已站了起来,一甩手,将拨拉粪便的棍子丢掉,松了口气:

"豹子来迟了一天,大熊猫早走了。是一头水鹿遭了殃,粪便中都是它的毛。"

"它不跟着追?"我问。

"大熊猫也有避敌的绝招。要不,早就绝种了。但由于保护区内禁猎,豹、熊,特别是豺狗的增加,确实对保护大熊猫提出了新的课题——既要维持生态平衡,又要适当消灭大熊猫的这些天敌。要做的工作太多了。"

他指着一棵大树,说是不久前曾有两只大熊猫坐在上面乘凉,他在旁边伏了两三个小时,观察它们嬉戏的憨态。但不远处是黑熊在树上架的一个窝,枯枝上好像还有残留的喜鹊窝。

有着华丽羽毛的唐式白斑背啄木鸟,一边笃笃笃地敲着树干,一边沿着树干作螺旋式的旋转。为了选取最好的角度拍摄下它最好的神态,胡教授在树丛中等了好长时间。

是的,在胡教授和胡工的眼里,这里是一个生趣盎然的世界,天空有飞鸟;栖息森林的有金丝猴、隐纹花鼠、啄木鸟、旋木雀;隐居在林下的是林麝、鬣羚、岩松鼠、红腹角雉、白雉、水鹿、牛羚、金猫、豹、豺;林下穴居的有各种鼠类和豪猪……它们各自占据一定的空间,形成一个立体的生态体系。即使是无生命的土壤,水也和植被、动物有着直接的关系。牛羚喜食含有盐分和硫黄的"臭水"。大熊猫专喝流水。水鹿则不管流水、静水之分,想喝就喝,有了疥癣,还专找含硫的水沐浴、消炎……

这里是珍贵动物熙来攘往的世界,很多都在国家一级、二级保护之列。据初步调查,这里有包括珍贵动物的兽类一百多种、鸟类两百多种。有水青树、连香树、四川红杉等高等植物四千多种。但它们怎样互相赖以生存、互相制约、共同在这里生息繁衍的呢?又怎样才能保护大熊猫,使其种群恢复、摆脱绝灭的厄运呢?这正是需要科学去揭示其中的奥秘,也是作为尖兵的高山营地的任务。

随着研究工作的深入,捕捉大熊猫的课题,紧迫地提到中外专家的面前。但按照科研要求捕捉大熊猫,谈何容易!

大熊猫的雅号和诨名

动物学家给了大熊猫一个雅号——竹林隐士。这倒很形象地概括了它的生活习性:它赖以生存的食物是竹子,平时只在海拔三千米左右的箭竹林隐居,天马行空,独来独往,撵竹追笋。外国专家来了一两个月,甚至还未能在野外一睹其尊容呢!且不说卧龙保护区面积有二十万公顷,即使臭水沟白岩观察点,也有两千多公顷,怎样才能请来这些竹林隐士呢?

捕捉大熊猫的圈套放置了,关捕大熊猫的笼圈架设了。圈套是种活动的脚扣,只要大熊猫一脚踏中,那就跑不了。这是"守株待兔"。笼圈内放上诱饵,那是"请君入瓮"。研究人员每天两次怀着满腔的希望去探视有无大熊猫落网。这种工作听听是具有无限诱惑力的,但对中外专家来说,意味着严谨和辛劳。

观察区内是海拔两千三百米至三千六百多米的起伏山峦。河流有臭水沟和金瓜树沟。臭水沟水系呈扇状辐射。在密如蛛网的小支沟尾部,多为开阔的河谷,箭竹丛生,是大熊猫最爱徜徉的地方。从位于西北角的营地"五一"棚出发,若是一个人沿着巡回路线走一趟,则需要十天半月。

说是路,那是什么样的路啊！仅从营地到白岩的一段,只有一线路影子从林下灌木丛和草莽中露出。峭壁处要走栈道,过谷要从独木桥上走。我们空身,也是小心翼翼,汗流浃背。在野外工作的中外专家,每人还要背着必要的仪器和工具。我试背过胡锦矗教授的背包,有二十来斤,还不包括途中采到的标本。

再说气候吧,二三月的天气,常是雨雪交加,至于碰到出没的野兽,那更是早不见晚见的事。研究大熊猫的专家们,每天就在这样的道路上去查看每一个点,然而,带回的却是失望。

夜晚在营地的帐篷中,已听到大熊猫的吼叫,眼看就到它们的繁殖季节了。若是错过了这个季节,又要等到来年。一次次的失望和时间的紧迫,使有些人焦急万分。是笼圈捕不到大熊猫,还是诱饵失去了诱惑力？

正当有人产生一连串疑问、被焦急烧灼得坐立不安时,细心的人却发现,胡锦矗教授还是那样坦然、有条不紊地工作,似乎大熊猫早已拴在他的帐篷里,只要愿意,就可以随手牵出来。他从20世纪60年代初期搞资源调查,二十年来,足迹遍及巴山蜀水,对大熊猫的研究,更是成果卓著,人们有理由这样相信。

但是,他的秘密武器在哪里?

是笼圈不行?资料记载曾用它捕捉过十多只。新中国成立前,被掠夺到国外的大熊猫,也大多是用它逮到的。而且,它具有其他方法无可达到的优点——不会伤害大熊猫一根毫毛。还是诱饵失去了诱惑力?

大熊猫还有另一诨名——酒肉和尚。人们常常被大熊猫的憨态逗得捧腹大笑,其实,它却有很多的怪癖。比如,它常常醉履蹒跚地踯躅在山野,难道它会像猴子一样酿酒?说来可笑,致醉的非酒,水也!大熊猫常狂暴地饮水,直到胀得肚皮成了个圆球。原来就笨拙的它,这时更是踉踉跄跄,醉态十足。曾有人用根树枝像赶猪一样,将醉了的大熊猫赶去、捉住。

它对圆形的东西很有兴趣,常潜入居民家里搬弄圆木、粪桶嬉戏。它还好舔咬铁器,古人曾误认为它吃铁,因而叫它为"食铁兽"。因此,又以为它的尿可以化铁。

它的食性,正如人们所知道的是素食,只吃竹和笋。但它更好偷嘴,会不顾一切地闯入居民点窃取肉骨头,特别是被烧烤过的羊骨。科学家揭示了其中的奥秘——它的祖先原是食肉动物,只是千万年的变迁、生存竞争的结果,改变了它的食性。

笼圈内的诱饵,正是利用了大熊猫不忘祖先的"美德"——放的是烤羊头、烤羊骨。它不会放弃这种美味。

原因只能归结到圈套和笼圈设置的位置了。而这看来简单的问题,其实却包含了复杂的内容,如对大熊猫生态知识掌握的深度。

胡锦矗和他的同志们经过多年的研究发现:以竹比较,大熊猫更爱吃笋;各种竹类中,尤爱冷箭竹;就是箭竹,它也只爱吃某一部位,而将其他丢弃。甚至对同一地区、同一海拔高度、同一竹种,它在采食时也会选择、挑剔。它对竹林密度大或过小的竹子,是不屑一顾的。

根据这些情况,专家组经过周密的筹划,对圈套和笼圈的设置点做了调整,又将羊骨重新烤得香喷喷的。

一分耕耘,总有一分收获。喜讯终于传来:3月10日清晨,白岩点套获了一只三岁的大熊猫!是位王子,取名龙龙。仅过一天,即3月12日,笼圈又关住一只十多岁的大熊猫,这是位贵妇人,取名珍珍。4月18日,又关住一只两岁多的大熊猫,它是公主,取名宁宁。一向宁静而肃穆的营地沸腾起来,人们抑制不住兴奋,喜悦涨得心都疼了。世界野生生物基金会的夏勒博士高兴得跳了起来,还向基金会发了喜报。

在抓住这三只大熊猫时,科学家们为它们做了详细的体格检查,填写了"户口"档案,又小心翼翼地为它们戴上了项圈——微型发报机。等麻醉剂失效,它们醒来时,发觉只是南柯一梦,又颠着个肥臀逍遥自在地投向了大自然的怀抱。

先进跟踪仪器的装置,为科学家们揭开大熊猫神秘的生活内幕创造了条件,同时,也带来了更加繁忙和艰辛的工作。从3月10日起,中外专家就带上了仪器,分别在每一个点上收听大自然的骄子——大熊猫行为的信息。不管是刮风飘雪,或滂沱大雨,十五分钟就要做一次记录,二十四小时不能间断。特别是值夜班时,别的同志都排两人一班,而胡锦矗教授和夏勒博士却只能单独值班。

在远离营地的荒山野岭观察点上,既不能架帐篷,又不能生火、说话。老天爷也凑热闹,不是飘雪就是下雨。夜,是黑沉沉的,伸手不见五指。四周是林涛的汹涌,只有呼出的气,像团白雾似的。气温常在零下,最冷时,甚至到零下十摄氏度,眉毛、胡子上结了冰。等到早晨回到营地,身上已披了一层冰铠,但脸上荡漾着笑容——科学也正在窥视他们。有时只是洗把脸,吃上一口热饭,又匆匆走向山野,去察看已过去的二十四小时里大熊猫经过的地方。

在胡教授的指导下,我们曾在白岩点,戴上耳机寻找有"户籍"的三只大熊猫。悦耳的叼叼声,像是在呼唤,又像是在催促。再综合别的跟踪情报,信息很快告诉了我们:珍珍正在 X 地区奔跑,龙龙在 Y 地区酣睡,宁宁呢？却游荡在 Z 地区……我曾参加过考察队对黄山短尾猴的跟踪,艰难的经历使我懂得先进科学跟踪仪器的重要。但更使我懂得科学工作者那颗滚烫的心和博大的胸怀！就说胡锦矗教授吧,他是我们 20 世纪 50 年代培养出来的研究生。他的生活道路,当然带有那个已过去的时代知识分子所特有的辛酸、创伤;但是,在我们相处中,他从没有主动向我透露过半句,总是滔滔不绝地说着动物学领域的发展和研究大熊猫的种种计划。

对于在科学崎岖道路上的跋涉者来说,最大的奖赏和喜悦,莫过于新的发现了。"五一"棚营地的科学家,终于等来了这一天。

4 月 13 日,白岩观察区迎来了一个珍贵的晴朗的天气。灿烂的阳光在茫茫的林海中耀起无数的亮点。各色杜鹃花艳丽得如云霞一般。山谷里不时传来大熊猫的吼叫——粗莽的、尖厉的、急切的、带着颤抖的吼声。多只大熊猫的骚动,预示了特殊情况即将发生,各个观察点都加强了跟踪。

根据各种信息,科学家们很快判定了骚动中心的方位——正是贵妇人大熊猫珍珍活动的地方。

机不可失,时不可待。中国专家组组长朱靖同志和夏勒博士急匆匆地奔到出现异常的地方。他们亲眼观察到了大熊猫的争偶和它繁殖生态中的一些重要行为……

胡教授说,根据这一个多月的各种观察数据,有理由认为珍珍已经怀孕了。他们正在密切地注意着事态的发展,揭晓却要等到九十月份……10 月 20 日,胡锦矗教授和夏勒博士果然在二道坪看到了觅食的珍珍,听到了巢穴内幼崽稚嫩的叫声,在这之前,他们已从仪器中观察到珍珍处于产前和产后的状态。

这些珍贵的资料,将有助于揭示大熊猫的生殖流,以及整个繁殖生态的奥秘,解决人们长期以来争论不休的问题。

篝火,篝火

"五一"棚的黄昏是迷人的,森林上空幻化多姿的云霓更令人陶醉。每天,当这样的时刻到来时,营地总是飘荡着欢声笑语。在山林中跋涉了一天的科学家们、工作人员们,都在板棚内熊熊的篝火旁吃着晚餐,交流一天的工作,议论明天的日程,宣布重大的决定……也只有这时,营地的人员才能齐全。

这个研究集体,就像是熊熊的篝火,热烈、欢快、融洽,无论是常常在沉思的夏勒博士和他活泼的夫人,还是短期来工作的外国朋友,甚至是我们的教授、专家和工人,都在一口锅里吃饭。喷香的冒着热气的菜,一盆盆地放在锅台上,谁想吃什么就舀上一勺子。共同的事业,就象一条坚强的纽带把大家团结在一起。

夏勒博士是位已经取得很多成就的动物学家,每天透晓时,他就揣着干粮,走在巡查、观察的路上。整个白天,很难在营地见到他的面,直到晚饭时才出现在篝火旁。夜幕降临了,他帐篷里的灯要亮到深夜,从来都是要把当天的工作做完。正如朋友对他的评价:"他兢兢业业地工作,从不侥幸。"他正是以自己的行动,消除了民族、语言、地理的隔膜,受到大家的尊敬。

胡铁卿同志的到来,使今天晚上的气氛特别热烈。这里的同志都是他熟悉的战友,特别是胡教授更和他有着不一般的关系。20世纪60年代初期,年轻的胡铁卿开始认识到自然保护工作的重大意义,胡锦矗也早已在这个领域探索,是资源调查使他俩认识的。二十年来,随着自然保护区的建立和这一事业发展中的困难加深,他俩结下了深厚的友谊。可由于工作岗位的不同,这两位同样从事着自然保护工作的战友,也是很难有机会碰到一起的。胡铁卿在省林业厅工作,他对行政机器的运转有着深刻的了解和体会。胡锦矗在大学教书,他擅长在动物学领域驰骋。一切需要行政机构运转的工作,胡铁卿挺着胸膛承担下来了,而带领考察队跋山涉水的任务则由胡锦矗去完成。两人配合默契,如乒乓球的双打运动员。正是这种互相支持、互相信任,使他们在十年浩劫期间,渡过了一次次风浪,坚持了工作,取得了成就。

看着他们那样亲切地交谈,我心里不禁涌起一股暖流。

四川省的自然保护工作,是卓有成效的。已划定了十三个自然保护区,所占面积,在全国各省名列第一。这些都与各级政府的重视,特别省林业厅的努力分不开的。但是,公正地说,这些成绩中,有着这两位战友的心血和汗水,有着从1974年就在巴山蜀水中跋涉的珍贵动物调查队队员们的辛劳。他们的功绩,理应得到人民的称赞,而现在,我们不是做得太少了吗?

话题不知怎样一转,转到卧龙自然保护区存在的问题:森林仍然不断被砍伐,植被遭到破坏(从去年5月至今年4月底,群众砍伐烧柴、打瓦等,就消耗森林资源一万立方米),我们亲眼看到在保护区内居民门前堆放了直径三四十厘米粗的"烧柴"。偷猎珍贵动物的事件也不断发生——就在今年,不仅有人在保护区下套捕獐取麝,而且把套子下到了白岩观察点内巡回的路线上,在"五一"棚附近就拣回了九个套子!年年都在抓这些问题,问题却没有彻底解决,这怎能叫他们不焦急!

而存在的问题,又并非他们所能解决的。两位战友设计着种种方案,但又一个个否决。困难、焦急,使他们一直谈到深夜⋯⋯值得一提的是,四川省自然保护工作已总结了一条经验:只要当地政府能以国家利益为重,充分认识到自然保护对子孙万代的关系,扎扎实实地执行已颁布的法令,那个保护区的工作就做得卓有成效。关于这一点,这两位战友是早就充分认识到的,而且正是由他们亲自总结的,然而,为什么在卧龙自然保护区就不灵呢?

1981年初夏于成都

寻踪觅迹

朝辉已涂抹峰峦,黎明才像个怕冷的小姑娘,向山谷姗姗走来。

环立的山峰,清脆地回应着一串踩在落叶、枯树、苔藓、泥泞上的脚步声:胡锦矗教授的坚定而潇洒;老唐的沉稳中透出新奇;我呢?大步跨着,也一定是急切和满意的……山谷把它们融合,组成一个旋律:追踪、追踪——大熊猫!

老天给了个难得的好天气,连大山也懂得了我们的心思。今天的考察项目:追踪大熊猫,进行冬季诱捕。

大熊猫有活化石之称。早在第四纪以前就有繁衍生殖。在北京周口店"北京猿人"的发掘地,同时也发掘出了它的化石,而且构成了当时异常兴旺的剑齿象大熊猫动物群落。它和我们的友谊,是从"北京猿人"就开始的。只是经历了第四纪冰川的袭击,以及其他因素的作用,它们才从广大的地区逐步消失。只有四川省西部,以及甘肃、陕西南部和横断山脉的高山深谷地带,成了它们的"避难所"。

由于它黑白相间的特异毛色,俊逸的姿容,温文尔雅的憨态,在古代已引起我国先民对它的注意,甚至神化。至于它的名称,更为奇特:《诗经》中称之为"貔貅",《礼记》称之为"挚兽",《毛诗广要》称之为"白罴",《尔雅》称之为"白狐",《蜀中广记》称之为"猛氏兽"……连大诗人白居易也有《貘屏赞》,赞颂用大熊猫的皮子做的屏风,居然治好了"予旧病头风"。甚至于《本草纲目》的作者也受骗上当,认为若人误吞铜、铁之物,可服大熊猫的尿,即可将铜铁化除……

近代大熊猫在科学上、美学上的地位,是世界公认的。它的肖像是世界野生生物基金会的会徽。作为友谊的使者,它到达美国、日本、德国……曾使千百万人如醉如狂。若是到它的故乡野外去跟踪,一睹其尊容,那是连百万富翁想也不敢想的奢望……然而,我们就有这样的幸运,还是在世界著名的四川卧龙大熊猫保护区。

但是,我们心里有另一种的急切和不安,在这二十万公顷的茫茫山野中,到哪里才能寻得到它们的踪迹?

胡教授在宣布今天的工作时,是那样简单明了,干脆利落,那样朴实,使我们感到若是让心里的一丝疑问表露出来,那都是非常幼稚可笑的。是的,他早在20世纪70年代初期,就和胡铁卿等同志带领考察队走遍了巴山蜀水,搜寻大熊猫的踪迹。现在,那些队员已成了各个大熊猫自然保护区的科技骨干。就连高山营地,也是几年前,他和一批同志在披荆斩棘中建立起来的。今年年初,世界野生生物基金会派遣专家来此共同研究时,他是中国专家组的副组长,我们应该相信他的经验和智慧。

一道彩色的流影从眼前晃过,撩眼一看,是只挺着笔直长尾巴的红嘴蓝鹊,从山崖那边飞来。别看它全身披挂着艳丽的羽毛,有节律地扇动着翅膀,在森林中可是个厉害的角色。它喜欢捕捉毒蛇,其凶猛程度丝毫不比猴面鹰逊色。然而,现在是冬季,它却猛然凄厉地叫了一声,扑向了森林。苍绿的云杉林中,顿时响起了红嘴鸦雀惊慌的叫声……

情报从哪里来的——粪团

"跟上!下坡了!"

山道上已看不到胡教授了,只见坡下的树丛在抖动。老唐回头看了一下来路,世界保护大熊猫研究中心高山营地的帐篷,早已被森林掩映,高高的山崖却耸立在头顶。

"要下到谷底?"我赶上了队伍。营地已是海拔两千五百多米了,刚走过的四十分钟路程,基本上是水平过来的。在山野里跋涉,下坡意味着前面要爬山,而下降的高度和即将要攀登的高山,几乎有着一定的比例。我想先摸摸底,试探地问了一声。

胡教授停在林木稀疏处,等我们到了眼前,才用他特有的简洁语言说:"对。过了沟,再沿中杠山走!"语气轻松得像是在公园里闲聊。

10月份,已落过的几场大雪,经过一个多月的光照已经消融。但就是在冬季,脚下的山谷还飘着扯丝起朵的云雾,它失去了春天时的温暖、湿润,倒是透出了一股雪雾弥漫的寒气。也正是这种奇特而多变的小气候带,才孕育了这座丰富多彩的生物宝库。仅属国家一级保护的珍贵动物就有大熊猫、牛羚、金丝猴、白唇鹿等二十多种。等到我的喘息稍稍平缓了一些,云遮雾罩的深处,传来了流水的哗哗声,这更使人感到山谷的幽深,前途的险峻。要知道,在卧龙保护区内,海拔在五千米以上的山峰有一百多座!四姑娘山终年都在冰封雪裹之中。但是,与背后朝阳下闪耀着光辉的银峰相比,中杠山却是一片墨绿,只有星星点点的积雪,也显得平缓。这多少又给了我们一些安慰。其实,纵然要去攀越四姑娘山,我们也会毫不犹豫的。

沟底的流水,像是刚从滚锅里出来,冒着热气。我知道这里没有温泉,以为是牛羚爱饮的含硫的"臭水"。据说,每年8月,在溶溶月夜,牛羚成群结队地前往臭水沟饮水,比朝圣还要庄严,比赶场还要熙攘。寻觅牛羚虽然令人向往,却充满着战栗的恐怖。胡教授说牛羚出没的臭水沟还在那边,这是牛刀扁沟。我和老唐都喝了一些,赞叹其清冽爽口。胡教授说,它是矿泉,只少了一些二氧化碳,外国专家到这里没有不饮个痛快的,大熊猫最爱喝这样的流水,而不愿喝"静水",难怪它长得那样胖乎乎的。

我们的汗水未干,凉意已经袭来。老唐连忙招呼我站了起来。正巧迟我们半个多小时出发的小周和老田也赶到了。

我以为要沿着流水溯源而上,去沟尾平塘寻找大熊猫的踪迹。谁知那条路险,我们立即就要爬山。小周他们也只和我们同一段路,然后拐向另一条路线巡查。

乍看山不陡险,又是斜插向上,但倒毙的枯木腐树,密密的拐棍竹,丛生的荆条刺棵,深苔流石,还是绊腿拦路,够让人恼火的。已突起蓓蕾的报春花,却催促着我们加快步伐。

林相变了。高大粗壮的铁杉顶着浓绿的树冠。落了叶的桦树裸露着油亮的横纹红皮。槭树科的树种也在争夺这片土地。拐棍竹不见了,遍野都是茂密的冷箭竹。我从胡教授的背影里,感到他正用锐利的目光扫视着山野。我和老唐心里都明白了:已进入大熊猫活动区域——胡教授一路上只说了几句简洁的话,像是在填写电报报文。我们对情况的了解,更多的是从他的眼神和动作中得知的。就像是了解他在研究大熊猫中所取得的成绩一样,不是从他嘴里得知的,而是从一件件事情、营地所取得的一桩桩成果中去体会到的……突然,他的背影微微一颤,我抢前一步,发现地下四团纺锤形的粪便,惊喜地说:

"大熊猫!"

初夏,我曾去过王朗、九寨沟等自然保护区,已不止一次在野外见到大熊猫的粪便。别瞧不起它的粪便,古人曾非常崇拜它的神奇之力,认为它可以制造兵器,锋利无比,能切削玉石。

胡教授早已利索地脱下了爬山包,首先取出了海拔仪,高度是两千七百一十米。然后取出了照相机。但仍然是一句话也没说,只是用孩子般富有感染力的微笑,鼓励老唐看个够。相机快门响过后,我们还不知下面该怎么办时,胡教授已拿起了一团粪便,测量起它的长度、直径、重量。老唐和我忙着帮助记录,一串数字已表明:这是一只"野大熊猫"留下的。

难道还有"家大熊猫"？今年春天,研究中心捕捉了三只大熊猫,为它们作了详细的体格检查后,戴上了装有无线电发报机的颈圈,又放回山野了。这项研究活动揭示了大熊猫很多有趣的生活。一个"家"字,亲切而又准确地表达出了这项研究活动的意义。"野大熊猫",是指还未戴上颈圈的大熊猫。胡教授将一团粪便拿在手里仔细地察看了一下,一边递给我们,一边说:

"残存很多未消化完全的竹叶。大熊猫从8月份开始喜欢吃竹叶了。分析化验的结果说明,这时的竹叶,比竹竿还富有营养。你们可以看看。"

我正准备伸手接时,想起不久前,报告会上说到大熊猫有蛔虫病,曾在一具尸体中发现一千多条蛔虫;饲养场给病重的大熊猫服药,竟驱下几百条……大约是我的脸色没有能藏得住腻歪味,他宽厚地笑了一下……这比训斥更难受。我猛然伸出手去,老唐已经抢先拿到了手中。胡教授掂出一根未消化完的竹节,查看了两头,又量了起来。他神色一振,高兴地说:"是只壮年的。"

老唐问:"是从齿式上看出的？"

他却抬起虚握的右手,放到嘴边:

"观察它吃竹子的姿势,也是一种享受。它坐地弓背,就这样,前肢握竹往嘴里送,牙齿咔嚓一声,竹竿断了。再送再吃,像铡刀上下挥舞那样有韵律,竹节的长度正是它两边的齿距。另外,粪团的长度、直径、消化的程度,都能说明问题。"

他一定看出我们的疑问——那竹节几乎和新鲜的一样,这般囫囵进去,囫囵拉出,怎能长得那样圆滚滚的？他便接着说:"其实,经过它的肠胃——已吸收了浸出物,生化研究基本上搞清了浸出物的营养成分……"

不久前,北京大学的潘文石老师,生动地向我们介绍过这方面研究工作的进展情况,使我们了解到了保护大熊猫研究所涉及的众多领域,同时,也对这支由各个学科组成的队伍有了认识。

粪便已带点灰色,显然并不新鲜。据胡教授判断,是三四天前留下的。他在四周察看了一会儿,要我们边前进,边注意搜索。

说话间,他已用纸将粪便分团包好,把有棱有角的四方纸包整整齐齐地摆在路旁。如果从审美观点看,那纸包的外形,绝不亚于一些商店为顾客包扎的礼品包!回程时,他要把这些标本带到营地分析、化验!

看着粪团纸包,不禁哑然失笑——我们想起古籍上称它为"食铁兽"。它有铁胆、铁肾,"须臾,便数十斤"。那么,它的粪便可以制造兵器,铸造成宝剑;又由此,用古剑名干将、莫邪,称雄、雌体大熊猫,也就是合理的推论了——没想到,胡教授却说:"它真的吃铁。"(我们已听说大熊猫确实喜欢舔鼎锅铁器,被误认为"食铁兽")这真是冷锅里爆出了个热豆子,我们赶紧追问事实真相。原来,卧龙英雄沟大熊猫饲养场观察到它把铁栅栏舔得铮亮,确确实实啃食了装饲料的铝盆,还从排出的粪便中检出五六克碎铝片。不知不觉中吃了几克铝,大熊猫不仅安然无恙,还显得挺高兴哩!

"它为什么要吃?"我们还能不追问?

"这还是个很复杂的问题,还需要通过一些生化研究,才能搞清楚。但可以说的是,它需要获取一些微量元素。"

"拉出的铝片与原来的铝片有什么不同?"

"正是要化验的。"

若拉出的是质量好的铝合金,岂不是真的可以炼成宝剑……山岭上响起一片笑声。

危险信号:野牛的萍踪浪迹

在海拔两千七百三十米处,又发现了两团大熊猫的粪便,比刚才的新鲜。

我们正在议论它是不是就在附近时,胡教授已测量完了所需要的各种数据,淡淡地说:"不是那头壮年的。这只已有些老态龙钟了。"

将粪团包好,他又向前走去,不理睬我们想快点看到大熊猫的急切心情。

桦树和槭树科的树种,不知什么时候已悄悄地消失了,只有铁杉、冷杉、云杉这些针叶树种占山为王。不久,又发现大熊猫留下的粪团,虽比两千七百一十米处的更为陈旧,但胡教授一眼就认出了又是那只壮年大熊猫的踪迹。各种数据,果然证实了他的猜测。

我们加快了步伐,沿着山脊向前。山路陡险了。扑通一声,我摔了个大跟头。它揭穿了在对面山岩看到的平缓多半是森林覆盖的假象——一个山头接着一个山头,连绵不断。残留的积雪,渗出地面的水流,芜杂的灌木,迫使我们小心翼翼。

无端地,我感到头涨、胸闷,气也喘得特别粗,意识到可能是高山反应时,便连忙问老唐的感觉。他证实了我的想法。胡教授要我们走慢点。

在一处陡坡前,我惊得愣怔在那里。老唐连忙回头问,胡教授已在前面答话了:"是牛羚的足印。"

一个踏滑下的偶蹄印,深陷在泥土中,蹄印新鲜得发亮。很清楚,一头牛羚才从这里经过,和我们走的是同一方向。正是发现只有一头才使我惊慌,这大约也就是胡教授在这之前不说的原因了。

春天,在云南和四川时,都听到过不少牛羚凶猛的传说。热心的向导,还曾介绍一位被它挑破肚皮、流出肠子的猎人和我相识。牛羚是国家一级保护的高山特产动物,由于角形怪异——角基部愈长愈向内靠,而角尖则愈向外弯,像是有意闹别扭,所以又称扭角羚。毛色通体灰青,群众也称之为野牛,它有舔盐嗜好,又称"食盐兽",形怪,食异,蹄脚和皮毛都属珍品贡物。其实,我们常能在古玩文物上见到它的肖像,只是那时的名字是不查字典就很难读出音的"兕"(sì)。

它是体重可达一两千斤的庞然大物,喜欢营群生活。大者一群能有百多只,群体内有"哨羚",专事警戒。行走时"列队",雄牛领头,雌牛于后,小犊夹在中间。据说,夜晚卧息时,也是群牛围成圆圈,头向外,而将牛犊护卫其中。

那么,为什么有"扯单"的独牛羚呢?它们往往是在繁殖季节争偶中,被逐出群的失败者。它的扭角、壮腿都具有无限的威慑力。有人曾亲眼见过,它们与老虎大战,斗得老虎血尽倒地。考察队员曾量过它冲锋时的步链——间距竟达七八米!过去,猎人在开枪前也是异常小心的,一枪打不死它,它和它的整个群体都要冲来,谁不怕"野牛阵"?"独牛羚"更是常常带着"怨恨",主动向人攻击。

我们三个人,虽然都身强力壮,但由于在保护区行动,又还跟着胡教授,谁也没想到要带枪。若是万一碰到它,又怎能保证它不冲过来?这不能不叫人提心吊胆。

胡教授既没有安慰我们,更没有交代防卫措施。但是,我们从他稳实而坚定的步伐中,得到了一种无形的力量。其实,即使还有什么狐疑也不好意思说出来,因为他魁梧的身材像屏障一样走在前面,且又背着沉重的背包,我们只是赤手空拳,若是"五十步与一百步"之比,我们大约能成为"百步"冠军了。

前面按动摄影机快门的声音,使苦于高山反应的我们陡增劲头。胡教授的神情已说明了一切:又追上了那只壮年大熊猫留下的踪迹。是的,箭竹下的两个粪团虽不在"冒烟"(刚拉下还在冒热气的粪团),但油亮亮的。他沉思片刻才回答了我们急切的发问:"它是夜里或今早从这里路过的。"

一听这话,我和老唐立即屏声息气在附近寻找起来。

没觅到大熊猫,却找到了它在箭竹林中的通道——它强壮得像一架隧道开掘机,凡走到的地方,茂密的竹丛都向两边分开,留下一条翠绿的隧道式的通道——我们弓着腰在隧道中走,不一会儿,腰酸了,头发涨,连眼珠都痛。想直一下身子来舒展舒展,脸上却留下了被竹枝剐扯的伤痕,只好退出,但已不见胡教授的影子了。

望着这无边的箭竹林,我想起从1974年就参加考察的老队员的介绍:春季,钻这样的通道,不要十分钟,全身衣服就被露水打得湿透了。雪天,这样的通道成了真正的雪洞,钻进去不到五分钟,脖子里的雪化成水,能冷得人不停发抖。可是,只要是跟胡教授一道,第一个进入这种通道的总是他!谁也抢不去。当时也只是听听,现在才多少明白一点,为什么人人都谈这件事!

胡教授回来了,说是大熊猫就在这一带活动,要我们不仅注意地下,还要眼观八方。因为这个圆头圆脑、大腹便便的山野精灵,还是爬树能手。它喜爱登高望远,嗜好在横枝上颠悠嬉戏。从这一点说,它确实是熊和猫的兄弟,只是不能像猫那样在树干上头朝下,直冲降落。

那头乖戾的独牛羚,似是未卜先知的巫师,抑或是这只大熊猫的好友?足迹总是出现在我们跟踪的路线上,后蹄踢起的泥沙,犹如一个个大的惊叹号——当心!离我远点。

飒飒——吱!

头顶上的突然响动,使我们又惊又喜。嗨!它还真的蹲在树上和我们打招呼!抬头一看,只有郁郁葱葱、如云如盖的松针。正当我们望得脖子酸疼时,又是哧溜一声——唉!哪里是大熊猫?原来是两只松鼠拖着蓬松的长尾巴在松枝上追逐戏闹!

发现了大熊猫采食的痕迹。一数,吃了三根箭竹,都是两年生的。断口像是被刚刚折断的。海拔仪显示这里的高度是两千八百米。

大熊猫已在附近向我们招手!正准备分头寻觅时,胡教授看了看手表,时针指在下午两点了。这时,我们才感到肚子是那样饥饿,口是那样干渴。

胡教授说:"休息,吃点干粮。"

早晨,营地的一位同志提醒要带干粮,胡教授为他的疏忽抱歉地笑笑:"我们走这条路线,下午两点就可回到营地,从未带过干粮。"

时间使我们面露难色,胡教授已放下背包。

"加点能源吧。还要向高海拔走。再出发时,你们尽可往风景美的地方找。它的审美观点不赖,遇到俊美的树、幽静的独木桥、秀岩怪石都喜流连一番……"他虽然风趣地说着,却没有放过我们正在搜寻水的目光。"别怕手被粪团污染了,我们还是文明世界来的,马上就净化!"

这位教授真鬼!竟是那样清楚我们肚里的"弯弯绕"。可是,虽然说"有多高的山,就有多深的水"。但是,别说"潺潺",连"叮咚"的水声也未听到。胡教授却下岩了,残存的雪很少,他大把地抓起泥炭藓,两手又搓又挤。水,从绒黄的地毯般植物中流出了,像甘露一般。闪亮的水流,牵起我的一片情思。我想起了南充师范学院一位学生谈的那段野外考察的经历。

为了完成当天的考察项目,又迷了路,我们队没有能够到达预定的宿营地。天黑得像无底的深渊。在摸黑走了几小时后,断崖峭壁使队伍仍然无法下到河谷地带,只好在山脊上砍出一块空地支撑帐篷、生火做饭。火燃起了,可是端着锅的同学只是呆呆地站在那里——没有水。附近找不到一滴水。最令人恼火的是,山谷的溪水在夜晚格外清脆地奔流着。这才是远水解不了近渴哩!每人两块饼的干粮,早在中午就吃完了。人一歇下来,更是饥火难熬……突然,有人大叫一声:

"水来了!"

是带队的胡老师正向篝火走来,他没有提水桶,却抱了一大包泥炭藓。还未等端锅的同学明白怎么回事,胡老师已将泥炭藓挤出的水滴到锅中。夜黑、山陡,找到的泥炭藓毕竟有限,但"饭"是煮好了,虽然"饭"粒碰得锅铲砰砰响。直到风卷残云地将"饭"吃完,才有人悄悄地说了声:"饭真苦!"

话未落音,山岭上回荡起一阵洪亮、豪放的笑声:

"苔藓汁能甜吗?"

"不苦,要我们来干什么?"

这就是我们的青年!这就是胡教授带领下的一批大学生。

虽然没有水喝,我们还是香甜地吃完了干粮,腿有劲了,连恼人的高山反应也似乎消失了。

样方:乏味,又奥妙

一想到很快就可揪住大熊猫的尾巴,我们又急着上路。胡教授却做了个"不要忙"的手势,就从包里掏出各种工具——我们已知道他又要做箭竹的"样方"了。他在海拔两千五百米处的华桔竹林、两千七百五十米处的冷箭竹林已做过两个"样方"。第一次看他做样方,我们还感到新鲜,第二次就觉得是机械地重复了。现在,在时间这样紧迫、前途依然漫漫的境况下,我们明显有些不理解了——难道今天的主要任务是做样方,倒不是寻找大熊猫?样方和我们跟踪大熊猫有什么关系?

我们的心思,当然逃不过他那洞云穿雾的眼睛。他仍然闪着宽阔额头下明亮的眼睛,圆脸上挂着憨厚的微笑,快速而准确地开始工作。我们当然不会袖手旁观:量面积,剪完一平方米内的所有冷箭竹,分出当年生、二年生、多年生及枯竹,计数、称重……在把这一切乏味、枯燥的工作做完后,他拿出了以前的登记卡片,互相对照起来,铅笔敲得纸片啪啦响:"当年生、二年生的竹,都比第二个样方多。"

我一愣,也赶快翻起记录,果然两项都多出了十几根。特别是两年生的竹,重量竟是那里的两三倍!我想起昨晚在营地篝火旁,和美国的夏勒博士闲谈时,老唐曾问及怎样才能保护大熊猫。夏勒博士毫不犹豫地说出了和胡教授曾与我谈的同样一句话:"首先是保护好大熊猫的栖息地,保护好它赖以生存的竹类!"

由此，我想起了1975年、1976年岷山山系竹子开花、枯死，给大熊猫所带来的灾难。参加过1976年"救灾"活动的动物学家们，曾多次向我描述过那惨不忍睹的景象。胡教授更是沉痛地说过：1975年，已在松潘一带发现了竹子开花，虽感到是不吉之兆，但未想到将造成以后那样深重的灾难。花了多大的代价才取得了这条教训！

他们正是通过对与大熊猫生死攸关的几种竹类的研究，纠正了过去的一些错误观点。比如，过去以为大熊猫栖息海拔高度的差别，完全是由于季节和气候造成的。对几种主要竹类研究的结果表明：大熊猫栖息地的上迁下移，是由当地竹类生长情况决定的。看起来道理很简单，但这样简单的科学结论的得出，是胡教授和他的战友们，在雨天、雪地、烈日、狂风中，从测量的一根根竹子、一个个样方中得出的……我眼前又浮起初夏时，测量的一棵华桔竹笋，高声宣布："嘿！一昼夜长了九厘米！"——胡教授喜悦得满脸洋溢着天真的笑容。

据计算，成年的大熊猫每天要吃三十斤竹子。可是，它为什么只在这里吃了三根，又游荡开去？就箭竹来说，它最喜欢吃的是二年生竹。这不正该做样方吗？我想说出心里的愧意，胡教授却像根本没看到我的表情的变化，一摆头，就招呼我们快点走。一位同学曾对他有过这样的评论：

"可以这样说，他从不批评共同工作的同事、学生，即使有这样的意思，你也要细细地体会他的话，才能嚼出批评的味儿。但我感到他以身作则的行动，就是对我们最好的批评。他不喜欢听别人的检讨，倒是常常把别人的优点挂在嘴边。和他在一起，我感到自己也高尚了，心地也纯洁了！"

横卧沟谷的一棵枯树上，真的有两团大熊猫粪团。数据证明是追踪的那头壮年精灵留下的。在海拔两千八百九十米处，一棵高大挺拔的冷杉树干上，清清楚楚地刻着它的爪痕。不远，有根断竹，竹茬丝上存留着挂扯下的一根黑毛……以后，我们似乎不是在追踪，而只是在印证胡教授的预言。因为它的行迹,没有超出他的估计。

我们很想见见珍贵的药材贝母、虫草,可能的话,顺便采点标本。可胡教授说,那是八九月份的事,现在基本上都已枯萎了,难以找到。

眼看森林稀疏了,灌木丛却在增加。那头独牛羚的足迹也未往别处岔开。大熊猫也似乎就坐在不远处的峰顶,探视着我们……胡教授在海拔三千一百米处做了"样方"后,却毅然地宣布:

"已是四点多钟了,回去的路程总得三个小时;再说,已到了牛羚的活动区,用不着冒险。我们今天的任务已经完成,现在下山吧。"

他折回头了,可又忍不住回转身子,眺望着西去的太阳,茫茫的森林,红艳的枫叶,金色的落叶松针,沉沉的雾霭,轻轻地舒了口气,无限留恋地说:

"傍晚,多美!"

不下山吗?我们没有带轻便的帐篷。早晨出发时,连棉衣和羽绒登山服都脱下了。就这样,爬山时,内衣还是几经汗透,而这里夜晚的温度,却是零下好几度。

下山吗?嘴像嚼着个夹生的馒头。昨晚,当我正将疲倦的身子向被子里钻时,胡教授说:"明天去追踪!"床板一响,老唐轰隆一声坐了起来,我也一定可笑地愣怔在那里。因为在帐篷中微弱的马灯下,胡教授也惊讶地看着我们:这样平常的事,值得这样激动?

何止激动呢?我和老唐都是千里迢迢赶来的。《大自然》杂志的老唐是第一次。我初夏来时,他们捕捉大熊猫的五光十色的生活已经过去,这次二上高山营地,心里隐藏着参加冬季捕捉大熊猫的愿望——春天,虽然捕捉了三只大熊猫,但是,龙龙只有三岁,宁宁才两岁半,都还未成年。只有珍珍是成年雌体,它不负众望,参加了爱情的追逐。通过对它繁殖行为的观察,解开了一些不解之谜。然而,在保护大熊猫研究的过程中,只观察一个个体显然是不够的,今年将要继续诱捕——我知道高山营地所担负的繁重任务,因而不愿打乱胡教授排得密密麻麻的工作日程表,只想"就汤下面"。没想到我的愿望这么快就实现了。是他看透了我们的心思呢,还是和日程表的偶然巧合?

我一夜未睡踏实,老是觉得天已亮了;而每次醒来,又总是听到老唐悄悄问我几点钟了。他是位踏踏实实的同志,当然希望能够多了解研究中心的工作,向《大自然》的读者作精彩报道。我们原来并未指望今天就能捕捉大熊猫,也知道那不是一天能完成的事。可是,就在我们即将见到大熊猫时,却不得不下山……

轰隆——轰隆!寂静的山野似是响起了惊雷。林下的灌木丛中哗哗地响着。闪动的横枝竹影,显出了一头野兽向我们狂冲的形态……

"牛羚!"我隐到大树的后面,汗毛也早已根根竖起。

"是头香獐。它最喜欢晨、昏出来活动,被我们吓昏了头。"

在胡教授的轻声细语中,它在晃动的竹枝、灌木丛中划了个弧形,留下一条斜线远去了。

是呀!一千多斤的牛羚能隐在不高的箭竹、灌木林中吗?怎么连这点常识都忘了……我的脸上火烧火燎地发烫。

一想起没见到大熊猫,时间又迫使我们不得不下山,还有刚才那场虚惊,心里更不是滋味……

殿后的胡教授,大约是看出了我们的快快不乐,穷开心地说:

"下楼梯喽,一级一级地下。"

老唐站住了,像个地质学家那样专心专意地看起地形来。我也发现了奥妙:真的,爬山时只顾喘气,现在才发现山坡像是梯田般地一级一级往下降。

到了第三个样方处,发现这里是两级之间的一个坡。

到达"平台",就见到了包好的两团新鲜的粪团。胡教授不厌其烦地又打开了纸包,说:"它还是比较喜欢吃两年生的竹子,仅次于笋。"

残存的竹节,的确多是两年生的。

像是有个亮火星,迸进了我的心里。这亮火星,又像是神秘果,正在将酸味变甜。

快到两千七百一十米处,我站住了:妙呀!下面也是一个大"平台"!心里豁然开朗。回头瞅瞅胡教授,他宽阔的额头上已浮现出笑容,憨厚中又还有那么一点神秘莫测的味儿。我乐得拍起了手:"原来是这样!我明白了,明白了!"

他那富有感染力的微笑,使整个森林都洋溢着欢乐。老唐却一个劲地问我明白了什么。

今年二三月开始诱捕大熊猫时,很不顺利。每天两次的巡查,都没有展示出一线希望。而白天、黑夜的山野,却时时响起大熊猫寻偶的叫声,宣告它们的交配季节到了。一次次的落空,使中外专家们万分焦急。寻找各种原因,有人甚至怀疑起诱饵——牛肉和烧烤的羊骨头,是否失去魅力?因为它平时只吃竹和笋!胡教授却沉稳地进行着日常工作,同时做了新的布置。3月10日、12日接连诱捕了两只大熊猫,4月18日又诱捕一只,乐得夏勒博士狂呼乱跳,连忙发电向世界自然基金会报喜!奥妙在哪里呢?说来简直叫人不能相信:他和同志们只是调整了笼圈的安置点。但是,这样简单的措施,却是来源于多年来对大熊猫生态的研究。说得简单一点:大熊猫在春天喜欢在哪里追笋觅食?再说得简单一点:大熊猫的怪癖,是它喜欢在疏密适宜的"平台"上的箭竹林中觅食——密度太大的竹林中所生长的竹子,它不喜欢吃。稀稀拉拉的竹林中的竹子,它也不喜欢吃。即使疏密适中,但在斜坡上的竹子,它也不喜欢吃。真是个爱挑刺儿的大阔佬!

不难看出,今天,他的兴趣为什么集中在那只壮年熊猫身上了——是为冬季捕捉选择对象!

难怪他一路做样方!

"你们诱捕的笼圈设了吗?"我问。

他说:"这不是请你们两位来参加选点吗?"

老成持重的老唐也一跺脚,说:"嘿!就是海拔两千七百一十米到两千八百一十米之间的'平台'上了!"

胡教授说:"已有的资料是基础,还要不断追踪、做样方——随机应变嘛!"

太阳已沉入大山的怀抱,山野沉浸在一片霞雾中,寒气一阵阵向身上袭来,凝重的暮色是那样地寂静。

我们心花怒放地谈着,好像一个个笼圈已经安置,那笼圈中关住了偷嘴的大熊猫……被带上无线电发报机的它们,又一只只奔向了山野!

谁说我们没有追踪到大熊猫呢?

"啊——"

浓浓的黑夜中,从营地方向传来了呼喊声。他们正为我们担心。篝火旁热气腾腾的晚餐正等着我们。在胡教授的身后,我们都扯着嗓子喊了起来:

"啊——啊"

"啊啊——啊!"

……

群山喜悦地齐声呼应!

1981 年冬于成都

杜鹃花下的爱

暮春时节,在我和胡铁卿同志离开"五一"棚——世界保护大熊猫研究中心,海拔两千五百多米的高山营地的时候,胡锦矗教授抑制不住内心的喜悦,说:"通过这一个多月的无线电跟踪和观察,以及各种数据的分析,可以认为大熊猫珍珍已怀孕了。欢迎你们秋天再来,我们一道去给它的孩子——也是研究中心头一个宝宝做满月。"

我们下山了。但把希望留在雪山下的茫茫原始森林中,留在盛开的杜鹃花上。

果然,胡铁卿工程师的"报喜"信到了:锦矗的预计已被事实证明。根据无线电跟踪和实地考察,那只被诱捕又放回山野、后来受孕的大熊猫,在9月份活动次数锐减,活动的范围也陡然缩小,基本上可以断定:它的小宝宝已出世了。这封信,当然也是催促我起程。这时已是10月。

毫不夸张地说,大熊猫珍珍的产崽,是世界上第一次用当代的科学手段观察、研究号称活化石的大熊猫在野外自然条件下分娩、哺幼的。这对保护濒临灭绝的珍贵的大熊猫来说,具有极大的意义。时间,已使我赶不上胡锦矗说的"做满月",但总能赶上"做百日"吧!

好不容易,才在11月初千里迢迢赶到了四川,11月下旬又来到了"五一"棚。

昨天傍晚,红霞映得雪山银峰晶莹剔透,我们站在中杠山上,欣赏着变得深沉、浑厚的大山色彩。今早一出帐篷,却是灰蒙蒙的一片。远山被沉重的厚云裹住,近山也矮了一截。寒风恣意地呼啸,使幽深的森林、山谷更加冷寂,连每天早晨都飞到帐篷边鸣叫的噪鹛,也只得缩着脖子待在树枝上。老天爷一夜就变了脸,这使我们急切的心更加火烧火燎——按计划,今天,我和《大自然》杂志的唐锡阳同志,跟随胡锦矗去探望珍珍和它的小宝宝——但这样的天气,能去吗?我快步去找胡锦矗。

好!他那憨厚的圆脸上荡漾着早霞,洋溢着朝气。彻夜不熄的篝火旁,大家纷纷在裹绑腿、收拾背包、往相机里装胶卷——早饭一过,都将潜入森林中的各条小道,去从事自己的观察、研究。我猛然想起了:营地的野外工作计划,从来都是"全天候"的,不管夏日炎炎,还是风雨交加,抑或是零下二十度的黑夜。

科学必须严谨。

难道还需要再问吗?

出了帐篷就是陡坡,我和老唐只得手脚并用。艰难中,细雨又夹着冰豆迎面扑来,打得四周一片飒飒声。难免要下场雪了。上个月,这里已落过两场雪,我们昨天考察的路线上,就还残存着不少的雪。别说雨衣了,因为要在山林中穿行,我们连羽绒服都脱了,只穿了件毛线衣。若是下起雪来,那还真有点麻烦——20世纪70年代初期,就参加了胡锦矗、胡铁卿率领的大熊猫考察队的人,几乎都向我说过两到三个曾被大雪围困的故事,惊险得一想起来,余悸就激得汗毛竖起,那是要冒一点儿风险的,别说碰到猛兽,仅是骤然下降的气温,都是极大的威胁……

但我更担心胡锦矗为了照顾我们会放弃今天的考察,或者是劝我们回去,那将会使我失去一个千载难逢的机会。一点儿也不担心危险吗?不!然而,纵有天大的危险,跟着胡锦矗,我还是愿意去闯的。我抬头寻找胡锦矗,想探询一下他的情绪,但只看到密密的树丛、箭竹……突然,我高兴起来了——从前面传来了他的脚步声:坚定、利落!我的心踏实了。

道路蜿蜒在针叶、阔叶混交林之间。迷蒙中的岷江冷杉、四川红杉顶天立地,苍郁的树冠格外像是浓云一般。各种桦树、槭树裸露着枝干。翠绿的拐棍竹、冷箭竹铺展在林下,和荚蒾、花楸、茶藨子拥挤着,常常把路都欺去。

一路上,胡教授很少说话,只在必要处作点简单的介绍。我和老唐也都不大提问。因为在野外考察动物时,基本上是不准说话的。但胡教授那双猎人似的眼敏锐地在山野上扫描着,那双厚手也不时抚摸一下这棵小树、那根箭竹,就像是和老朋友相见,免不了亲热地握手、问候一样。可不,他又弯腰从路旁竹丛中拾起了一根树枝,拿在手中端详着。看到我快步走近,就顺手递给了我:"这是八仙花,又叫绣球的枝子。"

树枝的皮已被剥去,不是一条条被撕扯的,而是一个印痕套着一个印痕。深处的白茬,残留着青丝丝的痕迹,而且每个印痕的大小,又基本相似。显然是采取了一种异常特殊的"剥"的方式。我们正满腹狐疑地猜测是大森林中哪位住客留下的杰作时,耳边就响起了胡教授悄悄又略带点神秘的声音:"金丝猴啃食的。"他的眼却在四周搜寻。

我们的心,一下子就蹦到了喉咙口,又惊又喜。金丝猴、大熊猫、牛羚都属国家一级保护的珍稀动物。而卧龙自然保护区内又都有它们的踪迹。我在春天来四川时,对于看一看凶悍的庞然大物牛羚未存过奢望,但对从王朗到九寨沟、黄龙,穿过草地到达马尔康……行程几十千米无缘见到金丝猴的尊容,未免有些遗憾。这次来高山营地,心里多少存在着能与它幸会的"牵肠挂肚"。前天晚上,在篝火旁,听到老田同志说是有一社群三四百只的金丝猴,于两三天前才离开帐篷附近时,我既懊恼又失望。哪能料到竟要在这里不期而遇!刚才胡教授的悄声细语和搜索的眼神,不就说明它们在附近吗?一向沉稳的老唐比我更性急,问:"它们离开这里有多长时间了?"

"刚才。你看,枝上的树浆、齿痕都新鲜得滴水哩!"

"往哪边去了?"还是老唐问。

"顺着丢在地上的这样被剥食掉的树枝追踪。在这个季节,它主要是采食树皮和寄生在树上的苔藓、果实,随吃随扔,吃过就丢。这就是猎人说的:丢下棍子,留下影子——对它的生态特点,总结得科学、准确。"

这样诱人的话,使我心动了,尽管有着更重要的任务。

"能追得上吗?"

"难说。金丝猴是典型的树栖动物。森林的上层几乎是它一切活动的大舞台,行动神速、诡秘。从这棵树悠荡到那棵树上,也不过星星眨眼、雷公打闪的工夫,还能做出各种高难度的动作,称得上是最优秀的单杠运动员。"

胡教授风趣而幽默的话,更挠得我们心头痒痒的。哪管天上飘着雨,更不管箭竹、灌木上都是水,我和老唐立即开始由天上向地下寻找起金丝猴的影子和它们丢下的"棍子"。然而,等到我们的衣裤都被打湿了,却连"棍子"也找不到了。胡教授遗憾地抬起手腕看看表,我们也只好悻悻地返回到小路上。其实,这东西长五十二千米,南北宽六十二千米,总面积两千平方千米的保护区内,在这雪山草地、深壑幽谷、溪流纵横的特殊生境中,蕴藏着丰富的动植物。因而,被联合国列为世界生物圈保护区。且不说它属国家规定保护的珍稀动物有二十九种,单是珍贵的植物,就有大片的原始珙桐林(鸽子树)、水青树、连香、金粟兰、贝母、虫草……夜晚,则常常可以看到闪着磷光的成片森林(树干上附生一种特殊的菌类)。那是何等壮观和奇绝的景象!若在这个神秘的世界中每奇必探,那远非我们力所能及的——我们还有重要的任务——去珍珍栖息的"别墅",拜会它以及那位"贵公子"。可是,后来发生的事情表明,我们还是要感激现在的发现……

隐藏在原始森林下的山体,似台阶般一阶一阶的。眼下是初冬季节,不像春天来时,需要警戒着防不胜防的旱蚂蟥(它吸饱一次人的血,可维持七八个月的生命)、草虱子、毒蛇的攻击。但林间的道路还是很难走的,风化千枚岩的流石、苔藓下的沼泽、两边拉拉扯扯的荆条,都潜伏着危险。刚才金丝猴的有踪无影,既给了我们喜悦,又带来了忧虑:大熊猫是否也要匿而不见呢?我忍不住问:"有把握见到它们吗?"

"大熊猫在哺乳期,要经常抱着幼崽喂奶。没有特殊的意外,巢区比较固定。这几个月来,它一直未迁居,更何况有无线电跟踪,很容易确定它所在的位置。至于它今天是不是愿意接见你们,是'文接'或是'武接',除了看它的情绪,还得看天时、地利、人和……"

我和老唐都忍不住笑了起来。我们对于野外的考察生活,并非毫无经验,可是一向严肃的胡教授一反常态,眨着狡黠的眼睛说:"以为我蒙你们?不信,那就等着瞧吧!"

谁知他葫芦里卖的什么药,等着瞧就等着瞧吧!

"这就是会师树。是你们一上路就开始询问的。"

胡教授的话一停,山野上,呼啸的风也似乎消歇了,只有他抚摸着树干的手与树皮摩擦的沙沙声。他那双成天在野外风雨中和箭竹、大熊猫粪便、各种植物、岩石打交道的手上,鼓凸着厚厚的茧子。我虽不是细皮嫩肉,但第一次和他握手时,仍像是抓住一块石板一样。

我退后几步,怀着一种特殊的心情,打量起这棵十多米高的大树——它的名字,出现在世界自然基金会上,出现在世界报纸杂志上,更是记载在当代科学家们研究大熊猫的史册上。

"是棵美丽杜鹃。"我认出了。

"好家伙!这不已长成乔木了!"

"是的,杜鹃大多是灌木,但也能崛起为乔木。"老唐的一声惊呼,却像火花一般,引发了胡锦矗的激情,他的眼光明亮、灼人。"世界上的很多花卉爱好者,每年春天,都赶往英国去欣赏盛开的杜鹃。这实在不能让人服气。我们是杜鹃的富有国,既有你们大别山和皖南的小灌木映山红——电影上常有它漫山遍野、开放得如火如荼的画面——更有云贵川一带已长成乔木的各种杜鹃,仅我们卧龙保护区就有几十种,这棵杜鹃只算中等。"

话音虽然不高,却有股震撼人心的韵律……我和他相处过,又在云南和植物学家们探讨过,对于杜鹃花并不陌生。我懂得他那没有说出、埋藏在内心的意思。

世界自然基金会派来的、到研究中心和中国科学家共同研究大熊猫的夏勒博士——他兢兢业业、不畏辛劳的精神,得到大家的好评——在和胡教授工作一段时间后,他无比敬佩这位五十来岁的中方专家副组长,曾由衷地对我说过:"我向胡教授学到了很多的知识!"

就说这杜鹃花吧,尼泊尔人把它奉为国花。英国为了改变花卉品种贫乏的现状,引种了很多杜鹃,招徕游客。因此,可见人类对杜鹃价值的认识日益深刻了!

春天,我在云南、四川领略过它们的风采。5月6日从王朗自然保护区,沿着洋洞河向南坪进发,翻越海拔三千两百五十米的山口时,那残存的白雪上,开得如霞似锦的杜鹃花,曾使疲惫、饥饿不堪的我们欣喜若狂,久恋不去。别看眼前这棵杜鹃已枝光叶落,但春天我曾在白岩那边看到过它灿烂如盘的花朵,那还只是棵灌木。当时,我心里无比感激从丰富的词汇中挑出"美丽"两字为它定名的植物学家。

我国的杜鹃,确实富有。全世界有八百多种,而我国就独占四百多种。英国即从我国引进了大批的杜鹃。大英博物馆里收藏、展览的世界杜鹃花王标本——轮盘周长两点六米、直径八十多厘米——也是从我国云南砍倒运走的。那么,为何旅游者忘却了它的故乡,反而蜂拥到英国去看杜鹃花呢?

有位群众曾告诉我,他们只把杜鹃当一般的烧柴用。

为什么同是杜鹃,一是草,一是宝呢?

为什么中国的国宝,在自己的土地上却不能放光呢?

胡锦矗感到可惜得是，目前，我国丰富的动植物资源仍未得到开发，丰富的国土资源仍未得到利用！胡锦矗在工作上、人事上也常常碰到扯皮、牵缠纠葛的事，他总是无限感慨地说："科学上有多少工作等待着我们去做啊！"

由此，我想到了大熊猫，它是我国特有的珍贵动物。世界自然基金会把它的肖像奉为会徽，它的古老，可上溯到更新世（距今六十万年）地层发掘出的化石。我国的古籍中，从《诗经》到司马相如的赋，都分别以各种名称记载了它。近代，自1869年，法国传教士阿曼德·戴维在四川省宝兴县买了张它的皮子起，大熊猫才正式出现在世界舞台上，引起国外一支支"探险队"向川西进发，他们由此而著书立说，甚至解剖一只大熊猫也都能写出洋洋巨著……

对中国土地上的特产，却没有一部中国人的研究著作，这是为什么？有血性的炎黄子孙，新中国培养出的动物学工作者能容忍这种状况的存在吗？

20世纪60年代初期，我国建立了第一批大熊猫自然保护区，卧龙是其中之一。胡铁卿亲手经办了这件事。也是在这时候，他开始了和胡锦矗的友谊。两人都是20世纪50年代的大学毕业生。真正对大熊猫的大规模考察活动，却是从20世纪70年代开始的。林业部的卿建华主持了这一工作。在四川省林业厅的领导下，胡锦矗和胡铁卿率领考察队走遍了巴山蜀水。用考察队员们的一句话来总结，就是："他俩吃了别人所未吃过的苦，但也看到了别人没看到的奇风异景。"这次考察历时数年，总计行程4.5万千米，终于摸清了大熊猫的分布、现存数量，研究了它们的生活习性。这份浸透了考察队员们血汗的科学考察报告，在全国科学大会上获了奖。在那"有知识就是犯罪"的年代，胡锦矗的处境却十分艰难。他的妻子原来是有名的外科大夫，明明是救死扶伤的见义勇为，却被诬陷为"阶级报复"，饱尝了铁窗的辛酸。然而，胡锦矗仍旧忍受着命运的不公平和家庭的厄运，挺起胸膛，顽强而奋勇地在山野中跋涉！

在和胡教授的相处中,他很少谈自己。但是,他对杜鹃花的有感而发,令我眼前一亮,使我窥视出他为什么要把生命和血汗倾注在研究大熊猫中!

那是为了中华民族的崛起!

"4月份,两只雄性大熊猫,就是在这里追求大熊猫珍珍的吗?"

老唐指着美丽杜鹃的问话,把我的思绪,又拉回到了眼前。

胡教授向前一指,朗声答道:"稍向前一点,有棵大的铁杉。就在这块地方。"

这里海拔两千八百多米,是一片阶地,面积不算太大,森林主要由铁杉和冷杉的针叶树种组成。林下的杜鹃和花楸稀稀拉拉;冷箭竹却长势茂盛,犹如一片泛着金波的碧海。这是大熊猫栖息地的典型植被。

胡教授一边领着我们察看大熊猫在冷杉上留下的爪痕和各种其他遗迹,一边讲述着曾在这舞台上演出的喜剧。

合作研究是从1月份开始的,按课题要求首先是研究大熊猫的生态。胡教授曾戏称它是"竹林隐士"——大熊猫生活在高山的箭竹林中,平时天马行空,独来独往——在山野中难能见其一面。考察队经过数年的工作,虽然基本上了解了它的生活习性,但要作深入的研究,譬如它繁殖中的诸多问题,都尚需要采取新的途径。

关于大熊猫的繁殖方式,长期以来被各种色彩涂抹得扑朔迷离,猎人中流传着种种离奇的传说。这些传说有的互相矛盾,有的则是荒诞不经。这也难怪,由于大熊猫的生理方面存在着一些特殊性,致使打着科学旗号的外国"探险队",曾在区别它的性别上不断坠入雾谷。1936年,罗斯·哈克纳斯的探险队,在四川邛崃山捕到一只幼年的大熊猫,将它作为雌兽,远涉重洋运回旧金山。次年,这位《女人与熊猫》的作者罗斯·哈克纳斯,又怀着特殊的愿望来到四川,最后又带回一只大熊猫,想让它们做伴。谁知,头年运回去的那只"母兽"却是个雄体。1941年,美国原以为得到了雌雄一对大熊猫,然而,后来的事实表明它们却是一对兄弟！这种可谓不辨"牝牡骊黄"的做法,弄得那些人啼笑皆非。

愈是光怪陆离的神秘,愈是激起科学家们去揭示神秘的热情。当然,这绝不是好奇猎胜。只要打开大熊猫的分布图,你就会发现在地理上,它们已被高山深谷分割成互不相关的块状,犹如生存在一个个的岛屿上。再则,它们的繁殖率低,在整个生存竞争中又是弱者,加上生态平衡的破坏,都使它们处于危难之中。我们现在要研究保护这批国宝,对它繁殖生态的研究,自然要成为极重要的课题。

当科学家们给春天捕获的三只大熊猫分别戴上微型发报机颈圈后,无线电跟踪表明:被命名为珍珍的"贵妇人"放回山野后,并未远行,依然逗留在这一带——它被捕的地点离会师树不远,那只诱笼还放在那里——说来好笑,是因为觉得那笼圈并不太可怕,或者是太馋太贪,它又数次进入了第一次被捕的笼圈,吃掉烤得喷香的诱饵——牛肉、羊骨头。

这位"贵妇人"的行踪,被绘制在图表上。4月11日,它在一条山谷中漫游。傍晚和深夜,在它附近的一条山脊上,有一只大熊猫在呼叫。这一不平常的情况,立即引起了营地的注意,并决定严密监视。第二天,那只呼叫的大熊猫依然在附近一声声地唤着,甚至还爬到一棵大树上眺望。第三天,从无线电的强烈的信息和珍珍的异常活动上,预示了喜剧即将开幕。科学家们奔向它所在的地方,映入眼帘的是一场爱情的追逐和决斗。

时间:下午三时许。红日西斜,树影婆娑。

地点:正是这棵绿叶如荫、花蕾萌动的会师树下。

"人物":一大一小的两头雄性大熊猫,频频向珍珍献媚邀宠。戴着微型发报机颈圈的珍珍,矜持地待在一边,高傲而又庄严,妩媚的秋波却不断在两位追求者的身上顾盼……

现在,能在野外亲眼观察它们的爱情生活,是对动物学家们辛勤劳动的奖赏,是千载难逢的机遇……

他们连忙打开了所有的仪器,摄像、录音……记录下这珍贵的惊心动魄的场面。

剧情在发展——两位大腹便便的"绅士",在争夺"贵妇人"的垂青中,已由献媚邀宠,演变成了"全武行"。在动物园里,大熊猫总是以憨态可掬的模样博得人们的喜爱。在会师树下,即使是妒火中烧,进行着殊死的战斗,那战略战术也还是不乏憨厚和善良。它们不像雄鹿成群地参加争偶,以角对角地顶、挑、砍杀,常常造成大量的流血和死亡。它们只是互相虎视眈眈、狂吼怒叫,装腔作势地冲撞。那只雄壮庞大的,吼声低沉有力,如牛;那头瘦小的,叫得响亮、尖厉,似狗。激烈时,带着颤抖的声音,吼得山谷也在震荡。这是消耗体力的竞赛、磨炼意志的决斗。双方都如同火车爬坡时那样气喘不止。

其实,大熊猫在和天敌豹子、狗熊、豺狗战斗时,是异常凶猛的。科学家考证出它在远古时代原来是食肉动物——这必须有副锐利的牙齿。环境的变迁,使它逐渐以箭竹为主食,但牙齿还是挺厉害的。它吃竹子时,牙齿像铡刀一样,咔嚓咔嚓地把竹子截成一段段。对于粗硬的羊骨,也是嚼得嘣嘣脆响。但为何在同类竞争中,却不采取这样粗暴凶猛的手段呢?据说,毒蛇在相争时,也很少使用能致命的毒牙。它们是否存在着同样的原因?这倒是个有趣的问题。

会师树下的战场沉寂了下来,双方都只顾喘息,那位高踞斜坡的"贵妇人"不满意了,哼出了像羊一样的吁吁声……似是一支神笛发出了无穷的魔力,令它们带着喘息又展开了战斗……这场种群的选择和竞争,直打得"天昏地暗",到暮色快要垂落时,才以那位叫声响亮者狼狈退却而告终。当那拖着沉重步子的失败者尚未消逝在森林中时,珍珍已心满意足地站了起来,喜气洋洋地向威风凛凛的"骑士"奉献上温柔和多情!

它们对夏勒博士那距离只有三米远,频频揿动的快门置若罔闻,只是在红花绿叶下肆无忌惮地、狂热地沉浸在爱情的嬉戏中……

往后的几天,珍珍依然游荡在会师树的附近。

无线电的跟踪定位工作,看来似乎简单,其实是相当烦琐和艰巨的。首先是定时测位,还有每周两天的二十四小时值班。那正是雨雪交加的季节。夜晚常常要冷到将近零下十度。胡教授和夏勒博士,都是形单影只地在原始森林的黑夜中,任凭风吹雪打、寒冷和野兽的袭击,守护着仪器,监听和记录山野发出的一切信息!再则,是第二天,要去实地考察它头天所生活过的地方,了解它的食谱、食量……

5月份胡教授在送我们下山时说的那段话,正是对前一阶段工作的总结。

我们更想早点见到珍珍,浑身也增添了力量,快速地向它的巢区二道坪进发。

冰豆终于成了细碎的小雪,细雨也时断时续。苔藓下的沼泽地印着杂乱的蹄印,那都是野兽留下的。我们已懒得去分辨哪是豹子的蹑手蹑脚,哪是黑熊沉重躯体踩下的。道路也更加难走,有时还得从独木上通过。阔叶树种逐渐稀少,只有粗大的铁杉和冷杉,树上挂着渔网般的松萝,寄生着凤尾蕨和蛇皮一样的壳状地衣……一种不知名的小灌木上,顶着红得耀眼的叶片,使这冷调子的色彩中冒出一点儿暖气。偶尔听到的一两声鸟鸣,立即为大森林增添了喜悦和欢乐。

由于海拔高,我只顾大口地喘着粗气,衬衣也早被汗水湿透。陡坡刚完,一脚踏上平缓的阶地,就见胡教授停步,回过头来,做了个要我们轻声和警戒的手势。

老唐和我顿时紧张起来,屏声息气,用眼睛搜索着周围的一切异常情况。由于保护区内禁猎,黑熊和豹子也多了起来,更有凶猛异常、往往主动向人攻击的牛羚。

不知什么时候,风也停了。寂静得出奇的森林深处,响起了几声急促的鸟叫,接着是四五只红嘴鸦雀扑着翅膀从头顶掠过。经验告诉我们:有大型的野兽在活动。路旁的兽径,似乎也突然活动了起来,瑟瑟作响。

再看胡教授,他依然是悠闲地迈着脚步,背上沉重的背包,很有节律地摆动着。但那双深邃而又锐利的眼睛,在平阶左侧的箭竹林中细致地扫描着,神情专注得像在辨认一幅微雕……

突然,山顶上传来了沉闷的响声,轰隆隆地滚动,似是有着千军万马奔驰而来。只见前面粗壮的枝干急剧摆动,灌木、竹林立即伏身,一股强烈的气流扑面,啸声震耳。我赶紧闭眼,努力撑住站立不稳的身子,心头涌出古代小说上常有的一句话:"一阵腥风吹过……"等我再睁眼时,并未出现"那大虫",只有苍苍莽莽地向山下滚去的涛声。等到森林又恢复了寂静,才听到老唐深深地舒了口气:"好大的窜山风!"

眼看又要爬坡了,一顶橘黄色的帐篷从路左边的林中冒了出来,而且一下就堵到面前。胡教授像到了家似的,放下包,说道:"这就是二道坪观察点。"

真没想到,目的地已经到了。时间却是下午一点多钟。不知不觉中已经走了六个多小时的山路了。

"你们往那边看。"胡教授站到帐篷外侧,向来路偏南方向斜指,"还往深处看……对,就是那棵最高大的冷杉。珍珍的巢穴就在那下面。"

难怪刚上到这个阶地,他就要我们轻声和警戒。原来这块山间的平缓之处,即是二道坪,是大熊猫的育婴房,保持安静是理所当然的事。我们抑制不住兴奋的心情,向高大的冷杉处眺望——并不需要望远镜,距离不过五六十米。黛色的针叶树都高大、粗壮。我们旁边的这棵,就需要我和老唐手连手才抱得过来,它们也遮挡不了视线。但它的巢是看不到的,望远镜也没用,全是密密的箭竹林。

我们在看二道坪的生境和景观时,胡教授已从帐篷中取出了无线电跟踪仪,把耳机戴上,手持活动天线。

"情况怎样?"我忍不住问。

不知是未听到,还是无暇顾及,他一边忙着调试频率,一边不时往本子上记录。直到一切都做完了,还是没有说话,只是将耳机递给我:"这是龙龙的信息!"

快速的趵趵声敲着耳膜。他又调个频率:"这是宁宁的信息!"

趵趵声立即改变了节奏,缓慢而悠长。这两只都是春天诱捕的未成年大熊猫。

"下面是珍珍的了。"

它的信息,也是那么悠长,也是那么不紧不慢的。

"你们运气不佳呀!"他不无遗憾地摊了摊手,"它不愿意接见你们。"

他一定是看到了我们瞪大的眼睛,满脸不平和疑惑的神色,又说:

"信息表明,只有龙龙在活动,珍珍和宁宁都在休息。珍珍正抱着宝宝在睡觉。"

"若在外觅食,还怕碰不到。它抱头睡觉,不是最好的时机?"老唐性急,说话速度很快。

我张了几次嘴,却未说出话。因为,胡教授上次在这里遇险的情景,倒是有不少同志向我说过:

9月上旬,一切的跟踪情报都说明珍珍已经生崽了。这件罕见的事,立即撩得大家坐立不安,都想去探视一番,但谁也不敢去冒这样的风险。

10月份的跟踪,更加证明它在哺幼——活动时间,比9月上旬以前要长得多。显然是需要吸取更多的营养制造奶汁。随着时间的推移,人们更想亲自去观察它和它的婴儿,但风险依然很大。

胡教授何尝不想早日去呢?但作为动物学家,他更清楚哺乳动物具有强烈的母性保护意识:在产崽和哺乳期间,异常敏感,且有绝顶的聪明才智和极其凶悍、暴戾的脾气。为了保护其子女，可以毫不畏惧地献出生命。相反，在特殊情况下，它们也可弃崽而不顾，譬如猫、狗、老虎……动物园中，受惊扰的母虎和豹子弃崽事件，屡见不鲜。关于大熊猫，饲养状况下也有这样的记载。

说来好笑，别看成年大熊猫肥胖，体重有几百斤，但它刚从母体落地时，仅仅只有八九十克，身长只有十三四厘米（相当于自来水笔的长短），双眼紧闭，肉红色的身上只有短而疏的白色胎毛，简直像只小白鼠！哪里有一丝一毫缎子般的黑纹（古人曾因其黑白毛组成了奇特的图案，称其为"太极图"，可以避邪）！一直到满月之后，它的肩胛、眼圈、四肢才变得黑油油的，出现鲜明的黑白相间的条纹，才显示出它是大熊猫的子孙。其时的体重，也不过才两斤多。幼崽又特别娇气，总是又哭又喊（每小时竟有一百二十多声），向母亲要奶，要抚爱。妈妈也特别宠爱新生儿，轻轻地含在嘴里，或搂在怀里。

胡教授要考虑的是什么呢？

珍珍的攻击，当然可怕。在王朗自然保护区，有只大熊猫为了护崽，曾一口将某人的手齐腕咬断。另有一例：某人和大熊猫遭遇，臀部被咬，仅仅一口，所剩只有一半。

但这若与它可能遗弃"婴儿"相比，那简直算不了什么！研究中心无论如何都不能遭受这样的损失。

科学，往往就是要做到常人认为做不到的事！

胡教授在细心地分析资料，加紧工作，耐心地等待时机。

经过反复的讨论，对可能出现的情况、相应的措施、应急的办法，都做了详尽的研究。那气氛，比战争前夜参谋部的战术讨论都热烈、紧张。直到觉得没有任何遗漏，可稳操胜券后，胡教授与夏勒博士才决定去探望这对母子。

10月20日，他们来到了二道坪的观察点帐篷。当无线电的信息显示珍珍已出巢采食，他们立即沿着一条兽径出发了。胡锦矗在前，夏勒博士在后，小心翼翼地推进。他们是在犹豫是乘母亲出巢时，先去看那位小宝贝，还是先去看母亲在何处,再避开它去探视巢穴呢?

不管计划安排得如何周密,还是出现了意外。也不问他们是否愿意,总之,是戴着颈圈的那位母亲突然出现在他们的面前。两人不禁一惊,但细心沉着的胡教授注意到它并未发现他们……正当他在思索如何行动时,它却径直向他们走来,距离太近,躲开已不可能,胡教授举起照相机抢拍……倏然轰的一声,它愤怒地向胡教授和夏勒博士扑来,离他们只有一米……

借用一句"说时迟,那时快",身材魁梧的胡教授挡住了它的去路,然后一转身向山坡上方跑去,大熊猫哪里肯就此罢休?撒腿就追。大熊猫在箭竹林中奔跑,就像鱼儿游水,得心应手——它像一部大马力的隧道挖掘机,竹子向两旁分开,身后留下一条绿色穹隆——至于胡教授,箭竹就是可恶的绊脚石了。他跳着、跃着、蹦着,拼命地向山上跑,尽拣陡坡跑。是因为胡教授的机智和强壮的体质,还是因为大熊猫不善于爬陡的坡(它太肥胖了)?反正首先是大熊猫停下了脚步,大口大口地喘着粗气……前面坡上的胡教授这才停下,转过身来,盯着它,也是急速地呼吸,气喘吁吁……

胡教授瞅空扫了一眼二道坪上的旷野。

在僵持中,首先是大熊猫折回头,依循来路撤退,那下山的速度是飞快的……

胡教授刚明白了大熊猫的意图,心里一紧,立即冲下山。

大熊猫火了,回头再扑教授。教授打了个愣,它已到了跟前。胡教授又回头猛跑,依然专选陡险的地方。这场追捕还是以同样的情景结束。大熊猫在山下喘气,恨恨地抬头望着山上喘气的教授。

大教授再一次扫视了一眼二道坪上的旷野,又向那棵大冷杉瞄了一下。

大熊猫再次下山,还是依循那条老路。教授又毅然冲了下来,但路线已偏离了原路……

偏巧,冷杉那边响起了几声似狗似猫的叫声。

大熊猫颠着个肥臀眼看着胡教授跑向另一方向,才扭过头,侧过身子向冷杉下它的巢穴跑去。

夏勒博士呢?他爬到一棵树上了。可能是忘了大熊猫爬树的本领并不差。

事后,有很多人,包括我,都一再问胡教授:你引开大熊猫,是为了保护夏勒博士吧?他坚决否认:"我可吓惨了。它追我,我当然要跑。我体力好,又和它在山野里打过长期的交道,懂得它的脾气。它也就没法追上我。"

谁也不信他的这些说明,然而再深究下去也没必要。

不过,我倒想起有关胡锦矗的几件事:

1975年,他带领考察队在宝兴县硗碛公社。一天,他和学生邓启涛上山,途经一处悬崖峭壁,异常陡险,几乎无法通过。找了好一会儿,也未寻到其他的路,要到达他们去的地方,非经过此处不可。胡锦矗向小邓交代了几句,就把肚皮紧紧地贴在石崖上,两手牢牢抓住石棱,一步步地挨了过去。小邓一开始就害怕,但老师的行动,鼓起了自己的勇气;更何况老师虽站在险处,却已做好了保护自己的姿势。邓启涛开始爬壁了,总还算顺利。但就在快要通过时,脚下的石头松动了,他一看那万丈深渊,心慌了,思想刚一走神,脚也空了,手也松了……胡锦矗不顾一切,一把托住了他。两人都跌坐到岩石上。还未等他们回过神来,滚落水潭的石头轰隆一声,激起水花四溅。邓启涛一再感谢老师不顾跌落深渊的危险,救了自己一命。胡锦矗却多次检讨自己没有照顾好学生,不该冒险,工作粗枝大叶,差点儿出了伤亡事故。

在考察队中,每次出发时,大家都抢着要和胡锦矗在一个组,这不仅是因为他博学,还因为——每天早上出发,总是他在森林中开路;当晚上拖着疲倦的身子回到宿营帐篷时,他从不指挥别人,而是放下背包,就去默默地捡柴、起火。别以为起火是件容易的事。1974年,他们在花草地碰到大雨,6月天还把大家冻得上牙打下牙。捡不到干柴,倒了两小桶煤油也未能把火点燃。

1980年,西河考察时,在粮食短缺的情况下,为了起火,他们还不得不忍痛将肥肉割下引火,在冰天雪地或寒冷的夜晚,火就是温暖,火就是生命!每次考察结束时,各个组把资料一交,就完事休假了;而胡锦矗总是默默地留下,默默地整理着材料,既未回家,也未休息。几年来,他写了数百万字的考察报告,但署名时,是集体;得到的奖金,均分给了大家。

胡锦矗就是这样的人!

……

我已明白了胡锦矗在路上说的——能否见到大熊猫,大熊猫是"文接",还是"武接",都要看天时、地利、人和——今天,我们一条也不占,它守在巢穴中。别说我和老唐没有胡教授健壮的体格,即使有,也不愿去冒丢掉一只手、献出半个臀部的危险。但我倒是详细地询问了他和博士那次遇险的位置,看清了双方的态势,以及追赶者和逃跑者的路线。我想象着那场惊心动魄的情景,装出漫不经心的模样,问了胡锦矗一句:

"那天,最后一次,你是往哪边跑的?"

"这边,往帐篷的方向。"

我明白了大熊猫为什么不追他了。从刚才实地观察,他们起先是向着巢穴方向前进,才突然和大熊猫遭遇。而胡教授向前一挡,转身向山上跑,大方向还是往巢穴去的。最后一次,胡教授眼看已完成了任务,才改变了方向,自然也就摆脱了大熊猫的追赶。他不会不知道大熊猫当然要保护在巢中的婴儿,更何况在这之前,大家曾反反复复讨论过可能出现的危险!

我更理解胡教授了。

虽然没看到大熊猫和它的孩子,我也心满意足。相信老唐和我的心情一样。

一停下来,寒气袭来,汗湿的内衣像冰一样往身上贴,但我们还是坐在帐篷里吃着干粮——饥肠辘辘的味儿也不好受。更何况还有只小松鼠,不断地从树上跑下来,转动着黑豆似的小眼,向我们讨吃哩！它只要得到一小块饼干,就立即跑走,转眼又来。是送回去给它的孩子,还是储入粮仓？它甚至还欣欣然地跳到教授手心攫食！我和老唐试了几次却都不成功。教授说:

"我们是老朋友了。你们多来几次,它也会和你们亲热起来！"他是为了安慰我们,也是对我即将与我们分别有些留恋。他重感情,十分珍视友谊。

突然,胡教授神情一振。

传来了几声像小狗的吠声。

"是大熊猫幼崽在叫。"

不错,声音是从那棵大冷杉方向传来的！

"它是要请你们原谅,今天不能接待！"

山岭上,响起了我们畅快的笑声。

做完了一切考察项目,我们就下山了。天还是那样阴沉沉的,但雨、雪都停止了,路上的气氛也轻松起来,可以说说笑笑。

会师树已出现在视线中,因居高临下,我们看清了还有条岔路通往右边的山膀。我信口问了一句:"那条路通向哪边？"

"白岩观察点。去年,我们做了一件大事——开路！在观察点内按考察要求开了七条路,织成了一个网。那真是披荆斩棘,没有一个人不带伤,砍刀都磨蚀了一截子。眼前这条路,是一部分同志从白岩开刀,另一部分同志从营地向这边砍,胜利地会师在美丽的杜鹃树下……"

"会师树的来历原来是这样！"我脱口大声喊叫。原先,我却是想当然地以为这名称是因为……

"这里原先是片荒野,只有兽径,没有人走的路！是我们来这里建立这个科研基地后,大家共同努力开辟的！考察队员,南充师院的老师、学生,保护区的干部、工人都洒出了血汗……"

是的,我想起了营地"五一"棚的来历,那是因初期从山下泉眼挑水到帐篷,需爬五十一步,天长日久,竟踩出了五十一级台阶!这里的每一个名称,都汇聚着科研人员的丰功伟绩。

我们站在会师树下,望着这隐伏在林下丛莽中的蜿蜒小路,更有一番情思在心头滚动……

不远处,断断续续地传来了几声咿呀声。老唐以为是大熊猫。我却觉得是鸟鸣。胡教授只顾侧耳倾听。又是两声树枝的断裂声。

我忍不住说:"怎么有人到观察点砍柴?"

胡教授一边用手势叫我停止说话,一边压低了声音:"金丝猴!"

我像离弦的箭一般,循声跑去。但不久,前面就失去了目标。我想起了早上的事,立即在地上寻了起来。嗨,果然让我们找到了它们丢下的棍子。我抓住这个"影子"往前跟踪。

又是咔嚓一声。

光秃秃的桦树顶上,坐着好漂亮的一只金丝猴!它蓬松着暗金色的毛衣,粗长的尾巴下垂,真像个带尾巴的玉米棒。彩色的面孔上,一副有神的蓝眼睛还向我这边瞅着。我刚往树后一躲,想隐蔽起来,就见它突然站起,呼哨一声,用力一压树枝,等到树枝向上一弹,它已就势纵起,张开四肢一跃,落到五米开外的一棵树上。再一跃,已消逝在森林中了。这里、那里都响起了一片瑟瑟声,还夹杂着一片哗哗声。

"在哪里?"老唐急匆匆地撵来。

我还沉浸在喜悦中,不禁欢呼:"好漂亮的金丝猴!我看到了,看到了!"

胡教授阻止住了还要去追的老唐。"他看到的是哨猴,又是群尾。它们一个社群中组织严密。有专事报警放哨的公猴。刚才见到它时,不躲反而没事,只要大大方方地看,它也并不害羞,会让你看个够。受惊后,跑得异常快。"

"几百只的一群猴,还能在眨眼之间就跑完了?"

"冬天分群了。估计已分成三四群,到食物丰富的春天,还要合群的。这一群在这里还要游荡几天,不会马上就走,但今天天已晚了。"

"明天能看到它们?"

"那就看你们的运气了——耐心、不怕苦,总是能如愿的!"

1981 年冬于合肥

蓝色的蜂桶寨

在华西雨区跋涉，又正值行雨的六七月，一路上雨无情，也有情。

昨天下午五点多，到达去康定或天全县的岔路口小镇。云缝漏下的阳光，使得满街的苹果、桃、杏焕发出诱人的光彩，这里的水果都只卖一角多钱一斤，便宜得惊人。不一会儿，车上就溢满了浓郁的果香。我想，在康定的月儿山品尝金杏，感受"跑马溜溜的山上"的风情，一定是很惬意的。

车刚跑起来却扭头向右，直奔巍巍的二郎山去。

"还有大雨。碰到塌方，你就去不成蜂桶寨了。"

魏涛把着方向盘，说话不容置疑，他是我们年轻的司机，很精悍。经过两千多千米的行程，已足以证明他驾驶技术的精湛。但不能去目睹"人才溜溜好"的"李家溜溜的大姐"，还是令人怏怏不快。

然而，宝兴县的蜂桶寨自然保护区，毕竟是我们行程中必须到达的地方。此行考察小凉山、大小相岭，自20世纪70年代箭竹开花、枯死后，新竹生长的情况，以及与大熊猫种群状况之间的关系，是国内外研究大熊猫的著名专家胡锦矗教授和我在两年前就商定的。

去蜂桶寨更重要的原因，还在于大熊猫是一百多年以前从这里走向世界的。所有的专家一致公认，生长在这里的大熊猫是全国最美的——头圆、吻短，雪白的脸膛上两个眼圈又黑又大，全身黑白分明，毛色油亮……而介绍人正是赫赫有名的阿曼德·戴维。关于这位法国传教士在中国的经历，充满了浓厚的传奇色彩。坐落在蜂桶寨附近邓池沟中当年戴维安身的天主教堂,也是我们要去拜访的地方。

雨夜过二郎山

迎面,一股辛辣的沁香扑来,寨子被丛丛小乔木树林环绕,树上挂满了花椒。

四川人酷爱麻辣;麻味,源于花椒。我数次来四川参加考察大熊猫的活动,因为季节的关系,直到这次才有缘识得花椒树的尊容。前几天看到的都是零星的三五棵花椒树,像眼前这样一大片的花椒林,太诱人了。

魏司长一指前面的大山:"马上要盘二郎山。只能给你五分钟。"他不用"翻山"这个词,而用"盘"字,是再确切不过了。

车停了,我们快步跑到林子里。满世界都是让人神清、振奋的椒香。香得让特别,香得让人胃口大开。花椒为芸香科,初夏开花,伞状花序或短圆锥花序,那花椒果,就红珠般缀满了枝头,累累垂垂、层层叠叠,椒红把树叶也染得泛红。难怪班固的《西都赋》中有"后宫则有掖庭、椒房,后妃之室"。椒房为后宫的居室,用椒和泥涂抹墙壁,使其四壁溢香,也象征多子之意。因其香味特异,古人还用其酿酒。

我们每人都采了一小把装在口袋里。几天后回到成都,那辛辣清亮的香味,依然浓郁。

主人告诉我们,再有月把,就要采摘了;晒干,去籽,只留壳。提取香料和作佐食调味的是壳……

汽车喇叭急急地响起,魏司机催我们哩!

下午四点钟,在石棉县加油时,还是万里无云,热得我们在大渡河边,找了个阴凉处,一边看河中飞流的漂木,一边避暑,谁知这里现在已是浓云密布了,天色也已昏暗了。

开始盘山时,迎面的二郎山也并不怎么险峻,也不像想象中只有乱石危崖;山是绿的,极目处还可见到森林。再加上倚仗我们乘的是四驱的越野车,因而对前途的险恶并未在意。两个弯子一转,山路开始陡峭了,车旁的运货卡车,轰轰轰,气喘如牛,一辆辆都落在了我们的后面。拐了几个弯,盘旋了几道,伸头往下一看,来路在脚下,也只不过升高了七八十米。

雨滴也噼里啪啦地打在车顶上,我们说话都提高了音量。

前面的车,一辆接一辆地拐进路旁的车站,司机已披起厚厚的棉衣。

前面竖了个大牌,要我们停车。公路站的人劝小魏停车休息。小魏说有急事,今夜非到天全不可。公路站的人叮嘱了几句,就让我们上路了。原来,因为山路陡险,到了冬季规定通过的时间,就必须一批一批通过的。现在虽是夏天,但在这样的天气,公路站的人还是一片诚意地叮嘱我们。

"今晚有好戏了。"

小魏的喃喃一声,引起了我的警觉,好像也是在这时候,才想起了少年时期一首很熟的歌:

　　二呀嘛二郎山,
　　高呀嘛高万丈,
　　解放军,铁打的汉,
　　下决心,坚如钢,
　　要把那公路修到西藏!
　　……

我们现在就行进在这条用血汗铺就的公路上。像是有意提醒我们,前面矗立着一座巨大的纪念碑。是纪念为开凿这条通道献出宝贵生命的战士……

二郎山海拔两千八百多米,7月正是西来东去的寒、暖流相互交撞之处,雨也特别稠,格外地猛。植物的垂直分布,从亚热带到寒带,非常清楚。山坡上人工营造的五针松,生长得非常兴旺。

突然,一只似狼似豺的野兽,在骤雨中穿过公路,向次生的阔叶林中遁去。

话题一下转到了狼。过去,二郎山的狼特别多,多得人晚上不敢出来。二郎山的狼特别凶残,敢于成群地围着房子,天亮也不散。传说有一家人给围了几天,最后只好在墙上掏了个洞,用梭镖往外捅。梭镖头捅弯了,砸直了再捅,直到两支梭镖都捅断了,前仆后继的狼群还是不散……不信,可以看看这些房子的窗户。是的,这些窗子都小,很像是枪眼一般。

一道闪电,接着是一声惊雷,只见好几块碎石滚落在路上,雨如插竹一般,"倾盆"已不足形容,真似翻江倒海。车灯劈开了沉重的夜幕,但也只能照到前面一二十米处,前后已没有一辆车,也见不到路旁有一间房屋,我们像是被重重黑暗和大水包裹着,车内突然被紧张的气氛笼罩。

胡教授不断提醒小魏开慢一点儿,我却一直为他点着香烟。大家担心在这个时候,在这样的地方,车出机械事故,那可就惨了。这时,小魏发现喇叭不响了,虽然现在根本用不到它,却预示别的部件也可能出故障。

前面的路况更坏了,像是正在修,全是裸露的石头渣子,不知是雨水冲的,还是没来得及铺碎石子。颠簸不说,轮胎是否吃得消?小魏要大家把保险带保好,检查一下,就毫不犹豫地冲了过去,转而一想,也只有如此,退路是没有的。

车的底盘,时时传出擦着石头的嚓嚓声,刺激着我们的每一根神经。

一阵闪电,紧密的雷声,撕开了黑幕。小魏不自觉地停下了车。有石滚动,车盖上响起啪啪的声音,像是随着大雨自天而降,一堆石头落地……

路被堵住了,我很担心是泥石流。前天在拖乌,我们见到泥石流毁了半个寨子的惨状。这里的泥石流比洪水更可怕。浓稠的水、泥土和石头的混合流,看似缓缓蠕动,却是所向披靡。车上静得出奇,没有一个人说话。

胡教授只顾瞅着落石上方的山体,看得不太清楚,朦胧中似是长满了林木。他打开了车门,第一个冲进了雨中,我们随即跟着下来。小王用电筒往山坡上照,确是长满了树木,是个陡壁……

"胡老师,你看……"

我们抹着脸上的雨水,向光柱照定的地方看去。

在一棵大树繁茂的枝叶间,的确有一对幽幽的眼睛,金色的头,那嘴尖尖的,黑鼻头,雪白的脸颊,乌油的眼圈,对了,还有一条肉乎乎的蓬松的长尾巴,拖了下来……

"小熊猫!"

胡教授说得非常肯定。真是喜从天降!全世界的小熊猫只有一个种,两个亚种。一百多年前,法国人公布了他们在尼泊尔对小熊猫的发现,称之"美丽得无与伦比"。之后,于1874年,巴黎自然博物馆主任米勒·爱德华兹,根据阿曼德·戴维于1871年采自四川宝兴的标本,定名为小熊猫。这是轰动西方世界的可爱的动物。

六年来,在川西行程何止万里,却是在今天这样的时刻,在野外与它邂逅;喜悦的浪潮,已把寒风和骤雨推得很远、很远。

那个小精灵像是从熟睡中惊醒,只是悠悠地转动着小眼睛,整个脸部白的、金黄的、黑的色彩的搭配,使得它显出一副特别的滑稽相……

又是一道耀目的闪电、一声霹雷,震落小王手中的手电筒。等到捡起手电筒,刚才小熊猫休憩处,只有枝叶交错……

我们这才惊醒。雨下得睁不开眼,一边抹着脸,一边去清理山上滚下的石头。碎石还在不断地往下掉,但我们已顾不了那么多。最后,只剩下一块如盘的大石,我们三人费了九牛二虎之力,才将它推到了路边。浑身已经湿透,高山夜寒,冻得上牙直打下牙……

时间,已是午夜十一点了,可是前面依然看不到一丝灯影。按路程计算,我们在九点钟就应该到达天全。是路走错了吗？开始,小魏不容别人怀疑,以他跑过不下 20 次的经历来证明;然而,在不时有乱石从山上滚下、随时有砸扁车子、或堵路走不得的情况下,饥寒交迫中的我们依然忧心、焦急,而又无可奈何,最后,连小魏也怀疑起路线是否正确了。

只有胡教授一个劲地鼓励小魏,说:"对头,对头!"

雨滂沱,夜沉沉,路漫漫……

"灯光,灯光!"

是的,前面的山谷上空,有着昏黄的光晕,路也平了,是柏油路面。

是的,是的,掉在山窝窝里的天全县城就在前面。

凌晨,我们四个人的狼吞虎咽,把饭店老板也吓了一跳。

蜂桶奇观

在大雨滂沱的深夜,翻越二郎山的种种惊险,已使我们对魏涛的选择心存感谢。这不,今天未走多远,就被前面的塌方堵回飞仙关。午饭时,享用了一盆令人赞不绝口的姜芽炒肉丝。再驱车,塌方处虽已清除出一条车道,但崖上还有数块摇摇欲坠的巨石,直至惊天动地的放炮声将巨石击碎飞射,车才颤颤巍巍地驶了过去……

傍晚,在紫色的晚霞中,终于到达了宝兴县城。

宝兴县城背靠大山,面临滔滔的青衣江,地处青藏高原向四川盆地过渡的高山深谷区,森林茂密。据历史记载,因其"草木滋生,禽兽聚之,五宝俱全,故宝兴也"。近年考察,仅哺乳动物就有 67 种。属国家一级保护的除大熊猫、金丝猴外,还有牛羚和白唇鹿。鸟类 266 种,其中有名贵的酒红朱雀、黑鹳、藏马鸡、绿尾虹雉。属地处偏僻,但宝兴县仍能为世人所知、瞩目,那的确是由于大熊猫的缘故。1869年,阿曼德·戴维就是从这里得到大熊猫皮子的,此后的七十年中,西方的探险者接踵而至,有罗斯福兄弟,谢而登和音思哈克尼斯,目的都是猎杀和捕捉大熊猫。

天,开始放晴了。出了县城,过青衣江大桥,沿着东河向北而行二十来千米,右侧天地豁然开朗,一圈脉冲电网在深山老林中透出了现代气息,别致的熊猫饲养场已告诉我们:蜂桶寨自然保护区到了。

我们原想立即驱车去泥巴沟,察看新竹的生长情况——这一带的林下主要生长着大熊猫爱吃的冷箭竹和大箭竹。箭竹开花的灾难也波及这里——但是,白白的脸膛、说话慢声细语的王开理先生向我们报告了好消息,大约还有个把小时,大熊猫新兴就要出笼了。我们当然要等着一睹它的风采。

云在消融,已露出蓝天,灿烂的阳光不时洒向大地。

我还是在1981年第一次入川,见到"蜂桶寨"名字时,就曾问过它的来由。幽默的胡铁卿只是讳莫如深地笑笑:你去看看就知道了。然而每次都未能如愿,这次,我当然要去探寻一番。

循着嘤嘤的蜂声走去,在一家门前,见了蜂箱——不,应该是蜂桶——圆桶状如斗,有上粗下细的,也有上细下粗的,有的干脆就是一段圆木挖空。更有一种中间大、两头小的如腰鼓般的蜂桶,蜜蜂的出口却一律都在下方。

蜂小,黑色多于金色,显然是当地的蜂种。别瞧不起它是这样的原始、古老,据说每桶每年要产十多斤蜜。虽然寨子里每家房前屋后,山墙檐下都放满了蜂桶,但总产量大约还很难以让山民们自豪到将寨子授予"蜂桶"的称号。

一位藏族老人,把我带到一堵如削的大崖前,好家伙,这可真是开了眼界:只见石罅中星罗棋布般地放置着蜂桶,大者如巨斗,小者只有香炉般,置大放小,全依石罅大小而定。是的,在这平地贵如金的地方,只有这样才能放置更多的蜂桶。其次,这里的蜂蜜出名,还由于山间多有贝母、天麻等名贵的中药材,这里的蜂蜜也就名贵了。

这里多是藏族,1928年才宣布废除"穆坪土司"。因而戴维的日记和著作中,还是称这片土地为"穆坪"。房舍大都采取单门独户,两层居多,间有三层;傍山而建,翠竹绿树相映,居高临下,很有气派,形成雄伟中透出秀色的景观。

它与九寨沟或马尔康一带多采取碎石堆砌的碉堡式的藏族民居迥然相异,与昨天过灵关时看到的楼房也有明显的区别。灵关的房屋几乎全是从山墙处开门做正面,而这里却是正面开门。谁知道,等到后来查资料时才发现:蜂桶寨过去的居民,也是木屋架,两披水或折叠式屋顶。以山墙为正面,称之为"锅庄房"。

跳锅庄是藏族的一种娱乐形式,融歌舞为一体。楼房的底层养牲口,上层为仓房、经堂,中层才是锅庄,多为正方形。社会学家、民族学家们早已开始研究居民与民居的关系,并从其中揭示出很多社会生产力、地理环境和民族发展等方面的意义。但至今我还不明白,以山墙为正面其内涵究竟代表什么。

淘气包"新兴"

胡教授在呼喊,我快步跑回饲养场,一只约两岁的大熊猫正抱着粗壮的桦树干往上爬。这是一棵粗壮的白桦,妙在主干挺直,二十米高的树干上,突然生出五六根枝干。

"新兴,新兴,快上,上快点!"

小王最年轻,也二十多岁了,乐得像孩子一般。

新兴只是将紧紧抱着树干的前肢稍稍放松了一下,微微偏过头来瞟一眼围观的人群,那一瞥中将得意、自信、傲慢淋漓尽致地表现出来,然后又沉着而自如地用锋利的爪和掌抓住树干,慢慢地挪动后肢,悠闲地向上爬。倒是几部照相机揿动快门的声音,不断地打破短暂的宁静。

大熊猫下树时,绝不会像猫那样能够头朝下,轻快地直冲落地,而只能仍然臀部朝下,一步步往下挪,这一切都使它显得笨拙、可笑。而正是这种姿态,充满了憨拙美。

从生存竞争的角度来说,它具有了攀缘树木的本领,才得以在林莽中躲开凶残的狼群的袭击。从大熊猫较短的四肢和胖乎乎的体态看,生态学的研究也证实了它们在野外生活中,并不具备多少攻击的本领,有效的防御倒是它们得以生存的主要原因。

新兴终于爬到主权上,谁知道它刚爬上去就靠在一根粗干上坐下。接着是旁若无人地放开四肢,四仰四叉,袒露出雪白的肚皮。这副玩世不恭的样子,引起大家一片哄笑。它还用脖颈将头微微翘起,俯视人群;然后又异常得意地将头靠在树干上,又左右晃了两晃,向人们显示高超的本领。人群中又是一阵开怀的爽朗大笑。

不知哪位好心人搬来一架梯子,我提着照相机快步向屋顶爬去。突然又是一阵笑浪扑来。我抬头一看,不知它用了什么绝技已肚皮朝下,整个腹部落在斜伸的枝干上,四肢却像凫水般地划动。

这个淘气包,出场的两手就很绝!按北京人说的是"盖"了。

这小家伙是今年4月5日,从灵关新兴乡的山上被救下来的。那天,大昌坪的两位修路民工在海拔一千八百多米的工地上做工时,发现了一只已死的大熊猫,这只雌性大熊猫身上没有伤痕,骨瘦如柴,看来是病死的。修路民工计划好下山时,将它抬回并向县里报告,就又去忙着开山、抬石。

不多久,却听见不远处的箭竹中有异样的响动,他们连忙蹑手蹑脚地向那里走去,呼啸的山风却时时将那微弱的声音掩住。

耐着性儿,那时隐时现的信息,将他们引向茂密的竹林深处,才发现了一只皮包骨头、奄奄一息、全身泥污的大熊猫幼崽。

它显然是去年才降生到这个世界的,还需要母亲的哺乳和抚爱。可是,死亡已使它的母亲无法履行职责了,两个修路工人连忙抱起了它,却又赶快放下;它太瘦弱了,还浑身打着哆嗦。他们取下了米兜把它兜住,小心翼翼地抬下山。

到达保护区,它三天不吃,体重只有十九千克,饲养员们只好用纱布蘸水、牛奶喂它。在人类博爱而宽大的胸怀中,小新兴终于逐渐有了生气,含着橡皮乳头,可以吮吸奶瓶中的牛奶。5月29日检查身体时,它已长到二十五千克了。今天刚好是它进饲养场抢救站整整三个月。

新兴站在枝干上了,威风凛凛,旁若无人,似乎是专注于满树的绿叶;但稍稍注意一下,还是能发现它不时用眼角的余光瞄视树下的观众。

"都背过脸去,别理它,等会儿包能看到好节目。"

到了蜂桶寨,小王就直奔饲养场,像是新兴的故知,叫人不得不信他的话。

只听新兴叫了一声,那幽怨之气令人心动,我正想回头,小王却用胳膊肘在我肋间捣了一下:"别回头!"

我只得耸耸肩。树上突然传来异样的慌乱声,我顾不得肋间挨一下的危险,连忙转身,哎呀,怎么搞的?你这个小新兴,这样不小心!赶快抓牢!千万别掉下来! 不知怎么的,新兴从枝干上滑下了,只有两只前肢紧紧地抱住了树,雪白的又肥又圆的屁股,像秋千般地晃荡着,两只后掌不断挣扎,想抓住枝干,吓得大家都屏声息气,为它捏一把汗,我的肋间又狠狠挨了两下:

"快拍,快拍,傻愣着做啥子哩?"

等我手忙脚乱端起照相机,新兴的两只后掌却抓住了枝干,抱住了,一偏头,好一副淘气得意的神色! 大家这才发现上当了。

"可把人吓惨了!"

正想看看这长吁了一口气的是谁,却被小王带头的哄闹打断了。

"翻跟头,新兴!翻跟头,翻跟头!"

头发斑白的胡教授喊得最起劲,还跺着脚,忘形之态令人忍俊不禁。大家在新兴的面前全都成了顽童!

以叉纪年

很多考察队员、饲养员和学者都告诉过我:大熊猫有翻跟头的天才,只要会走路的崽,就会翻跟头。我曾经目睹过大熊猫的前滚翻、后滚翻和侧翻。它们在翻跟头时,可以说是从从容容、不慌不忙,也可以说是笨头笨脑、憨手拙脚。尤其是侧翻时,低头以一肩背落地后,常常是滚到一边,袒露着雪白的肚皮,其憨其拙,令人捧腹!新兴懂得了王开理要它翻跟头的典型语言,慢慢低头抵树勾颈,欲翻……急得我大喊:"老王,你们接住它!"

只要它翻过去,枝干上那窄窄的接触面,是非使它摔下去不可的!

新兴像是猛然省悟了似的,它打量起并不粗壮的枝干,又审视一番,才抬起头,三步两脚地走到树杈处,坐下,把头深深埋在胸前,前肢环抱,抗议受到人们的愚弄!任树下怎么哄笑喊叫,它也不抬起头来,更不看一眼……

后来,新兴还和大家耍了一会儿,特别是和我捉迷藏的那半个小时里,我拍下的一些绝妙的照片,至今都还珍藏。

等到中饭后我们要出发时,却见它临风高踞枝头,久久地眺望着群山、绿竹,雕像般一动不动。我的心往下一沉,郁闷忧伤潮涌而来……

是的,新兴有着安逸的生活,然而,再现代化的饲养场,也代替不了它对山野的思念,对自由的向往,对动物世界的渴望……

人啊!你可别忘了这一点。

车在山间蜿蜒,到了硗碛,山坡上矗着一座金碧辉煌的喇嘛寺。向导介绍,红四方面军长征途中,曾在寺里开过重要的高级军事会议。因为考察日程安排得很紧——现在已是下午一点多了,我们要去查泥巴沟大熊猫的栖息地,然后还要去邓池沟拜访戴维当年做神父的天主教堂——也就未去参观,只是一个劲地沿着山沟往海拔三千多米的针叶林奔去。

远处蓝天下,雪峰迸射出耀眼的银光。据历史记载,这条沟曾是大熊猫出没频繁的地方;然而,我们沿途根本没有寻觅到它们的踪迹。山谷两旁,都是次生林,原始森林早已被砍光,尽管冷箭竹还是茂密的,失去了森林的庇护,大熊猫还是无法生存的。

山路愈来愈陡,我们早已弃车徒步登山,海拔高度的增加,使我们走一段路就要停下来喘一会儿气。在箭竹开花的大灾难席卷处,还残存着枯竹遗骸的地方,胡教授做了两个样方。看到新竹正绿油油地生长着,每个人心里都很高兴。

箭竹开花后,竹籽落到土里,第二年生出小苗,然后,以竹叉纪年,每年一叉。我们采了一些幼苗的标本,才五六厘米高,但叉数报了年龄:都已是七年龄、八年龄的竹子。胡教授说,要成林,没有十五六年是不行的。这又使我们心情沉重,为大熊猫的命运担忧。

时间已是下午四点,我们不能再继续往上攀登了。胡教授指着山顶的积雪说,去年,他曾和世界野生生物基金会的夏勒博士翻过山顶,到达山那边的汶川。卧龙就在汶川,属阿坝藏族自治州。我曾多次去过那里,但若要坐车,却需回到宝兴,再到成都,由成都才能去卧龙,绕道五六百千米。其实,翻山去卧龙也是我多次萌生的愿望。但是,今天不行了,此次大约也不行了,只能期望于未来。

我们坐上车,小魏不顾一切地加大油门,一溜烟似的到达蜂桶寨,再向前到盐井。约好八点三十分来此处接我们,小魏返回了,我们下车徒步。

从摇摇晃晃的铁索桥渡过东河后,进入邓池沟,然后向二十千米外的山上奔去,那里遗留着一座天主教堂。一百多年前,也就是1869年3月11日,戴维在日记中写下了见到大熊猫光辉的一章——西方认识大熊猫的第一章。

虽然川西夏天的傍晚是漫长的,可是,我们还是一路小跑着赶路!

1987年夏初稿

1996年春修订于合肥

初探邓池沟

虽然已是下午四点,虽然从盐井到那座藏在深山中的天主教堂还有几十千米路,虽然向导一再劝告:路险、山高,我们还是从车里取出猎刀,背上猎枪,带上必备的装备,毫不犹豫地赶往邓池沟。

我们并非天主教教徒,那里也不是什么瑶池仙境,却为何非要去那座一百多年前法国人修建的教堂呢?是探索宗教的历史,抑或是感受宗教的神秘?

一百多年前,在众多的传教士中,有位叫阿曼德·戴维的。作为传教士,他的荣耀不在教会,而是在动物学界,有着显赫的名声和光彩,有着"博物学家"金光闪闪的桂冠;仅在中国,以他名字命名的鸟兽,就有数十种之多。

四川是大熊猫的故乡,但把四川介绍给世界的,正是一百多年前的这位传教士。随之是一群群高鼻子、蓝眼睛的人组织了一支支"探险队"来到宝兴,来到川西捕捉、猎杀大熊猫。其中的是非功过究竟有多少?

一百多年来,随着经济的发展,森林被大面积砍伐,乱捕滥杀更加猖狂,致使大熊猫的数量锐减,成了岛状分布。我国自20世纪50年代,开始了有组织的保护大熊猫的工作。但自20世纪70年代开始,川西箭竹大面积开花——结束了它的一个生命周期——枯死了。这无疑是给已处于困境中的大熊猫保护工作雪上加霜!

箭竹是大熊猫赖以生存的食物,饥饿致便大熊猫大批死亡。

这个消息刚一传出，立即牵动了世界各国人民的心，五大洲展开了各种救援活动……

为什么大熊猫的生存能引起国际社会的如此关注？大熊猫的肖像为何会作为世界野生生物基金会的会徽图案呢？北京亚运会为何又将它作为吉祥物呢？甚至一些产业也应大熊猫热而生，出现了大熊猫玩具和木偶大熊猫。在邮票、明信片、领带、扣花、别针、火柴盒以及儿童用具上，都有着大熊猫的肖像。大量出版描写大熊猫的歌曲、诗歌、连环画，拍摄电影、电视节目……形成了大熊猫文化。

大熊猫为何具有如此大的魅力？而生活在非洲、南美洲、欧洲等地区的人，又是怎样知道中国的西部，生活着美丽、可爱的大熊猫的呢？

我们此行，正是为了寻找这些历史的踪迹——在这条神秘的峡谷中。

是的，胡锦矗教授、考察队的王鸿嘉、蜂桶寨大熊猫自然保护区的王开理和我，是当代第一批来探访邓池沟、拜访那座教堂的人，这都是为了大熊猫。

有惊有险

盐井是乡政府所在地，傍河而建，一片错落有致的藏式房屋、隔花间夹着幢幢现代的楼房、沟口有座小水电站。走过悠悠晃晃的铁索桥，听着脚下咆哮的东河，我们就进了邓池沟。说"沟"，其实是个峡谷，两边是万仞高崖，抬头只见蓝天如一弯江河。其实，从县城出来，直到泥巴沟沟口，就是条大峡谷，严格地说，邓池沟是大峡谷中的一个小岔沟。

它何以称为邓池沟呢？宝兴地处向青藏高原的过渡地带，与外界隔绝，人们吃食盐困难。邓氏父子，决心解民苦，找到了此处，打井、砌池、煮盐。人们为纪念他们的功绩，把这条山谷命名为邓池沟。我们已计划明后天去拜访煮盐的旧址。

沟边正在修公路，原有的山间小路已被炸坏，而新路又未修好。我们只得在乱石中东一脚、西一脚,像踩梅花桩一样,尖石硌得脚板心生疼;更有开山炸石的炮声不断,我们还得时时躲防飞石的袭击,真够心惊胆战的!

胡教授看到山坡上有竹,要我们在下面等他。

我们却都跟着他,气喘吁吁地往上爬。在下面看,距离并不远,可走起来就艰难了。宝兴县境内海拔最低处是灵关峡河,海拔七百五十米;最高处是与康定交界处,海拔五千三百三十八米。如此大的悬殊,使得地形特别复杂,造就了深峡、幽谷、悬岩、崇山、峻岭;再加上海拔高,高山反应使人呼吸困难,头昏眼花。

在一块布满绿苔石壁处,胡教授只两三步就上去了,可是,我爬上去就又滑下。胡教授趴下,伸出手来要拉,可我不服气,看到有条石缝,伸手插进抓住,做引体向上。等到肩部上去了,天哪!一条黑色的蛇正抬起头,伸出血红的芯子。松手,就得跌下去,只得一咬牙,蹿了上去。胡教授一见有变,立即就势把我拉了过去……吓得我出了一身冷汗。小王找根树枝想把蛇挑出来,可它已钻进了洞里。胡教授说:

"算你走运,像是条烙铁头。它大概也是被突发情况闹蒙了,未攻击。其实,毒蛇向人进攻,主动的较少,大多是自卫。"

难怪将手伸进石缝时,手背上感到有股凉气!

这片林下竹子长势茂盛。宝兴竹子的种类较多,有慈竹、华桔竹、斑竹、笼竹、白夹竹、方竹、小竹、苦竹、观音竹和罗汉竹,等等。胡教授仍然是专注于箭竹,这里的幼竹也都只有五六厘米高,但一数权枝,也已长了七八年了。和上午考察的那条沟的情况基本相似。想恢复到大熊猫能取食的状况,没有十多年的时间是不行的。

过去,邓池沟的大熊猫是比较多的,也即是说,大熊猫赖以生存的箭竹是丰富的、茂盛的,森林是茂密的,因为箭竹生长在森林的下层。尽管今天下午的时间非常紧,胡教授仍然注重于对竹类的考察,我们是理解的。

下到路边，胡教授已加快了步伐，我们只得一路小跑跟上。

刚拐过山嘴，前面突然响起一阵刺耳的哨声，约二十米远，有人刚从拐弯处慌忙站起，举着面小旗急速摇摆。

"要放炮了！赶快找个石壁躲一下。"小王大声喊住我们。

刚靠到石壁处，只听咚咚咚几声惊天动地的炮声，接着是乱石飞击，山谷轰鸣……有两三块碗大的石头，就落在我们刚才走着的路上。

"好家伙，这样欢迎呀？"胡教授耸了耸肩。

小王正要提腿往外蹿，胡教授一把拉住了他："等哨声，看炮放完了没有？"

哨声刚起，小王就蹿出去，跑到那位举旗吹哨人的跟前："你们干啥的？想要命？"

真够悬的！按理，修路放炮炸石，应在安全区之外就有警戒线、警戒哨。可放炮工吓得也不轻，一再解释、道歉，他以为这时间，在这样的深山，不会有行人，而近处就有山洞好躲，于是就偷懒了。

我一看炸开的大石，已将这"路"堵得严严实实，炸松的碎石还在往下滚动，心想：坏事，今天恐怕通不过了。一打听，修路工人说，要等到明天才能将路清理出。

我们又都为断路焦急不安。胡教授说："翻过这个山膀子吧！"他征求我的意见，显然是担心我吃不了这份辛苦。我把胸一挺："没问题！"

正待我们准备翻山时，小王却乐滋滋地跑回来了。原来是他穿的那件衣服帮了大忙。修路工人中有人看到他上装臂上的图案标志，询问之后，知道是抢救大熊猫的组织，就连忙去找负责人。工长听说此事，立即找来了技术员，商量的结果，是无论如何都要保护好我们这一行四人，让我们安全通过。

于是，工人们纷纷行动起来，有的爬到上面去撬松动的石头，有的在下面用钢钎撬开大石……不一会儿工夫,就给我们拿来了安全帽、箩筐。

于是,就有了这样奇特的装备和进行:我们每人头上顶了个箩筐,从篾缝里看着前面引路的向导。引路的向导又听从监视哨的指引——监视炮口周围石头动静的工人——在刚清理出的可以插足的地方,心惊胆战地往前挪步……

除了监视哨的引路声,四周静极了,因而,不断落下的碎石砸在箩筐上特别响……

过了落石区,全都松了口气。这时,我们才发现,所有的危险区域都站着工人,那是预防万一有了不测,他们将挺身而出来救护我们。

我们一再感谢。队长说:

"为抢救大熊猫,这是应该的。我们加班清理道路,留人在这里守着,一直等到你们晚上回来……"

真是托福大熊猫了。

有惊有险的小插曲,令我们很感动,在大熊猫的故乡,有如此强烈和自觉的保护意识,可谓大熊猫有幸。从中不难看出:这些年我们在保护自然方面的宣传是深入人心的。

大熊猫亲戚

说到此处,一直沉默寡言的王开理突然变得异常兴奋,说起话来如滔滔的江水,为我们讲述了一个个故事:

大年初七,在巴斯沟。那年的雪下得真大。你们没见过这里山沟沟下雪,别说雪片大如席了,就说那风,呼呼的,带着哨子,拥着林涛,直把山上的雪也往沟里填。

这天气,谁都想乖乖躲在家,但有对夫妻仍在赶路。他们突然发现,山上有只野物往下走,虽是大雪天,可那野物黑白分明的毛色特别显眼。

他们边走边注意着。不一会儿,终于看清了是只大熊猫。大熊猫冒雪下山的异常举动,引起了他们的警惕,干脆站在路上不走了。

大熊猫没精打采地一步步往下走,很慢,很慢。是看到路上有人,还是因为别的原因,它躲到了一堆乱石的后面。

丈夫等得不耐烦,说要上去看看;妻子说,别惊动它,再等等看。

奇了,不知它走的是哪条路,竟躲过了他们的视线;穿过小路,下到谷底;到达了河边,扑通一声就跳到了河里……

慌得丈夫连蹦带跳往河边跑。不知是水太冷,还是水流太急,大熊猫只在河中扑腾,不时沉下又浮起……

夫妻俩把它从水里救上来。大熊猫冻得浑身发抖,又呛了水,站也站不起来。他们好不容易才把它抬回家,生起火,让大熊猫取暖。看样子是因为这边山上的箭竹枯死,大熊猫饿极了,才铤而走险的。在这样的天气,它试图泅水过河,到峡谷那边。那边有可吃的白夹竹。

等到他们忙完了,推开门来探望;谁知大熊猫不见了,只有一堆火正熊熊燃烧……

大熊猫暖了身子后,拨开后门,爬到一棵木姜子树上去了。

雪还在下着,冰凌子挂了30多厘米长。大熊猫在上面冻得浑身发抖,像筛糠似的。可任大家在下面怎么哄、怎么叫,它就是不下来。闻讯赶来的乡亲,围在下面,却爱莫能助。

有人说,先在下面生堆火吧,多少能驱点寒气。于是,火生起来了。

有人说,上次保护区来的人说,这时大熊猫下山,多是饿了;于是,没一会儿,各家各户就送来了各色食品:有红烧肉、卤鸭、炖猪蹄、五香蛋、烧鱼……过年的东西全拿来了。

大熊猫看着那么多的食物,涎水流得老长老长,它挪动了两下,大概是想下来,可腿一软,就垂下头,靠到树干上不动了。显然,是饿坏了。

这可难坏了大家,怎么才能把食物送上去呢?

真是人多主意多。有人砍来一根竹子,把甜食装到筒里,送到大熊猫的嘴边。眼看着它迫不及待地吃起来,围在树下的人们才松了口气……

天还没亮,县林业局局长带着大批救护人员赶到了。

但局长也请不下来它。采取了一系列措施后,只好将树锯倒。扎了滑竿,抬着它走了五千多米山路,才送到公路边……

经过救护站的抢救、护理,它逐渐康复了,被命名为"巴斯"。

考虑到巴斯沟竹子大面积开花、枯死,未将大熊猫放回,而是决定将其转移。

临行那天,小小的宝兴县城像过节似的,巴斯在车上,得意扬扬地看着拥到街上的人群,坐着汽车绕城一周!

那是在庆祝爱的胜利和人与自然的博大爱的胸怀……

1984年5月,灾情严重,已发现几只饿死的大熊猫。全县救护站的工作人员都上山了,寻找处于困境中的大熊猫,救护有病的,并设置投食点。

情况最危急的是永福乡灯笼沟。箭竹大面积枯死后,大熊猫都自动集中到尚存的一片竹林中。这片不算大的竹林像是孤岛。

救护组考察后发现,在这孤岛上有三只大熊猫。眼看竹子快吃完了,急得大家没办法。是的,它们虽然能到投食点去寻找食物,但救护站在山野投下的食物,麂子、獾子、野猪……也都来争,都来抢。随着范围的逐渐缩小,时间一长,大熊猫的天敌——豺狗和豹子也一定会被引来。

箭竹的生命周期,大约是每六十年要开一次花,结一次籽,然后老竹枯死,籽生新竹。千万年的生存竞争,使大熊猫具备了逃荒的本领,即在一处箭竹枯死后,它们能够寻找到新的食物基地。

但生态环境遭到破坏后,造成的这种岛状生存条件,最具危险性了。

办法只有一个,将这三只熊猫转移到二三十千米外的出居沟。那里的箭竹尚未开花。

熊猫可是野物野性,既不听人们的号令,更无法让它们知道人的好意。说转移,上唇合下唇,办起来,可就够恼火的了。

装转笼,只关来一只。剩下的两只可费了大劲。

从灯笼沟到出居沟,没有公路,都是崎岖的山路。全靠人抬,就这么二三十千米路,抬着它们,整整走了两天!

到了出居沟,有位小伙子放下抬扛就说:"咱娶媳妇,也没去抬呀!"

医生为这三只大熊猫做了身体检查,然后打开了笼门。电视台、报社的记者们,直看到它们颠着个肥臀,消失在青翠的竹林中……他们记录下人类和大自然珍贵的友谊,才恋恋不舍地离去。

后来几个月的跟踪考察,一切迹象都证明它们在新居生活得非常愉快!

王安全是位三十来岁的山民,有只手不太方便。家住快乐沟海拔一千八百多米的山坡上。三月的一天,清早听到狗在后园叫,开门一看:乐了,树下有只大熊猫。王安全连忙喝住狗,把门开得大点儿,那意思是请它进屋。

大熊猫抬腿要迈步,听到狗哼了一声,又放下脚,闷闷地站在那里。狗慑于主人的威严,虽不再大声喊叫,却龇牙咧嘴、虎视眈眈地立在一旁。

山里人大都知道,大熊猫进寨、登堂入室,无外乎两种原因:一是受天敌豹子、豺狗的追击,它们逃到居民点,利用人类的威严,寻求庇护;再是饥饿难当,寻求食物。这只大熊猫有气无力的样子,显然是饿急了。

或许因为狗和豺狗是亲戚,大熊猫也怕狗。王安全立即叫家里人把狗送到别处。

大熊猫迫不及待地去吃猪食。王安全却忙着去熬粥。

大熊猫吃饱了,懒洋洋地躺到灶口。怕扰了它的好梦,直到它醒来,一家人才生火做饭。

邻居们也送来了各种食物，探望这位客人，可都被主人好言挡在门口。还没到晚上，这只后来被命名为"乐乐"的大熊猫，已像这个家庭的一员，在屋里走动，接受主人的爱抚……

第二年3月，不知为什么，王安全感到乐乐还要来，便早早为它准备了好吃的甜食和烤羊骨。为了乐乐，那条可爱的狗也早就送走了。

爱，是有无穷的感召力的。

又是在早晨，乐乐果然来了。像是久别的老朋友，它在王安全的腿上蹭着，举起前肢去触他那只不太方便的手，又用舌头在地手上舔着，那种充满亲切与温暖的安慰的哼唧，使这位粗犷的山民不禁两眼湿润……

王安全一家人都像来了上宾一样，亲切、热烈地欢迎乐乐的到来。

电视台和报社的记者闻讯而来，记下这感人的、令人难忘的场面。

之后，乐乐每年三四月份，都要来走亲戚——看望王安全，在他家过上两天或三天，重温旧情，再造新谊。

直到有一次，乐乐不小心碰倒了热水瓶，那裂爆声吓得它一跳，闯祸的感觉使它整天情绪不高……

是羞愧，还是……乐乐第二年没有来了……

但寨子里有人说，春天，看到乐乐在山上，眺望着王安全的家……

救护大熊猫的故事，在宝兴处处可以听到。王开理同志一说到经过救护的大熊猫，哪只是送到法国的，哪只是去荷兰展览的，哪只是去参加奥运会的，哪只是在美国和加拿大大出风头的……

大自然的奖赏

只是，我们赶路要紧。虽然已离开修路地段，脱离了放炮炸石的威胁，进入了崎岖的山间羊肠小道。尽管一会儿爬坡，一会儿一路小跑，路面还算平实，脚也少受点罪了。但没一会儿，都感到汗流浃背，奇热难当，王开理才停住话头,要我们到路边休息一下,并说值得停下看看。

两边都是密密的树林,烈日一天的蒸晒,峡谷里又不透风,难怪热得像蒸笼一般。林边有一巨石,中间有一石坑,如臼。有清泉一潭,我们都掬水而饮,甘冽无比,舒心极了。

潭形如螺蛳,故名螺蛳潭。潭的水面,光滑如镜,似是经过打磨的。仰头看望,险峰在上。胡教授说:

"当年,那上面一定有条巨瀑飞泻而下,落入巨石之上。年深月久,终于冲凿出这么一个大潭来。"

王开理说,相传有龙卧于此,山野之灵聚于潭。是的,民间流传的龙,无不与大水急流有关。这就更加证实了胡教授的推测。

可现在别说瀑布了,连丝丝水滴也没有。胡教授说:

"这是大自然对人类的惩罚。你别看这片树很密,但多是槭树和桦树,是次生林,过去的原始森林被砍光之后,才有这些先锋树种在荒地上扎根。失去了森林的涵养,水流一断,还能有瀑布吗?大熊猫的真正厄运,是人类乱砍滥伐森林所造成的。从根本上讲,要保护大自然赐给人类的珍宝,只有保护好森林,维护好生态平衡,才有可能。"

人与自然的主题,是我和胡教授友谊的基石。多年来,我们都在共同探讨其间的奥妙。这次探访邓池沟,探访戴维当年立足的教堂,也是这篇大文章中的一小节。大自然养育了人类,人类该怎样回报自然呢?

道理简单明了。但历史的发展,人类要真正以这简单明了的道理来制约自己的行为,那就不简单了。

阿曼德·戴维当年将大熊猫介绍给世人,难道是为了号召探险队来猎杀吗?他肯定不能预计到在他身后一百多年来大熊猫所遭遇的厄运……

一行四人,又饥又渴,都想起不久前螺蛳潭清冽的甘泉。可是,在这荒僻的山野,到哪里去搞到吃的?古怪的是,路边没有小溪,一滴水都找不到。山谷下的河流,在遥远处发出诱人的哗哗声。行程不允许我们去远处找水。胡教授说:"到前面那片林子,我请客,请你喝从来未饮过的美酒!"

我感谢他的鼓励——略施"望梅止渴"小计。谁知到了前面的那片树林,胡教授真的把我拉到一棵树前,在树身砍了一刀,立即有水流出:"快趴上去吸!"

我还在犹豫之中,只见老王、小王、教授自己,都寻找了一棵树,砍了一刀,将嘴凑上吮喝。我也如法炮制。

一股甜丝丝的味道,带有树的芬芳、辛涩,沁入心脾,真醉人……恍惚间,不知所在,像是融入了山野。只有青青的草地、密密的森林、悠悠的蓝天,只知从天地之间吸取着甘露……

"醉不醉人?"胡教授的话,才猛然使我回到了现实。是的,的确很醉人。

这是一棵红桦。

他说,在野外考察,常以这种饮料待客。

我说,跟随他多少年在山间跋涉,为何今天才请我?他说,在山野请你尝百味的次数还少?只是该请哪样,得看天缘、地缘……那得意、狡黠的表情,洋溢着一股孩童式的顽皮劲,在他圆圆的脸上特别动人。是的,在山野里,往往最容易使人童心大发,返璞归真……

又开始爬山了。王开理说,离教堂不远了。抬头看去,仍是层层叠叠的山,裸露的石崖,杂乱的灌木丛……一阵嘹亮的鸟鸣,突然从左边的树丛中飞出,婉转多变,使寂静的山野顿时充满了生气。

胡教授说:"邓池沟还是很慷慨地奖励不辞辛劳的人的。你有福,听,这就是著名的宝兴歌鸫的鸣叫。"

像是响应胡教授的提议,这里、那里都响起了鸟的鸣叫,有粗犷的,有短音节,有高亢而悠扬的……就连白脸山雀也在身前、身后,叽叽喳喳地飞着、叫着……

鸟鸣带领我们登上山岭,一片高大树木的林子挡住了去处。凭经验,离居民点不远了。左侧的山坡上已有了一块块的垦荒地。

藏在深山的教堂

出了林子,才看到山坡上的小村寨。山民说寨名叫七队,并热情邀我们进屋休息。刚好,我们也要打听去教堂的路。此时的茶,真香,再叙上家常,顿时忘却了疲劳。胡教授却像发现新大陆似的,从桌上拿起一本杂志递给我。奇了,竟是我主编的一种杂志,它已捷足先登。合肥距此十分遥远,我倒不是因为在这样的地方,居然遇到忠实的读者,而是欣慰信息传播速度的加快拉近了人们之间的距离。

主人说不久前,还在对面的山上,看到大熊猫的踪迹;又说,哪片竹子前年开了花⋯⋯可是,我们问的是教堂,是一百多年前在这里建立的天主教堂。这使主人很迷惘,不知这座教堂和大熊猫的关系,但还是很热情地派人去找管理钥匙的人,然后自告奋勇地带路。

我们刚跨过门槛,只听先出门的小王惊叫一声,就连蹦带跳地逃跑了。原来是只黑狗正不声不响地、闪电般地向他展开了攻击。

小王只顾大声喊叫,左闪右晃,举着照相机抵挡,猎枪仍背在肩上。可那只黑狗根本不睬,一个劲地腾跳紧逼,滑稽的场景引得我们忍俊不禁。

主人却慌得一个箭步蹿到前面,大喝一声,狗才很不情愿地站住,但仍伸着血红的舌头,瞪着犀利的目光,汪视着小王⋯⋯

小王可吓惨了,脸色煞白,裤子已被咬烂,腿上虽未见血,但紫红的齿印很刺眼。老王怪他为什么不拿猎枪,他说,来得及我会不拿吗?到了教堂前,小王才发现照相机的镜头盖子没了。后来,我们经常听到他悻悻地念叨一句话:"龟儿子,真是咬人的狗不叫!"

一溜儿低矮的房子出现了。向导说,那就是教堂。我心里嘀咕,它怎么这样不显眼！爬到坡上,魔幻般的两层楼的建筑群,突然矗立在面前。背倚大山,坐东面西。我不禁揉了揉眼,担心它像是在戈壁滩上常见的蜃气幻影。直到确认面前的确是木质结构的建筑群,才放了心。

它掉在大山窝里,藏得如此巧妙,可见当年的设计者花费了多少的心血！

是当年的有意设计,还是一百多年风风雨雨的剥蚀,从外表上已难以看出教堂的特征。从正门步入,即是一个大厅,前有耶稣受难图、十字架,四周有各种雕塑,显然这是礼拜堂。光线并不充足,朦朦胧胧中,透出一丝宗教的神秘……

我们走到门外,又一次环视四周峰峦叠嶂的群山……胡教授似乎看透了我的心思,他说：

"1928年,这里才废除了穆坪土司,建立了宝兴县。自1848年鸦片战争之后,帝国主义用坚船利炮打开了中国的大门,以传教为先导,向内地扩张势力。据说,选择汉藏杂居区的邓池沟腹地,建立天主教堂,其用意深远。这不是一座普通的教堂,其中隐藏着一座相当规模的神学院,培养了一大批的神父和主教,再撒到各地……"

是的,把教堂建立在大西南这样一个荒僻的山野,又用大山将它深深地隐藏,总是有着很深的、不愿暴露的目的……难怪我们第一眼就觉得与其说这是一座教堂,倒不如说是一座城堡！

我们再次进入教堂,向北的门,是一天井,东、北、西三向的楼上、楼下,均为一个个房间,有几十间。看来,是当年传教士的住所。我和胡教授楼上、楼下地走了几个来回,很遗憾,房间锁着,我们无法进去,只能从窗户上向里面窥视,试图拂去历史的尘埃……似乎什么也没看到,又似乎看到了一点儿什么……

是的,我们是在寻觅,寻觅历史的踪影。

当年,阿曼德·戴维,他住在哪个房间？在一片祈祷声中,是在哪张桌子,写出了他抑制不住的喜悦? 写出了让世人万分惊奇的文字?

1869年,穿着黑色长袍的阿曼德·戴维,第二次来到中国,他就驻扎在这座教堂里。作为传教士,在他的1869年3月11日的日记中,却突然出现了这样一段文字:

> 在返回的途中,这条山谷中的土地占有者——一个姓李的人邀请我们到他家去用茶点。在这个异教徒的家里,我见到一张展开的、那种著名的黑白熊的皮(当时尚未定名为大熊猫——作者注):这张皮非常奇特。我的猎人告诉我,很快就能见到这种动物。我听说猎人们明天就出发到野外,去猎杀这种食肉动物。它可能成为科学上的一个有趣的新种!

这就是一个外国人,第一次向世界报道大熊猫的文字。

从这段日记中不难看出,在这之前他已知道邓池沟一带栖息着大熊猫,而且数量较多。那位李姓的地主当然不是动物学家,以大熊猫皮子显示于洋人,是为了摆阔。历史典籍中早有记载,古人认为大熊猫的黑白毛色,正是一幅太极图,名贵而神圣、吉祥。唐太宗李世民曾将大熊猫皮子作为勋章奖赏功臣。唐代大诗人白居易的诗中,有过用大熊猫皮子的屏风治风痛的记载。

阿曼德·戴维雇用了猎人,当然是去猎取动物的,从这里不是可以窥视出他在宝兴的重要任务吗?

那位猎人说得不错,阿曼德·戴维很快就欣喜若狂:

> 1869年5月,我的猎手在穆坪东部地区守候了两个星期。有一天回来,获得了丰收,为我带来了一只黑白熊和六只新发现的猴,中国人称为

金丝猴。这只黑白熊特别可爱。

这是一只活的大熊猫。阿曼德·戴维决定将它运回法国。可惜,他对于大熊猫的生活习性了解得太少,再加上崎岖的山路,大熊猫在辗转的运输中死去了。他非常痛心,但也毫无办法,唯有制成标本,并将它定名为黑白熊。巴黎自然博物馆主任米勒·爱德华兹经过研究后,于1870年重新定名为大熊猫。

这是研究大熊猫历史中重要的一章。

值得注意的是,这次,他还发现了金丝猴。1871年,他在我们来时经过的盐井沟,发现了小熊猫。他将照片在法国发表,小熊猫照片的下方,有行小注:

  1871年4月,我获得一只小熊猫,它的叫声似小孩。当地中国人称为"山童"(山门蹲)。我想,世界上任何的熊类,也不可能像这种珍稀动物那样,值得科学的重视和研究了。

在我们的面前,阿曼德·戴维,西方科学界授予他的博物学家的桂冠,放射出耀目的光彩了。

他在邓池沟的这座教堂,究竟向世界报道了多少兽类、鸟类,我们尚未来得及仔细地研究。但仅就已知的,大熊猫、小熊猫、金丝猴、牛羚、贝母雉……现都属我国一级保护的珍贵稀有动物。

是的,他的科学报道,在西方世界引起了轰动,随之而来的是一支支探险队,他们肆意猎杀大熊猫、金丝猴……给这些珍贵动物带来了厄运。还有个不容忽视的历史事实:我国特产珍贵动物麋鹿的灭绝,和阿曼德·戴维有着极大的关系。1866年,他运用了手段,从北京清王朝的南苑,攫取了两只麋鹿。这种被中国人民几千年来赞美的动物,立即引起了帝国主义者的垂涎,他们利用清王朝的腐朽,又偷走了一批。之后,八国联军将它抢杀一空……直到新中国成立之后,英国才送给北京动物园两只。20世纪80年代,还是英国送来一群,现安家落户在北京的大兴和江苏北部沿海自然保护区。

历史就是这样使人费解和烦恼。

我们今天由盐井到这里的艰难路程,多少使我们体会到在一百多年前的蜀道之难。那时,肯定没有汽车通到穆坪。盘踞在穆坪的是封建土司。是一种什么力量,鼓舞着阿曼德·戴维,在这片荒凉的崇山峻岭中跋涉呢?当然是有宗教的力量,但是,那种对大自然的挚爱,对科学的虔诚,不是更令人思绪万千吗?

又是一种什么力量,掀起了世界大熊猫热呢?是大自然的造化,是大熊猫表现出的审美价值,是人类和大自然爱的纽带,是人与人之间的亲爱。是的,它是吉祥物,是神圣、和平和繁荣的象征。在中国古代史上,在距今一千七百多年前的西晋时期,曾记载当战争的刀光血影飞溅时,只要一方举起画有大熊猫肖像的旗帜,战斗立即停止。

从1957年开始,我国将大熊猫作为友谊与和平的使者,赠送给友好的国家。1972年,尼克松来到了中国,掀开中美关系新的一页,大熊猫珍珍和兴兴就是在这时踏上了美国的土地,受到美国人民的空前欢迎。到20世纪80年代,我国已向世界九个国家,赠送了二十四只大熊猫……

太阳已落到山那边了,晚霞射出万缕金线,峰峦显得无限深沉,一群群飞鸟从眼前掠过……

我们收束思绪,准备下山。王开理指着右边不远处的几块大石:

"那就是椿尖槽。去年,我们突然接到报告,说是在教堂下的椿尖槽,发现有只得病的大熊猫躺在岩下。我们立即赶来,把它抬回蜂桶寨救护站,经初步检查,诊断为急性肠炎。我们将它连夜送到成都。经过抢救,大熊猫终于恢复了健康。后来还远赴荷兰展览……"

我们都很感谢王开理说了这个小故事……

1996 年春于合肥

塔里木河漂流记

灰蒙蒙的大戈壁,风沙飞卷的瀚海。银龙般的冰川,连绵的雪山簇拥着一块绿洲——西域古城乌鲁木齐。

8月2日,周末。在溶溶月色中,乌鲁木齐像个姑娘,浑身弥漫着瓜香果馨,含情脉脉,散发着无限魅力,人们流连在街头,徜徉于花荫下……一阵刺耳的电话铃声,震人心魄,击碎甜蜜夜晚的宁静。它将中国科学院新疆生物土壤沙漠研究所所长夏训诚召来了。

发话地点:千里之外的塔克拉玛干沙漠、塔里木河下游的草湖。

发话人:塔里木河科学考察漂流队的高行宜。他带车由陆路行进,负责供应漂流队给养,并沿途考察夏季鸟类活动及采集标本。

内容:告急!漂流队的橡皮船失踪了。三名队员——队长谷景和及队员阿不来、贾祥信也随之失踪。按计划,漂流队应在7月27日到达草湖,与高行宜会合。整整六天过去了,还未等到他们。高行宜已驾车沿途上下搜索,丝毫不见踪影。他们只带了三天干粮。在渺无人烟、茫茫无垠的沙漠中考察,一旦断了粮食,显示出的危险就怎么想也不过分。

人们一提起沙漠,就会联想到荒凉、干渴、恐惧。夏训诚对它却有偏爱,就像父亲总是偏爱调皮捣蛋的孩子。他在新疆野外工作几十年,多次遭遇大自然的暴戾,虽未经历唐玄奘的九九八十一难,但也是多次劫后余生。荣获竺可桢野外科学工作奖,是他经验和成就的标志。高行宜也是沙漠、戈壁中磨炼出的西部汉子,两三天的忍饥挨饿、受冻只不过是"小菜一碟",但面对这样的告急,他虽不乏大将风度,内心却也生烟冒火。

新疆科学院的同志对"失踪"一词特别敏感。大家对1980年彭加木同志在罗布泊的失踪,及以后营救、寻找的经历都记忆犹新。夏训诚和谷景和都与彭加木一同进入过罗布泊,后来又参加了寻找。罗布泊在塔克拉玛干沙漠东部,离草湖并不远。

到哪寻找?怎样寻找?新疆素以地广人稀、交通不便、地理气候环境复杂著称。

简单地说,新疆北有阿尔泰山,中有天山横贯,南有昆仑山。三山之间北夹准噶尔盆地,横卧着古尔班通古特沙漠;南挟塔里木盆地,沉睡着塔克拉玛干沙漠。塔克拉玛干沙漠位于塔里木盆地中心,总面积33.76万平方千米(约相当于九个台湾省、三个浙江省),是世界上仅次于撒哈拉大沙漠的第二大流动性沙漠。无边的黄沙瀚海,严酷多变的恶劣气候,使它始终被神秘的色彩笼罩,被称为"死亡之海"。如果把维吾尔语"塔克拉玛干"翻译出来,即是"进去出不来的地方"。塔里木河穿过塔克拉玛干沙漠,总长两千多千米,干流长约一千千米。要在这样沙漠中的河道上寻找小小的橡皮船和三位科学考察队员,等于瀚海捞针!

幸而垦荒队员们已在塔里木河沿岸建起了一些农场,又幸而发现了沙漠的底层蕴藏着丰富的石油,地质队、钻探队已开进了沙漠。

夏训诚还得考虑另一复杂因素:除谷景和家属远在浙江温州外,阿不来的老爹就在所里工作……若是得知消息,无疑要刮起一阵不大不小的风。救人还得保密。

不管怎样,夏训诚以丰富的经验,开始了救援工作——请求公安和地质、测绘等一切有野外工作站点的单位协助;用电波向塔里木河中下游流域的近百个单位发出了通报和求援信息。

第二天是星期日。早晨,夏训诚请来有关同志商量救援的具体事宜。要求务必在当天做好各项准备工作,如果明天,也就是4号上午仍然得不到谷景和等三人的消息,沙漠研究室主任和办公室主任立即带车出发,并请有关部门准备好直升机……

向何处搜索呢?根据高行宜的报告,谷景和他们是7月25日从沙雅新起曼水文站出发,开始第二阶段漂流的。搜索区应是新起曼到草湖这段河流,约五百千米。这在新疆不算长的路程,可这个沙漠里的流浪河,在这片土地上是狂放不羁的。眼下又是洪水季节,支流、漫水滩使汽车难于沿河而行,显然,从新起曼开始寻踪是不行的。

谷景和他们在哪里?橡皮船碰到了什么险礁恶滩?

塔里木河在古突厥语中,是"注入湖泊、沙漠的河水"。它一路奔腾,为寂静的沙漠歌唱,为黄沙滚滚的荒野繁衍生命。它是歌唱的河,生命的河……

可是,现在,见不到一丝人类生命的迹象。一只橡皮船,浮在浑浊的河上,没有马达声,也没有击水的桨声。顶头风吹得它像个酣醉的老人,摇摇晃晃,步履蹒跚。船长哪里去了?水手匿到何处?

啸声骤然而起,船内昏沉沉、赤身裸体的三人才猛地坐起,将目光透过河岸的胡杨林——

沙柱,魔筒般旋转,顶天立地,忽粗忽细,一路呼啸狂奔,掠沙、刮地,活似冷不丁冒出的魔鬼,张开血盆大口,直冲小船而来。

"注意!"三个被饥饿、酷暑折磨的人,激灵而起,紧张惶恐地准备应急措施。谁都知道沙漠中的旋风能突然将你压在一堆沙丘下,也能将行李提到空中……

还未等他们回过神来,旋风恶作剧似的,掉头折尾,裹挟沙柱远去,留下一片迷离闪光的沙尘。这时,三个漂流者才看到金灿灿的胡杨树梢、血红红的夕阳、殷红红的霞带、湛蓝蓝的天空……

每人都被饥饿紧紧攫住。今天是7月28日,昨天下午就断粮了,晚上只喝了点榨菜汤。榨菜开胃,越喝越饿。今天连榨菜也没有了,胃肠里像是有无数的老鼠在啃啮,蠕蠕爬动;头上的烈日火炉般烘烤,烤得浑身都像炉渣。

谷景和看了一眼表,拿出记录。阿不来操起锥形捕捞网,将捕捞网伸到黄澄澄的水中,报告从网口测量的流速……

鱼!好一条大头鱼,肥嘟嘟、油亮亮,哧啦一声,水花四溅大鱼落入网中……

阿不来赶快起网,哪里有大鱼!他自嘲,狠狠摇了摇头,竭力驱走饥饿引起的幻象。但他还是笑了,被水晶体裹托的鱼卵,珍珠般的颗粒,那黑豆般的眼、依稀蜷曲的尾、弧线形的胚胎,美得像从古陶上落下,立体的,悬浮在生命之液中……每次数完鱼卵、鱼苗后,他都会产生对生命哲理的沉思。

两小时一次的塔里木河鱼类产卵、孵化成鱼苗的捕捞结束了。谷景和在描述两岸的景观、河床的状况。生存的本能,使阿不来和老贾各看一边,眺望着胡杨林后的荒漠,希望能看到一顶毡包、放牧的羊群,找到一点儿粮食。

面对"平沙万里绝人烟"的景况,他们眼望酸了,腿站软了。

"哎哟!"

铃铛刺戳到了身上。失去水手的橡皮船被侧来的风打到了岸边。真是"屋漏偏逢连夜雨",马达坏了以后,这两天都是顶头风,下午风势更猛,全体奋力划桨。饿得实在没劲了,只得任其随着水流漂动。刚拐过大湾,跌进了回水区,又是一阵猛烈的侧风,打得小船直歪,灌了水。三人手忙脚乱摇平了船,正想用桨冲出回水,才发现桨仅剩一只,另一只桨不知什么时候已被水流带走。好在老谷是海边生长的,善于操作单桨,但自此也就苦累了他,阿不来和老贾拿起单桨只会叫船打圈圈。一整天都未碰到过顺风,船也就时时被打搁浅,阿不来就时时跳下水去推,也就时时被铃铛刺、树枝刺伤。好处是不至于昏睡得太久。铃铛刺是一种一两米高的灌木,叶子碎小,其果形如铃铛,然而长出的刺有四五厘米长,碰上它不是血眼子就是血口子。

突然,阿不来跳下水,蹿上岸,边跑边用维吾尔语大声喊叫。

远处,奔马上驮着位牧民。他勒转马头,迎着阿不来跑来了。船上的老贾和老谷都满面喜色地站了起来。他们大声说话。可惜半句也未听懂,但知道一定在谈粮食。老贾似乎已闻到篝火上烤羊肉的香味,止不住咽了两口唾液……

阿不来回来了,脚步沉重。牧民回头走了,还不时回头看看漂在滔滔黄水上的一叶扁舟、三个赤身裸体的怪人。

牧民急于在天黑前赶回毡包,毡包在几十千米裸之外。

暮色中,三人上了岸。一点儿吃的也没有。蚊子、草虱直往身上扑。阿不来想起海南岛的戏语:三个蚊子一碟菜。如是,倒是可以饱餐一顿。相反,塔里木河边的蚊子,倒是拿他们做了菜! 他们只能烧锅开水喝喝。

饥肠辘辘迫使老贾提起了猎枪。阿不来也为他四处张望。中午前后,黄羊成群地在沙漠与河的边缘跑,甚至还时而停下来,惶惑地打量着三位不速之客。野兔总是单溜斜穿跳跃。那时却没有时间来顾及它们,因为第二阶段的漂流原计划只三天,今天已是第四天了,连一半的航程还没有,断粮后再延误时间更危险。等到有了时间,这些野物却一个也不露面……

风弱了,大沙漠的傍晚,沉入金色的梦。野鸭扑翅声的哧哧声,野鸽的呼呼声,水禽降落的击水声,使这梦幻般的世界时而升起,又时而被击碎。塔里木河入夜前夕是美的,但饥饿魔鬼似的搅得他们不安。平时,阿不来和谷景和用手抓羊肉、抓饭、温州小吃诱人,今天却谁也没心思去说了。"早穿皮袄午穿纱,围着火炉吃西瓜。"寒冷也随着夜色降临,饥寒交迫的滋味,不身临其境是很难体会到的。三个人都裹起了毯子,越裹越紧。

狼的嚎叫不时传来。在饥饿面前,谁都没有注意这些恐怖的制造者。

谷景和最喜讲笑话,是考察队中的开心果,可讲了两三个,连小青年阿不来都不笑,兴致也就没了。他也和大漠之夜一样,倾听着风鸣沙响,陷入了沉思……

漂流考察著名的内陆河,是他们多年的计划。

水是沙漠的生命,塔里木河像血管一般在沙漠中流动,是南疆南部农牧业的灵魂,对水的调查研究当然也就多了。水产呢?它原有的大头鱼、黄鱼等等,能长到二十多斤,肉味鲜美。自从生态环境遭到破坏之后,水量逐渐减少,流域缩短。它的余水曾注入罗布泊。罗布泊有过水草丰茂的美好历史(20世纪50年代末,科考队曾泛舟泊上,捕获一米多长的大鱼),然而1973年的卫星照片上只有半环形的盐渍堤,给人类留下个大大的问号。

鱼产量的不断减少,引起了科学工作者的忧虑。从20世纪60年代初,他们便开始从长江引进草鱼、鲢鱼、鳊鱼、团头鲂,希望丰富内陆河的鱼类资源。然而,事实并不如希望的那样。塔里木河上游有个一千两百平方千米的水库,每天捕鱼量只有两百多千克,每亩达不到五百克。严格说是不产鱼。下游的大西海水库,捕获量也多不到哪里。这是什么原因?应怎样开发、利用这水上牧场呢?

一般说来,需要一定的流速冲击,家鱼才产卵,卵才孵化。运动产生生命。塔里木河从6月进入洪水季节,家鱼从大小水库逸出,进入河流,这时是考察鱼类产卵、孵化成苗的最佳时机。1983年,曾对上游水库作过考察,这次是中下游。

塔里木河虽然没有长江那么雄伟、壮阔,但它在沙漠中穿行,浩浩荡荡,是沙漠的母亲河。沙漠虽是陆地,却是浩荡无垠的茫茫的金色海洋。塔克拉玛干用流动的沙丘,无情地将古丝绸道上繁华名城楼兰、丹当、尼雅……掩埋。直至今日,时而一阵大风又会魔术般地将历史展现在人们面前——古城出现了,珠宝遍地皆是。正是这个特殊、暴戾、变化无常的海洋,激发了男子汉们的阳刚之气,产生了不可抑制的撩开它神秘面纱、征服恶魔的欲望。历史上一支支探险队进入了塔克拉玛干,其中也不乏外国人。

从漂流史说来,塔里木河应算作处女河。19世纪,俄国的普热瓦斯基将两个胡杨树干做的卡盆(独木舟)连在一起,试图漂流这条两千多千米的长河。但因地理环境恶劣,他最终只行了一小段,就将雄心付之流水,赶快上岸。

科学和民族的自尊,现代化建设的需要,汇聚成了一股强大的动力,牵引着谷景和他们告别了在阿拉尔大桥定点考察的戴昆、王德忠,踏上了漂流的征程。应该说准备工作是充分的,橡皮船是好的——装有驱动马达、帐篷、炊具、干粮等必需品也一应俱全。但才漂流五千米,马达就不转了。是不适应这含沙量太大的河水,还是油料、机器本身的原因?天知道!反正是越修越糟糕,走走停停,停停走走,第一阶段两天的航程三天才完成。收获却是丰硕的:对塔里木河鱼类特殊的孵化规律有了认识。鱼卵和鱼苗的产量出乎意料地高……这些,都鼓舞着考察队员忍痛抽出两天时间,在新起曼水文站修船,以便完成全程考察,取得丰富的资料,为综合利用塔里木河做出科学的规划。

"今天只漂了二十千米。"谷景和写完了最后一行字。

7月29日

"沙上见日出,沙上见日没。"又圆又大的瀚海初阳驱走了寒冷,三个人掀掉毯子,匆匆地上了船。每人都在想着早餐,可谁也没说。

阿拉尔的定点考察已揭示出塔里木河鱼类的生物钟:太阳出来开始产卵,太阳落山,亲鱼停止互相追逐,产卵停止。如果你亲眼看到透明的颗粒状的鱼卵在沙水中翻腾,你一定会为那小小的生命担忧。生命力是强大的,二三十小时后,鱼苗们孵出,追波逐流去闯荡世界。

岸边胡杨林稠密了,又粗又高又大,是原始林。它是沙漠中唯一的乔木。密林上空,野鸽、斑鸠、黄鸭、斑头雁成群结队地飞翔,竟有上千只的群体!那壮阔的阵势,那优美的飞行,使三个饥饿的漂流者久久不愿收回目光。

漂流的速度很慢,但只要到了主流,速度立即就会快了。然而主流在哪里?谷景和困惑不解。洪水已漫出了地图上标出的河道,布下了迷魂阵,引你误入支流、回水区。家鱼在长江中产卵,似乎有着一定的区域,但他们在漂流考察中发现,家鱼对塔里木河并不挑剔,他们每次都捞到了鱼卵和鱼苗。按照已取得的资料计算,鱼苗产量相当可观。可是,下游的捕获量并不高,鱼苗到哪里去了?这个困惑也引得谷景和有意去闯迷魂阵。

中午,胡杨林后的羊群带来了福音。大漠中的维吾尔族汉子半句汉语也听不懂,阿不来兼任翻译。可是,两个二十七八岁的维吾尔族汉子因为未请示父亲,不敢卖羊,而他们的父亲又远去他处。眼看着肥肥的羊却吃不上口,真是让人难耐。阿不来拿出一沓人民币也说服不了他们。但阿凡提的子孙还是不乏机智的,不知阿不来耍了什么聪明,两个汉子同意为他们做馕。真是喜从天降!

阿不来正在毡包中找馕炕,陡然听到闷闷的声音。回头一看,不禁瞠目结舌,叫苦不迭:妈呀!就这样烤馕?那个维吾尔族汉子正把和好的面团两手一合,随之像摔飞盘样旋转进火塘。效率倒是不低,不一会儿就用棍棒将馕掏出:一层烟壳,一层沙,咬一口喳喳响,里面还是生面团。三人吃得比千层饼、馅饼都香!香极了!茶也烧好了,喝一口,也是满嘴沙,沙水就沙饼,沙漠风味!两位维吾尔族汉子说什么也不收钱。阿不来也不客气,把剩下的饼全带走了。

7月30日

凌晨大雨,难得。没有雨具,每人找了只塑料袋套在头上,冻得直发抖。一只马鹿刚从胡杨林中露面,看到这三个身裹毯子、头套袋子的"怪物",吓得一炝蹶子跑了! 20世纪末瑞典探险队的斯文赫丁从塔克拉玛干沙漠中捡回一条命后,恐怖之情多年不消:"这不是生物能插足的地方,而是死亡的大海,可怕的死亡之海!"其实,在塔里木河沿岸,有个兴旺的野生动物世界。即使在沙漠的腹地,珍贵的野骆驼也都成群结队,只不过死亡的阴影将他的勇气销蚀了。

雨停了,生火烧锅苞谷糊糊喝。这是昨晚在温水滩捕鱼苗、鱼卵时碰到的一位跛腿牧民赠送的,当时没舍得吃。

有了点食物在肚里,划桨也有劲了。下午两三点时,又碰到了牧民,是个"八口半"的大家庭。看到"天外来客"橡皮船,即将分娩的女主人挺着大肚子,撩起裙子和六个娃娃下了水,笑着、叫着爬到船上。男主人则矜持地站在一旁,抹着两撇胡子看着。

阿不来掏出钞票说买羊,男主人的笑容消失了。善良的女主人却忙里忙外地端来了酸奶子,从馕炕里取来了馕。犹如最丰盛的宴会,个个狼吞虎咽,阿不来却时时挤出空隙和男主人说话。从阿不来不时掏出钱,可男主人就是不点头来看,买羊的希望又成泡影,只有放开肚皮,尽情地胀!在野外工作的人,都要练就能饱、能饿、能胀的本领!在沙漠和戈壁,还要学会耐渴。

阿不来也没辙了,身边没有可以交换粮食的戒指、耳环等小玩意儿,而钱对于生活在荒无人烟的沙漠中的牧民几乎没用。男主人大约有些歉疚,临别时又赠送了三只馕。

困惑了几天,谷景和今天终于有了大发现:河中枯死的胡杨树漂流的水路就是河道的主流。抓住胡杨树漂流,既不要划桨,速度又快!今天竟奇迹般地漂了六十多千米。

7月31日

跟着胡杨树漂流,像是骑了匹骏马!真该感谢这"沙漠英雄树"!

在南方,木棉以高大挺拔,满树红花似火被誉为"英雄树"!

雄立于瀚海中的胡杨树,抗干旱、抗盐碱、御风沙,是首壮美的诗。它高十多米,树冠圆阔如巨伞,苍苍茫茫。在荒无人烟的塔里木河沿岸,生长着大片大片的天然胡杨林。清代诗人曾用"矫如龙蛇欻变化,蹲如熊虎踞高岗,嬉如神狐掉九尾,狞如夜叉牙爪张"绘其千姿百态!它的珍奇罕有,几乎从苗出土就显示出来:叶长,长得如线,很像南海干旱荒漠区的木麻黄树叶。五年之后,叶形变了,细线展开,宽如柳叶,标志着进入"青少年"期。十五年之后的树,树叶阔大似扇,和银杏叶相像。它把吸收来的盐分,大多集中到树叶上,含盐量高达百分之五点八,纵裂的树皮也溢出淡黄色的胡杨碱,远远看去它是灰绿的,像常年风尘仆仆的卫士。胡杨树蓄水能力惊人,干渴的人只要在树干上凿个洞,就能引出几千克清凉的水,不仅可以饱喝一顿,而且可以装满水囊!遇有不测或河流改道,枯死后,胡杨树能几十年不朽不烂不倒。考古学家在古楼兰遗址,就是利用胡杨树的房料研究古气候变迁的。"沙漠英雄树"的美誉,对它来说当受之无愧。

洪水季节,洪水常将枯树冲入塔里木河,这样高大的树,不是主流带不走它。智慧揭示了复杂事物的面纱后,道理却是如此简单!这个简单的道理同时论证出:地图和实际河道的差异,除洪水因素外,还因沙丘的移动、掩埋显露出了一些水域。由此推想,这也是古城垣消失的重要原因。沙丘堵塞古河道后,繁荣的丝绸贸易,不绝于驿的来往商旅也随之消失,只有燥风干沙保留了城垣。

考察工作卓有成效地继续着,各种各样的数据都越来越接近事物的本质。

只是,三个馕对于三个壮汉来说太少了,昨晚谁也没动它,午后,饥饿的魔鬼又在肠胃中猛烈地窜动。正拉着胡杨树枝的阿不来发现老谷的眼睛又不时往舱角扫,那里还藏着罐大肉(猪肉)罐头。在阿拉尔装舱时,竟将一听大肉罐头混进来了。所以断粮时,阿不来就要老谷和老贾把它吃掉。老谷却把它一脚踢到边上,说最不愿意吃那玩意儿。老贾也随声附和。他俩都参加过在阿尔金山、阿尔泰山寻找野马的考察。阿不来知道,与牛、羊肉相比,他们更喜欢大肉。这样的"深恶痛绝"的表示,当然完全是为了尊重他的民族习惯。老谷就是这样的人:把妻儿老小甩在温州,一来新疆就是几十年;在野外考察时,吃、喝在人后,宿营时总是支帐篷、烧饭,不让其他同志插手;还成天乐呵呵的,笑话连篇。笑容一旦在他脸上消失,就是大家工作的号令。阿不来看着饥饿的老谷、老贾疲倦地歪在船边,赤裸的脊背上晒脱了皮,突然说:

"把大肉罐头打开!我要吃!饿得前胸贴后背了!"

老谷、老贾满脸狐疑。

"都快饿死了!安拉也会原谅我的。快打开,我一定要吃!"

两人高兴得像孩子,急忙打开了罐头。老贾要换阿不来下来吃,阿不来却不放开抓住胡杨树枝的手:"别影响速度,你们先吃,留点给我。"按计划,他们应该在午后能到达终点,保持高速的漂流,是彻底摆脱饥饿的最好办法。

可是,阿不来被换下后,坚决不沾罐头:"不是别的,二十多年的习惯,胃肠受用不了它。"

老谷的眼角亮晶晶的。阿不来是个维吾尔族青年,刚参加野外工作时,总是把考察动物当成打猎,喜欢玩猎枪。在阿尔金山那次,他错把猞猁当山猫,差点出了大事故。为这,老谷没少批评他。这次漂流中机器坏了后,他总是抢着下去推船。开头,只是赤膊。后来,下水太频繁了,湿裤子穿在身上挺难受,他干脆不再穿了,赤条条地在塔里木河里跋涉,被晒脱了皮的身上,布满了骆驼刺和铃铛刺戳的伤痕。

今天又漂流了六十多千米!可是,没有见到高行宜,没有找到第一牧场的物标。只在地图上查到一个叫顷曼力克的地方,阿不来说在维吾尔语中是"白房子"的意思。然而他们并未见到任何可以算作"白房子"的地方。

难道是高行宜碰到了特殊情况?不太可能。高行宜野外工作经验丰富,知道船上有多少粮食,已超过的四天对于漂流者意味着什么,他很清楚。他的焦急不安,是能想象得出的。

其实,高行宜正在附近寻找他们,并且已动员了牧民帮助寻找。归根到底,还是流动沙丘开了个不大不小的玩笑!

8月1日

真冷,后半夜的寒气把他们冻醒了!太阳升起来后,三个漂流者才昏昏地睡了一会儿,昨晚的馕屑都被搜捡完了。

现在,只有每次的捕捞能给他们带来一些喜悦,考察接近尾声。

快到中午时,看到岸边有个孩子,阿不来使劲喊话,他却不答应。再喊,他却一溜烟跑了。这段河道水流特别快,他们舍不得停下!

午后,又见到岸上有个孩子。阿不来还未开口,那孩子稚嫩的童声已响彻塔里木河上空,胡杨林里似是回荡着嘹亮的号角……

喜悦溢满了万古荒原!

高行宜的小使者,将他们领到牧民的家里。

阿不来留下老谷、老贾休息,趁着夜色和牧民骑马跑了三十千米。可是高行宜已离开落脚处,驾车去上游寻找他们了。这时阿不来才知道,流动性的沙丘已迫使第一牧场迁走了。其实,他们昨天就漂过了那地方。

劫难似乎已经过去了,但是,和高行宜的会合是3号夜里的事。8月2日,他们还得跋涉在热浪难当的沙漠上,还得前拉后推驮着橡皮船的毛驴翻越沙丘,还得挨铃铛刺戳,挨草虱子、蚊子的叮咬,还得挨饿……

直到4号上午,夏训诚才解除了紧急令,劝走了焦灼不安的阿不来老爹,给参加营救工作的各单位发通告、致感谢!

考察的结果是振奋人心的!整个塔里木河家鱼的产卵量、鱼苗量相当丰富。然而,在居民点的附近放炮炸鱼之声不绝于耳,灌溉农田、牧场的引水将大量的鱼卵、鱼苗带进了沙漠！

一份合理利用河水、开发塔里木河水上牧场的蓝图已展现在大家面前。

回到黄金季节的乌鲁木齐，塔里木河鱼类科学考察漂流队，在紧张地撰写科学考察报告的同时，还要抽出人写事故检查……

谷景和、阿不来和老贾的塔里木河科学考察漂流，其开头和结尾，似乎都没有惊心动魄之处。尤其是结尾，还有些黯然失色的遗憾，而中间的艰难困苦却只有漂流者最清楚，没有亲身经历的人是难以理解的，所以很难引起人们的兴趣和激情，也难得到大张旗鼓的宣传和奖励。

或许正因为这些，在有些人的眼里，它的光彩反而更加耀目！当时难以被理解的东西，往往隐藏着无比珍贵的价值！

就像沙海中的胡杨树，树叶并不鲜亮耀眼，那绿色也蒙着失却光彩的灰白，甚至难能为人所知地屹立在平沙万里的荒原。只是当它将绿色繁衍开来，蔚然成林，硬是在沙漠中拓出了一片绿洲，奏出洪亮的生命之乐时，才会有人将"沙漠英雄树"的桂冠捧出。但无情的时间已使桂冠成了装饰品！

1986 年深秋于乌鲁木齐、合肥

热爱祖国的每一片绿叶

1982年5月,我在北京参加优秀少儿读物授奖大会。北京儿童图书馆的陈俊惠同志捧来了纪念册,要我给读者写点希望。我一向不愿做这类事,而那纪念册的厚实、精美更使我畏惧。

但她满头的银发、热切期望的目光,使我无法推辞。于是,我写下了:

热爱祖国的每一片绿叶,
每一座山峰,
每一条小溪。

这是我对少年读者的希望。
这也是我写作《云海探奇》《呦呦鹿鸣》《千鸟谷追踪》等作品的初衷,更是自勉!

一

一位研究哲学的同志在和我讨论如何培养青少年的高尚情操时说:对大自然无动于衷的人,他不会热爱生活,更不会热爱生命!
一个人心中如果没有故乡的山川,就不会热爱自己的故乡,更不会热爱祖国!

在一座偏僻的、盛产柑橘的川北山城,我曾和一群年轻的大学生讨论。他们都是未来的教师,发言的热烈、情绪的激昂,使我浑身热血沸腾。他们说:

森林是大自然的容颜。

山峰是大自然的筋骨。

江河湖海是大自然的血液!

森林、山峰、江河湖海塑造了故乡的形象,塑造了祖国的尊严!

他们都列举了众多的事例:

伟大的爱国诗人屈原,在著名的《离骚》中,描写故乡那么多的山川景物,以抒发对祖国的眷恋,就是最好的证明。其实,这类事例不胜枚举,在历史的长河中俯拾皆是。譬如,写过《猎人笔记》《贵族之家》的屠格涅夫,他是19世纪俄国伟大的现实主义作家,晚年移居国外,曾写过很多回忆故乡山川风貌的散文诗,以寄托对祖国的思念。

由此,大学生们说到文学和大自然的关系。

有人统计,我国最早的一部文学巨著《诗经》,竟写了三四百种动植物。古人说过,读《诗经》可以得到很多鸟兽虫鱼的知识。当然,诗中的鸟兽虫鱼是诗人用来作为比兴,以表达爱憎的。在文学史上,甚至有人专写鸟兽虫鱼。宋朝有位诗人谢逸,写了三百首歌咏蝴蝶的诗,竟有"谢蝴蝶"之称。

描写祖国壮丽秀美山河的诗歌更多,我们熟知的王维、李白、杜甫、陆游、辛弃疾、苏轼都有无数脍炙人口的诗句。王维还以其著名的山水诗,被人誉为田园诗人。

是祖国秀丽的山河哺育了诗人,使诗人产生了无比的爱国之情,因而才能泉涌般地挥洒出光辉的诗篇。他们热爱大自然,是大自然赋予了他们灵感。

大学生们还谈到一些著名的科学家,他们都因在少年时期热爱大自然,后来走上了研究大自然、献身于科学的道路。明代伟大的地理学家徐霞客,终生在山水间奔波,写出了不朽的《徐霞客游记》,它既是科学著作,又是文学作品。现代的李四光、竺可桢、蔡希陶以及研究大熊猫的专家胡锦矗……都是优秀的代表。

那群年轻的未来的老师,他们是那样说的,也是那样做的。有两位同学用了两年的时间,采集了故乡几乎所有的植物标本,进行分类,写出了植物志,设计了绿化方案。

我们在一起相处时,正值他们的教育实习期。他们——为了使孩子们认识自然界的发展规律,领着孩子们在野外采集化石;为了使孩子们认识大自然的富有,领着孩子们在野外普查矿物;为了使孩子们认识大自然的面貌,激发孩子们建设美好未来的热情,带领孩子们在山川中采集动植物标本。

他们和孩子们在风雨中远足,在阳光下沐浴,在山野中跋涉……接受大自然的洗礼,和孩子们一同成长!

二

马克思有句名言:

"在科学上没有平坦的大道,只有不畏劳苦沿着陡峭山路攀登的人,才有希望达到光辉的顶点。"

为什么人们喜爱用登山来比喻在事业上勇敢开拓、顽强不息、艰苦奋斗呢?

我想说说登山的故事:

黄山和泰山的陡峭、险峻,使很多人望而生畏,那行程也确实是艰难的。然而,当你历尽艰辛,爬上山巅,"会当凌绝顶,一览众山小",那胸怀该是如何开阔坦荡!

我曾和很多同志一道登黄山,有老人,也有孩子。我的孩子君早在十岁时第一次来到黄山。他一看高耸在云中的山峰,就有些胆怯。但他被清清的流水、飞悬的瀑布、苍翠的森林吸引,还是一步步地登上了山峰。第二年,我陪着客人又一次来到了黄山,客人多是五十岁左右的中年人,还有六十出头的老太太。君早听到他们一边赞美黄山的壮美,一边忧虑登山的艰难,竟然做起了鼓动:"别怕,我去年来时,头天就把我累得腿都不像长在自己身上似的。上天都峰,在石壁上爬,小腿肚子直发抖。不吹牛,我确实上去过了,是一步步登上去的。只要一步步走,就一定能上得去!"说得大家哈哈大笑。年龄最大的凌芝阿姨禁不住抚摸起他的头:"有意思,只要一步步走,就一定能上得去! 黄山把你教聪明了!"

"只要一步步走,就一定能上得去!"看来似乎简单,却是对意志的锻炼。登过山的人都会有这样的体会:常常是累得汗流浃背,气喘吁吁,连一步也不想走了,甚至感到怎样也无力再迈开那一步。是退却还是前进?下定了决心,就能迈开那一步、两步……无数的一步,铺就了登上顶峰的道路!若是退却,则前功尽弃,败兴而归。所以,黄山有"不到文殊院(玉屏楼,在天都峰、莲花峰下),不识黄山面""不上天都峰(黄山最为险绝之处,也是风景最为壮美的顶峰),等于一场空",九华山有"不上天台(顶峰),等于没来",这些是对登山者奋勇向前的鞭策,也是充满生活哲理的警句。

我和北京大学的潘文石教授有着深厚的友谊。那是在一次代表众多的会议上,他对我叙说攀登珠穆朗玛峰的故事。

1958年,在北大学生中有人发起组织登山协会,准备跟随国家登山队攀登珠穆朗玛峰,进行科学考察。登山队从一百多名报名者中挑选了九人,潘文石是其中之一,当时的他年仅二十岁。冬天,队伍到海拔六千多米的念青唐古拉山进行训练。强烈的高山反应,令他不能吃,不能睡,体质急剧下降。幸而他平时喜爱野外活动、体育锻炼,身体素质好,更重要的是有献身于高山科学考察的决心。他顶住了,胜利地完成了冬训。

我也尝过高山反应的滋味。在川西参加对大熊猫的野外考察中,才登上海拔三千多米的高山,我已感到呼吸困难,走几步就要站着急促地喘气,头发涨,脑袋像是在不断地膨大。汗水一个劲地往外淌,全身像要被榨干,恶心、干呕。但道路漫漫,仍须爬山——其实,也别无其他的办法,只有一步一步地往前走。夜晚睡在帐篷里,虽然累得全身像散了架,但无法入睡;好不容易刚刚睡去,不一会儿又醒了……

更何况在海拔六七千米的雪山!潘文石需要付出怎样的毅力,才能扛住高山反应的折磨!可由于某些原因第二年却错过了登山季节。由于队员们体质下降,登山队决定让大多数队员先返回兰州、北京。这时,潘文石急了,冲进了登山队的队部。不知是太激动,还是思绪太纷杂,他只说了一句话:"我来,就是为了把一切献给科学考察;现在珠穆朗玛峰都未见到,我怎能回去?"他感动了大家,成了十九人科学考察队中的一员。

正是这种献身科学的精神和坚强的意志,鼓舞着他在珠峰地区的龙布、达卡、卡玛跋涉,忍受着跳蚤(多得可以成把抓)、旱蚂蟥、严寒的侵袭,和队员们一同完成了对那个地区的多学科科学考察,为新中国写下了珠峰科学考察的第一页!

潘文石同志在科学研究上取得过很多成就。在野外对大熊猫进行研究时,他吃苦耐劳,兢兢业业,赢得了同志们对他的尊敬。有一次野外考察时,他从山上摔下,臀部被竹茬戳个洞,每天大便时疼痛难忍,但工作一时又离不开,他只好坚持……我们谈到此事时,他只是笑笑:"感谢珠穆朗玛峰对我的锻炼。"

珠穆朗玛峰号称第三极地。事实上,登上南极、北极的人数,远远超过登上珠穆朗玛峰的人数。可见通向第三极地道路的艰难和危险!

潘文石说过:要想登上珠峰,光有勇敢、顽强不够,还需要集体主义精神和铁的纪律!登上主峰的人毕竟是少数,绝大多数人要从事支援的工作——运送物资,开辟道路……有的人,为了让战友能冲上主峰,甚至心甘情愿地献出生命!更应该歌颂的,还是这些无名英雄!

这就是我们常说的,甘愿"做人梯中的一级"的精神!也是彭加木同志说的:做铺路石子的精神!

还是潘文石说的,在流石坡上,有时前进一步,则要滑下两步。怎么办?只有再跨三步!

在悬崖绝壁上,常常要双手紧抓石棱,肚皮贴紧岩石,用脚寻找支撑……这时,往往可能是脚踏滑了,或抓住的石棱松动了,眼看就要掉到万丈深渊。怎么办?只有咬紧牙关,沉着冷静地坚持。必要的话,要用嘴咬住石棱,你才能上到高山!

三

热爱大自然吧!大自然哺育了人类。随着科学的发展,人们愈来愈认识到必须爱护大自然,保护环境;否则,人类将无法生存,无法发展!

当然,同学们都有繁重而紧张的学习任务,还受到各种条件的限制,不可能像那些科学家,成年累月地在野外考察,研究大自然的各种信息。但是,同学们可以根据不同的情况,做出不同的安排。

在动乱的年代,由于极左思潮的影响,学校里停开了地理课、生物课。这些都已在拨乱反正中得到了纠正。我们首要的任务,应该是学好这些课程,得到一些基础知识。它是认识大自然的钥匙。在这方面,很多同学有不正确的看法,以为那是副课,自己在将来也不是要去研究地理学、生物学。因而平时马马虎虎,只是临时抱佛脚,死记硬背应付考试。科学的发展,已使人们认识到生物学和数学、物理、化学的关系。科学家们把当今科学攻关的内容归纳为三大基础理论:物质结构、生命起源、天体演变。攻克这些堡垒,甚至弄清其中一项,都将引起科学和生产的巨大革命。但是,要研究清楚物质结构、天体演变,就要涉及甚至是依赖于生物学、地理学的研究,更别说有关生命起源的研究了。科学发展到今天,其重要特点之一,就是各个学科之间互相渗透。生物学家们已建议:除了专攻生物学专业者之外,所有的大学生,不管他学习的是哪一种专业,都要选修生物课。这个建议将逐步在全国推广。

寒暑假的时间较长,同学们可以参加、组织一些大的活动。

近几年,各个学术机构,已经组织了地理、生物、航海、航模等夏令营。这些富有特色的夏令营,在培养少年朋友美好的情操、增长他们的科学知识、锻炼其体魄方面,起了很大的作用。但是,这些夏令营还远远满足不了广大青少年朋友的要求。因而,学校、街道也可以根据条件,举办一些力所能及的短期的野外活动。同学们也可以邀请二三好友,组织去野外进行专项考察或观察活动,有的同学还可以去居住在森林、海边、农村的亲戚家,那同样也可以得到丰富的知识,开阔视野。

平时,则可以利用节假日,做一天的野外活动。在这方面,很多城市都有自己的习惯。北京的学校每年春、秋两季都组织大家去野外游览。

即使是紧张的学校生活,每天清晨,在森林里跑步、读书,新鲜的空气、顶在草尖上的露珠、怒放的花朵,也会使你满目清新,令你心情畅快地开始一天的学习。在美丽的晚霞中漫步,沐浴着落日余晖,会洗尽白天的疲劳,使你精力充沛地投入晚自习。

当然,在组织野外活动时,都应该事先做好充分的准备,带足干粮、饮水,制定纪律。有些青少年朋友很喜欢冒险活动,而且又总是秘密地进行,这样不仅令家长焦急,还很容易发生意外。希望同学们在组织这些活动时,一定要取得学校和家长的支持。

大自然是一部宏伟浩繁的大百科全书。读这部五光十色的大百科全书,重要的是观察和思索。有位伟大的科学家曾说过:科学研究是从观察开始的。我们认识大自然,首先也应是从观察开始。

当你来到野外时,只要注意观察,你会发现每一棵小草、每一朵小花都有自己的特点。同是一棵野蔷薇上的白色花朵,它们也有色调深浅、大小、姿态的不同。带有淡淡的象牙黄的花躲在枝叶中,像个害羞的小姑娘,悄悄地掩口而笑。那随风起舞的花朵却自豪地炫耀起耀眼的雪白。

有位大哲学家说过,世界上没有两片树叶是相同的。

这是为什么?

今年6月,我参加了对牯牛降自然保护区的考察。有一天,在一条溪水边休息时,风从山谷中带来了股幽香。抬头寻觅,见到悬崖上开着三朵野百合花。它们银色的号角对着蓝天,似乎在吹奏一支嘹亮的歌。那黄灿灿、红艳艳的花蕊就是美妙的音符……我还是第一次见到怒放的野百合花。测量的结果,花的直径有三十二厘米,长三十五厘米。据说这棵百合的鳞茎有两斤多重,煨出的美味羹汤可供七八个人分享。真是无巧不成书,当天下午,在被考察队命名为"三潭"的地方,又发现了一棵野百合,花也大,但只两朵。我不解,为何它们有的开三朵,有的只开两朵?最多可开几朵呢?

它引起我的思索、疑问。那回答当然是多样的。到后来还是一位植物学家解开了谜:那开三朵花的,是三年生的;那开两朵的,是两年生的。每长一岁,增花一朵……多有意思!原来它们用花的朵数来纪年!用花来表现彩色的青春!

我想起在川西大山中的箭竹,它们是用竹节处的变化纪年的。只要你懂得其中的奥妙,那每根竹在见面时都会告诉你它已经几岁了!

它们为何一个用花朵、一个用竹节来表示青春?

那么,栎树、松树、银杏、珙桐、水杉呢?它们用什么纪年?

这些都引人思索。

这也使我想起十七八年前的一件事。那时我正在一所中学教书,还兼任班主任。有次,我们组织春游——星期天去近郊的一座海拔只一百多米,方圆不过三四千米的小山。但它也是这个城市郊外唯一的山峰。也正因为如此,它格外受到人们的重视,经过多年的绿化,山上林木葱郁。我请大家观察山势和树木的生长情况,并以此写篇作文。

同学们的作文,一扫过去那种空洞无物的状况,都写得有血有肉、生动活泼。其中有篇作文的内容我至今还记得,它详略得当地记叙了作者上山沿途的见闻。

他发现山的东南部,在一条山沟的两旁长了很多的常春藤、紫藤、青藤,它们茂密地纠葛在一起,如蛇如龙地盘旋;而山的其他地方很少有藤,或者长得很小。

他又发现在林木稀疏的北坡,比较起来,树木生得精壮,但主干不高,且弯曲、多枝杈;而树木茂密的南坡、东坡,树干高拔、挺直。

他还发现马尾松、雪松的树冠下面,基本上没有草本植物生长,地面上光秃秃的,纵然有几棵小草,也长得面黄肌瘦;而栎树、榆树等阔叶树下,却被草本植物、小灌木、幼树挤得严严密密。

作文的最后,说到他带着这些问题和同学们争论,去找老师评判,终于搞清楚了其中的原因:东南坡阳光充足,小山沟又提供了充沛的水分和湿度……这些自然因素,刚好组成了一个小小的适宜于藤类植物生长的环境!

树木为了争夺有限的空间,充分利用阳光,因而树木稀疏处的树木,主干不高,但枝杈多,长得粗壮;林木茂密处的树木,只有拼命地向高空发展,才能获得最多的阳光。

针叶枯落后,难以腐烂转化为有机质,因而林下土地贫瘠;而阔叶树林下,由于落叶容易转化为有机质,土壤肥力提高。这虽然不是全部的原因,但它是林下植物丰盛与否的主要原因。

这说明,只要认真地在大自然中观察,你就会有收获,你就会思索和询问,以至于追根溯源,就能使你得到更多的知识,使你的头脑聪明起来!

这位同学以前作文水平并不高,此篇作文成了他的佳作,而且由此他懂得了作文的道理,竟成了转折点,作文水平逐渐有所提高。

顺便说说,我所认识的一些从事语文教学的老师,认识也愈来愈趋于一致:作文教学,须先指导同学们从观察入手,观察大自然、人和事,这样才能改变同学们怕写作文——觉得无话可说或内容空洞——的状况。

当你置身在大自然的怀抱中时,认真地观察,你会发现它是那样壮美、那样富有!

你会在每条小溪中,听到它动人的歌唱。

你会在每座山峰里,发现一个新的世界。

你会在每片绿叶中,看到生命的跳跃。

山间的每条小路,森林中的每条曲径,都有许许多多的奥秘等待你去探索,等待你去开拓!

因而,你会倾出全部的身心去爱护它的一草一木,爱护天空中飞翔的小鸟,爱护大地之奔跑的鹿群!

在这永远有新的发现、引人思索和探求的大自然中,你的感情将被陶冶得纯洁、高尚!

1983 年盛夏于舟山
1996 年春修订于合肥

附录

刘先平四十多年大自然考察、探险主要经历

1974—1980 年

- 参加野生动物科学考察队和筹备建立自然保护区的考察，主要区域在皖南的黄山和皖西的大别山。
- 1980 年以前，这里一直是刘先平的生活基地，至今每年至少会去考察两三次。美丽奇绝的自然风光、深厚的人文底蕴，曾吸引了诗仙李白等长期在此漫游。目睹了生态的恶化、珍稀动物的灭绝、人与自然的矛盾，他于 1978 年重新拿起笔来呼唤生态道德，孕育了描写在野生动物世界探险的长篇小说《云海探奇》《呦呦鹿鸣》《千鸟谷追踪》及散文集《山野寻趣》等。1978 年完成、1980 年出版的《云海探奇》，被认为是中国大自然文学的开篇之作、标志性作品。
- 那时的野外考察异常艰难，在山里行走，只能凭着"量天尺"——双脚。根本没有野营装备，只能搭山棚宿营。使用的还是定量的粮票、布票……

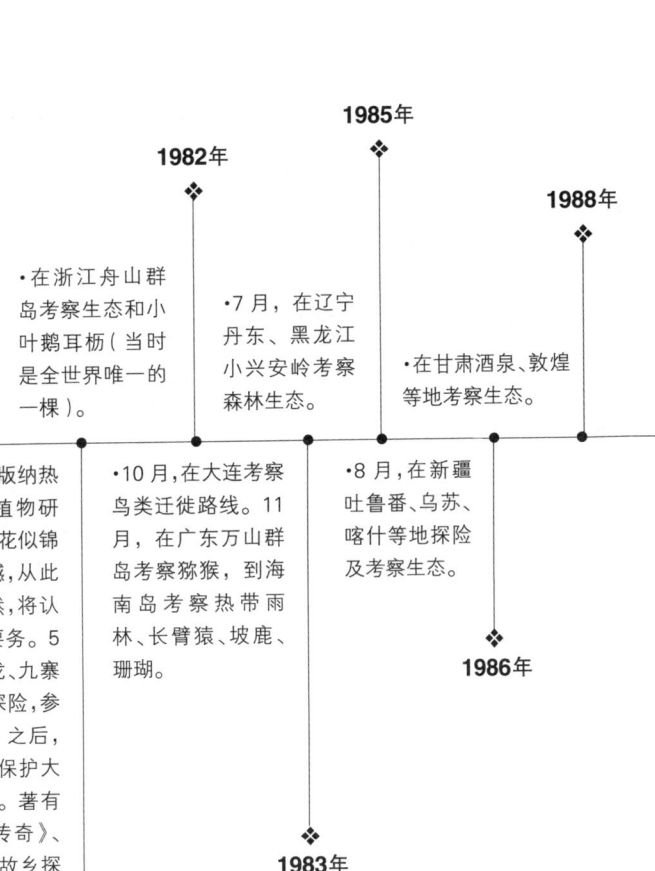

1981 年

- 4 月，考察云南西双版纳热带雨林及访问昆明植物研究所。为热带雨林繁花似锦的生物多样性所震撼，从此走向更为广阔的自然，将认识大自然作为第一要务。5 月，到四川平武、黄龙、九寨沟、红原、卧龙等地探险，参加对大熊猫的考察。之后，前后历时六年，参加保护大熊猫、金丝猴的考察。著有长篇小说《大熊猫传奇》、考察手记《在大熊猫故乡探险》《五彩猴树》等。

1982 年

- 在浙江舟山群岛考察生态和小叶鹅耳枥（当时是全世界唯一的一棵）。

1983 年

- 10 月，在大连考察鸟类迁徙路线。11 月，在广东万山群岛考察猕猴，到海南岛考察热带雨林、长臂猿、坡鹿、珊瑚。

1985 年

- 7 月，在辽宁丹东、黑龙江小兴安岭考察森林生态。

1986 年

- 8 月，在新疆吐鲁番、乌苏、喀什等地探险及考察生态。

1988 年

- 在甘肃酒泉、敦煌等地考察生态。

273

1992年

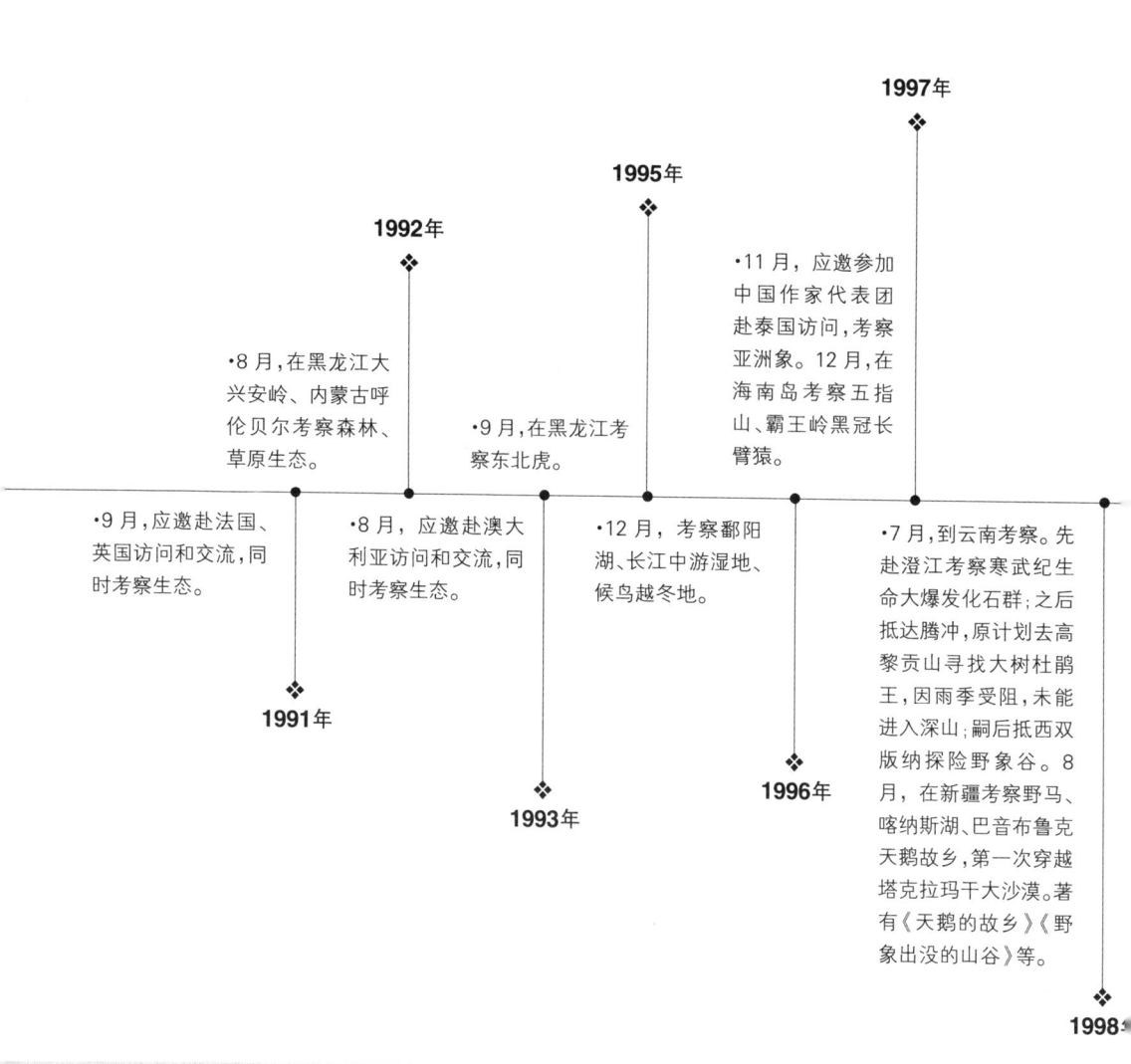

·8月，在黑龙江大兴安岭、内蒙古呼伦贝尔考察森林、草原生态。

1995年

·9月，在黑龙江考察东北虎。

1997年

·11月，应邀参加中国作家代表团赴泰国访问，考察亚洲象。12月，在海南岛考察五指山、霸王岭黑冠长臂猿。

·9月，应邀赴法国、英国访问和交流，同时考察生态。

·8月，应邀赴澳大利亚访问和交流，同时考察生态。

·12月，考察鄱阳湖、长江中游湿地、候鸟越冬地。

·7月，到云南考察。先赴澄江考察寒武纪生命大爆发化石群；之后抵达腾冲，原计划去高黎贡山寻找大树杜鹃王，因雨季受阻，未能进入深山；嗣后抵西双版纳探险野象谷。8月，在新疆考察野马、喀纳斯湖、巴音布鲁克天鹅故乡，第一次穿越塔克拉玛干大沙漠。著有《天鹅的故乡》《野象出没的山谷》等。

1991年

1993年

1996年

1998年

1999年

- 4月，在福建考察武夷山等地的自然保护区及动物模式标本产地、小鸟天堂，寻找华南虎虎踪。7月，应邀赴加拿大、美国访问和交流，考察两国国家公园。8月，一上青藏高原，主要考察青海湖。9月，在贵州探险，考察麻阳河黑叶猴、梵净山黔金丝猴。著有《黑叶猴王国探险记》《金丝猴的特种部队》。

2001年

- 8月，应邀赴南非访问和交流，考察野生动植物。

2003年

- 4月，在四川北川、青川考察川金丝猴、大熊猫、羚牛。8月，应邀访问英国、挪威、丹麦、瑞典，由挪威进入北极圈。著有《谁在跟踪》。

2005年

- 7月，横穿中国，由北线走进帕米尔高原，寻找雪豹、大角羊、野骆驼。路线是：甘肃河西走廊→罗布泊边缘→从北线再次穿越柴达木盆地到花土沟油田→回敦煌（原计划进入阿尔金山国家级自然保护区，未成行）→库尔勒→第三次穿越塔克拉玛干大沙漠→托木尔峰→伽师→帕米尔高原→红其拉甫。10月，在重庆金佛山寻找黑叶猴，到沿河土家族自治县再探黑叶猴。著有《走进帕米尔高原——穿越柴达木盆地》等。

2000年

- 1月，考察深圳仙湖植物园。5月，考察江苏大丰麋鹿国家级自然保护区。7月，二上青藏高原。探险黄河源、长江源、澜沧江源。由青海囊谦澜沧江源头和大峡谷至西藏类乌齐、昌都、八宿（怒江上游），再至云南德钦、丽江、泸沽湖。沿三江并流地区寻找滇金丝猴。10月，在广西考察白头叶猴。11月，至海南，再次考察大田坡鹿、红树林生态变化。著有《掩护行动——坡鹿的故事》。

2002年

- 3月，考察砀山。4月，在高黎贡山寻找大树杜鹃王，终于得偿心系二十一年的夙愿。一探怒江大峡谷，但因大雪封山，未能到达独龙江。6月，在湖北石首考察麋鹿。7月，再去江苏大丰考察麋鹿。8月，三上青藏高原，探险林芝巨柏群、雅鲁藏布江大峡谷、珠穆朗玛峰国家级自然保护区。著有《圆梦大树杜鹃王》《峡谷奇观》《麋鹿回归》等。

2004年

- 8月，横穿中国，由南线走进帕米尔高原，考察山之源生态、风土人情。路线及主要考察对象为：青海柴达木盆地、察尔汗盐湖→可可西里→雅丹地貌→花土沟油田→翻越阿尔金山到新疆若羌→第二次穿越塔克拉玛干大沙漠→帕米尔高原。10月，随中国作家代表团访问南非、毛里求斯、新加坡。著有《鸵鸟小骑士》等。

275

2007年

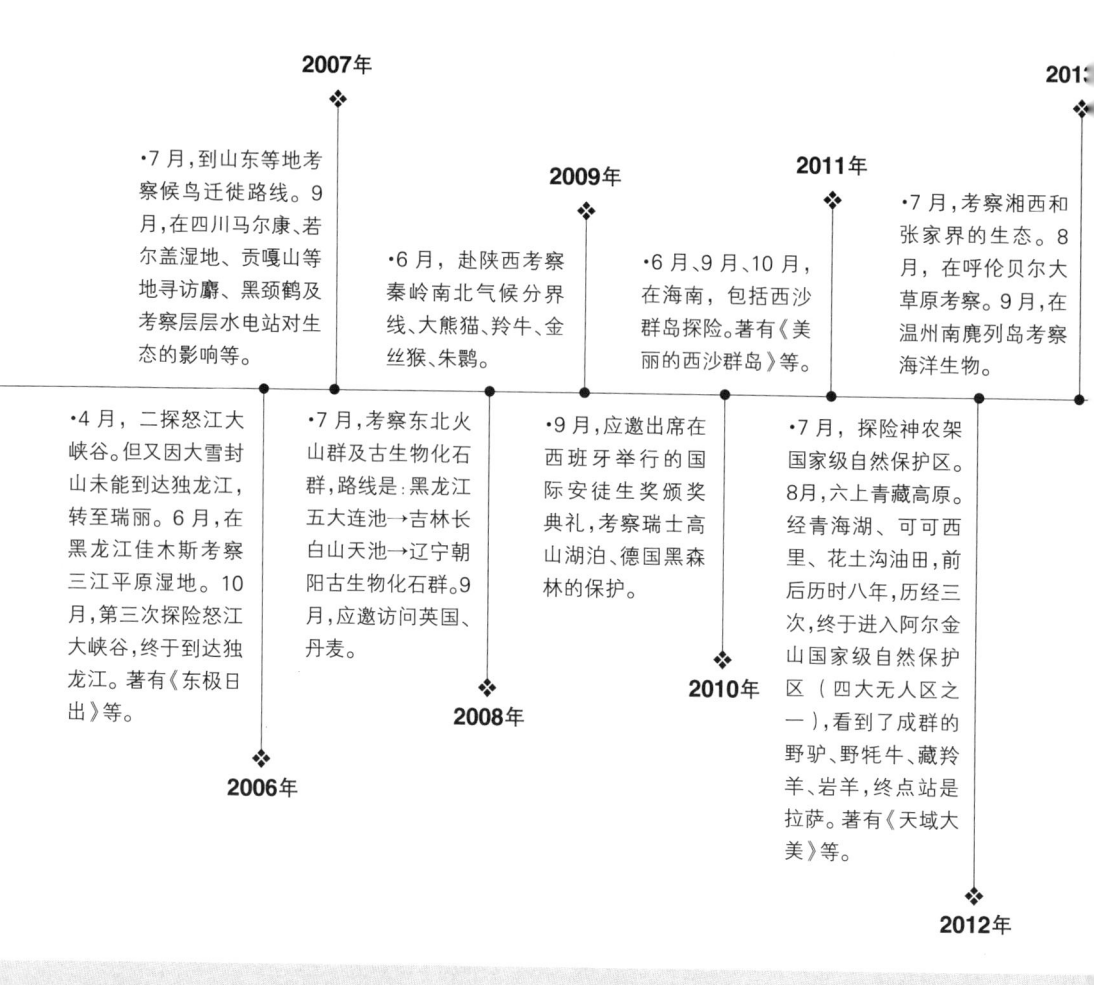

- 7月,到山东等地考察候鸟迁徙路线。9月,在四川马尔康、若尔盖湿地、贡嘎山等地寻访麝、黑颈鹤及考察层层水电站对生态的影响等。

2009年

- 6月,赴陕西考察秦岭南北气候分界线、大熊猫、羚牛、金丝猴、朱鹮。

2011年

- 6月、9月、10月,在海南,包括西沙群岛探险。著有《美丽的西沙群岛》等。

2013

- 7月,考察湘西和张家界的生态。8月,在呼伦贝尔大草原考察。9月,在温州南麂列岛考察海洋生物。

- 4月,二探怒江大峡谷。但又因大雪封山未能到达独龙江,转至瑞丽。6月,在黑龙江佳木斯考察三江平原湿地。10月,第三次探险怒江大峡谷,终于到达独龙江。著有《东极日出》等。

- 7月,考察东北火山群及古生物化石群,路线是:黑龙江五大连池→吉林长白山天池→辽宁朝阳古生物化石群。9月,应邀访问英国、丹麦。

- 9月,应邀出席在西班牙举行的国际安徒生奖颁奖典礼,考察瑞士高山湖泊、德国黑森林的保护。

- 7月,探险神农架国家级自然保护区。8月,六上青藏高原。经青海湖、可可西里、花土沟油田,前后历时八年,历经三次,终于进入阿尔金山国家级自然保护区(四大无人区之一),看到了成群的野驴、野牦牛、藏羚羊、岩羊,终点站是拉萨。著有《天域大美》等。

2006年

2008年

2010年

2012年

2015年

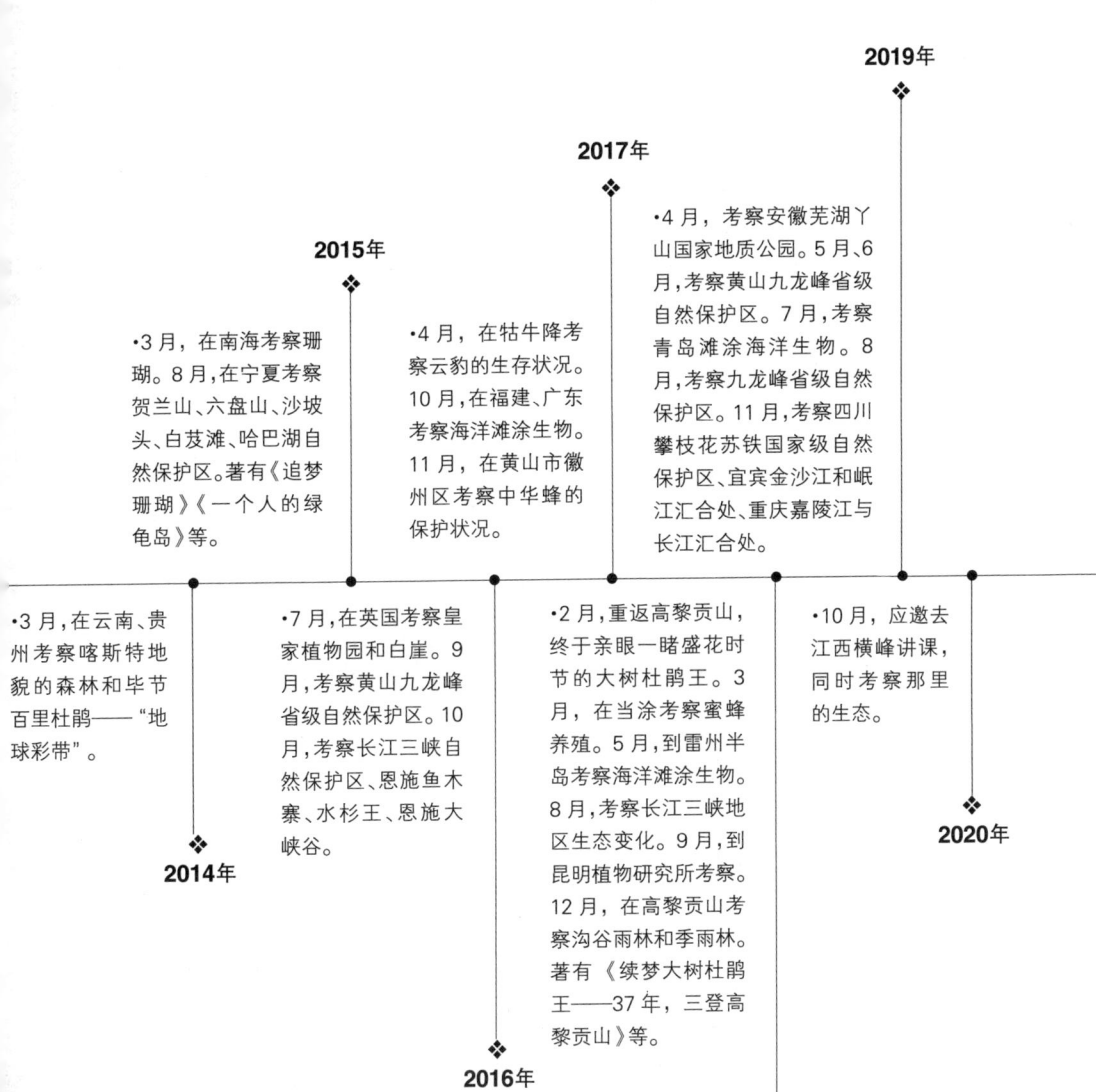

- 3月，在南海考察珊瑚。8月，在宁夏考察贺兰山、六盘山、沙坡头、白芨滩、哈巴湖自然保护区。著有《追梦珊瑚》《一个人的绿龟岛》等。

2017年

- 4月，在牯牛降考察云豹的生存状况。10月，在福建、广东考察海洋滩涂生物。11月，在黄山市徽州区考察中华蜂的保护状况。

2019年

- 4月，考察安徽芜湖丫山国家地质公园。5月、6月，考察黄山九龙峰省级自然保护区。7月，考察青岛滩涂海洋生物。8月，考察九龙峰省级自然保护区。11月，考察四川攀枝花苏铁国家级自然保护区、宜宾金沙江和岷江汇合处、重庆嘉陵江与长江汇合处。

2014年

- 3月，在云南、贵州考察喀斯特地貌的森林和毕节百里杜鹃——"地球彩带"。

2016年

- 7月，在英国考察皇家植物园和白崖。9月，考察黄山九龙峰省级自然保护区。10月，考察长江三峡自然保护区、恩施鱼木寨、水杉王、恩施大峡谷。

2018年

- 2月，重返高黎贡山，终于亲眼一睹盛花时节的大树杜鹃王。3月，在当涂考察蜜蜂养殖。5月，到雷州半岛考察海洋滩涂生物。8月，考察长江三峡地区生态变化。9月，到昆明植物研究所考察。12月，在高黎贡山考察沟谷雨林和季雨林。著有《续梦大树杜鹃王——37年，三登高黎贡山》等。

2020年

- 10月，应邀去江西横峰讲课，同时考察那里的生态。

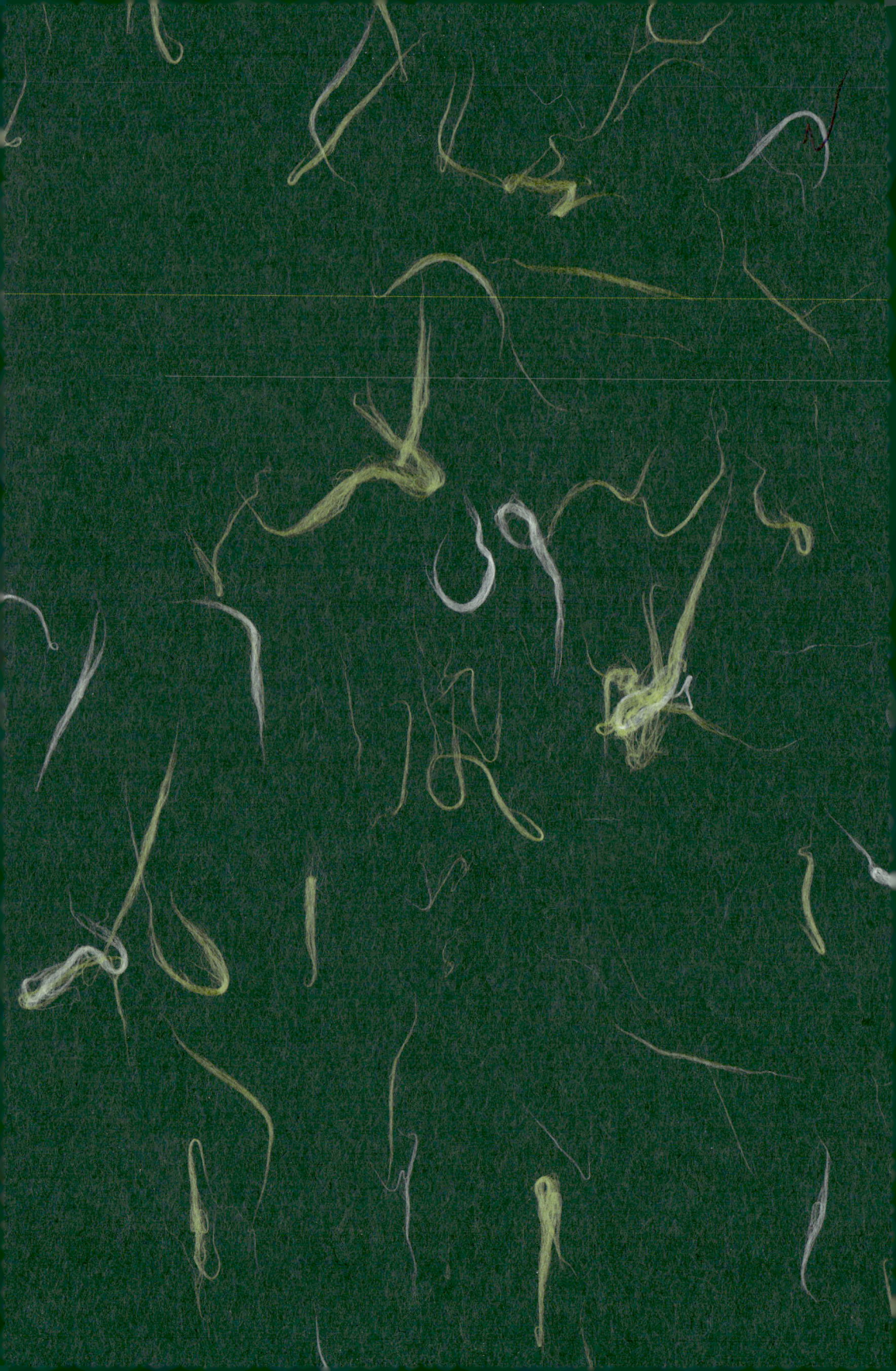